„BÜCHER SIND WIE FALLSCHIRME. SIE NÜTZEN UNS NICHTS, WENN WIR SIE NICHT ÖFFNEN."

Gröls Verlag

Redaktionelle Hinweise und Impressum

Das vorliegende Werk wurde zugunsten der Authentizität sehr zurückhaltend bearbeitet. So wurden etwa ursprüngliche Rechtschreibfehler *nicht* systematisch behoben, denn kleine Unvollkommenheiten machen das Buch – wie im Übrigen den Menschen – erst authentisch. Mitunter wurden jedoch zum Beispiel Absätze behutsam neu getrennt, um den Lesefluss zu erleichtern.

Um die Texte zu rekonstruieren, werden antiquarische Bücher von Lesegeräten gescannt und dann durch eine Software lesbar gemacht. Der so entstandene Text wird von Menschen gegengelesen und korrigiert – hierbei treten auch Fehler auf. Wenn Sie ebenfalls antiquarische Texte einreichen möchten, finden Sie weitere Informationen auf www.groels.de

Viel Freude bei der Lektüre wünscht Ihnen das Team des Gröls-Verlags.

Adressen

Verleger: Sophia Gröls, Im Borngrund 26, 61440 Oberursel

Externer Dienstleister für Distribution & Herstellung: BoD, In de Tarpen 42, 22848 Norderstedt

Unsere „Edition | Werke der Weltliteratur“ hat den Anspruch, eine der größten und vollständigsten Sammlungen klassischer Literatur in deutscher Sprache zu sein. Nach und nach versammeln wir hier nicht nur die „üblichen Verdächtigen“ von Goethe bis Schiller, sondern auch Kleinode der vergangenen Jahrhunderte, die – zu Unrecht – drohen, in Vergessenheit zu geraten. Wir kultivieren und kuratieren damit einen der wertvollsten Bereiche der abendländischen Kultur. Kleine Auswahl:

Francis Bacon • Neues Organon • **Balzac** • Glanz und Elend der Kurtisanen • **Joachim H. Campe** • Robinson der Jüngere • **Dante Alighieri** • Die Göttliche Komödie • **Daniel Defoe** • Robinson Crusoe • **Charles Dickens** • Oliver Twist • **Denis Diderot** • Jacques der Fatalist • **Fjodor Dostojewski** • Schuld und Sühne • **Arthur Conan Doyle** • Der Hund von Baskerville • **Marie von Ebner-Eschenbach** • Das Gemeindekind • **Elisabeth von Österreich** • Das Poetische Tagebuch • **Friedrich Engels** • Die Lage der arbeitenden Klasse • **Ludwig Feuerbach** • Das Wesen des Christentums • **Johann G. Fichte** • Reden an die deutsche Nation • **Fitzgerald** • Zärtlich ist die Nacht • **Flaubert** • Madame Bovary • **Gorch Fock** • Seefahrt ist not! • **Theodor Fontane** • Effi Briest • **Robert Musil** • Über die Dummheit • **Edgar Wallace** • Der Frosch mit der Maske • **Jakob Wassermann** • Der Fall Maurizius • **Oscar Wilde** • Das Bildnis des Dorian Grey • **Émile Zola** • Germinal • **Stefan Zweig** • Schachnovelle • **Hugo von Hofmannsthal** • Der Tor und der Tod • **Anton Tschechow** • Ein Heiratsantrag • **Arthur Schnitzler** • Reigen • **Friedrich Schiller** • Kabale und Liebe • **Nicolo Machiavelli** • Der Fürst • **Gotthold E. Lessing** • Nathan der Weise • **Augustinus** • Die Bekenntnisse des heiligen Augustinus • **Marcus Aurelius** • Selbstbetrachtungen • **Charles Baudelaire** • Die Blumen des Bösen • **Harriett Stowe** • Onkel Toms Hütte • **Walter Benjamin** • Deutsche Menschen • **Hugo Bettauer** • Die Stadt ohne Juden • **Lewis Caroll** • *und viele mehr….*

Anton Tschechow

Erzählungen

Inhalt

Ein bekannter Herr

Die reizende Wanda oder wie sie nach dem Paß hieß, die Bürgerin Nastaßja Kanawkina befand sich bei ihrer Entlassung aus dem Krankenhause in einer Lage, wie sie sich in einer solchen früher noch nie befunden hatte: ohne Unterkunft und ohne einen Kopeken Geld. Was war da zu machen?

Ihr erster Gang war ins Leihhaus, wo sie ihren Türkisring, die einzige „Wertsache“, die sie besaß, versetzte. Für den Ring erhielt sie einen Rubel, aber . . . was kann man sich für einen Rubel kaufen? Für diese Summe bekommt man weder ein modernes kurzes Jackett, noch einen hohen Hut, noch Goldkäferschuhe; ohne diese Sachen aber fühlte sie sich so gut wie nackt. Es schien ihr, daß nicht nur die Menschen, sondern auch die Pferde und Hunde sie ansahen und sich über die Einfachheit ihres Kostüms lustig machten. Sie dachte nur an ihre Toilette, während die Frage, wie sie essen und wo sie schlafen würde, sie nicht im geringsten beunruhigte.

„Wenn ich doch irgend einen bekannten Herrn treffen würde . . .“ dachte sie. „Ich würde dann von ihm etwas Geld erbitten . . . Mir wird es keiner abschlagen, denn . . .“

Aber die bekannten Herren begegneten ihr nicht. Es wäre nicht schwer gewesen, sie am Abend in der „Renaissance“ zu treffen, aber in die „Renaissance“ würde man sie in diesem einfachen Kleide und ohne Hut nicht hineinlassen. Was sollte sie thun?

Nach langem Zaudern, als sie des Gehens, Sitzens und Nachdenkens schon müde geworden war, entschloß sich Wanda, das letzte Mittel zu ergreifen: irgend einen bekannten Herrn direkt in seiner Wohnung aufzusuchen und ihn um Geld zu bitten.

„Zu wem soll' ich nur gehen?“ überlegte sie. „Zu Mischa geht es nicht – verheiratet . . . Der rothaarige Alte ist jetzt im Dienst . . .“

Ihr fiel der Zahnarzt Finkel ein, ein getaufter Jude, der ihr vor drei Monaten ein Armband geschenkt, und dem sie einmal bei einem Souper im „Deutschen Club“ ein Glas Wein auf den Kopf gegossen hatte. Als ihr der Gedanke an diesen Finkel gekommen war, freute sich Wanda furchtbar.

„Er wird mir bestimmt geben, wenn ich ihn nur zu Hause treffe . . ." dachte sie auf dem Wege zu dem Zahnarzt. „Giebt er aber nichts, so zerkeile ich ihm alle Lampen . . ."

Als sie sich der Thür des Zahnarztes näherte, war ihr Plan schon fertig: sie wird lachend die Treppe hinauslaufen, in das Kabinett des Arztes stürzen und fünf und zwanzig Rubel verlangen . . . Als sie aber nach der Klingel griff, verflüchtigte sich dieser Plan wie von selbst. Wanda bekam plötzlich Furcht und wurde aufgeregt, was ihr früher niemals passiert war. Dreist und frech war sie nur in bezechter Gesellschaft, jetzt aber, in gewöhnlicher Kleidung, in die Rolle einer gewöhnlichen Bittstellerin versetzt, die einfach nicht empfangen werden konnte, fühlte sie sich schüchtern und gedemütigt. Schande und Furcht befielen sie.

„Vielleicht hat er mich schon vergessen . . ." dachte sie, während sie nicht wagte, an der Klingel zu ziehen. „Und wie soll ich zu ihm in einem solchen Kleide? Wie eine Bettlerin oder irgend eine Kleinbürgerin . . ."

Und zögernd klingelte sie.

Hinter der Thür vernahm man Schritte; es war der Portier.

„Ist der Herr Doktor zu Hause?" fragte sie.

Jetzt wäre es ihr angenehmer gewesen, wenn der Portier „nein" gesagt hätte. Aber anstatt einer Antwort ließ er sie einfach ins Vorhaus treten und nahm ihr den Mantel ab.

Die Treppe erschien ihr luxuriös und großartig, aber von all dem Luxus fiel ihr zuerst ein großer Spiegel auf, in welchem sie ein deklassiertes Ding ohne modernes Jackett, ohne hohen Hut und ohne Goldkäferschuhe erblickte. Und Wanda kam es seltsam vor, daß sie jetzt, wo sie arm gekleidet war und wie eine Näherin oder Wäscherin aussah, wieder Schande empfand, weder Dreistigkeit noch Frechheit mehr besaß und sich selbst in Gedanken schon nicht mehr Wanda, sondern, wie früher, Nastja Kanawkina nannte . . .

„Bitte", sagte das Zimmermädchen, sie in das Kabinett geleitend. „Der Herr Doktor kommt gleich . . . Nehmen Sie Platz."

Wanda sank in einen weichen Lehnstuhl.

„Werd' ihm ganz einfach sagen: leihen Sie mir!" dachte sie. „Das ist ganz anständig, denn er ist ja mit mir bekannt. Wenn nur das Zimmermädchen wegginge. In Gegenwart des Zimmermädchens wäre es peinlich . . . Und wozu steht sie überhaupt hier?“

Nach fünf Minuten etwa öffnete sich die Thür, und Finkel, ein großer, schwarzer Jude mit fetten Wangen und Glotzaugen trat ein. Die Wangen, der Bauch, die dicken Hüften – alles war bei ihm so satt und abstoßend. In der „Renaissance“ und im „Deutschen Club“ war er gewöhnlich angeheitert, gab dort viel für Frauen aus und ertrug geduldig ihre Späße – als ihm Wanda zum Beispiel ein Glas Wein über den Kopf gegossen, hatte er nur gelächelt und ihr mit dem Finger gedroht. Jetzt aber sah er finster und schläfrig aus, schaute wichtig und kalt wie ein Vorgesetzter drein und kaute irgend etwas.

„Was befehlen Sie?“ fragte er, ohne Wanda anzusehen.

Wanda warf einen Blick auf das ernste Gesicht des Zimmermädchens, dann auf die satte Figur Finkels, der sie offenbar nicht zu erkennen schien, und – errötete . . .

„Was befehlen Sie?“ wiederholte der Zahnarzt schon etwas gereizt.

„Die . . . die Zähne thun mir weh . . .“ stammelte Wanda.

„Aha . . . Welche Zähne? Wo?“

Wanda entsann sich, daß sie einen hohlen Zahn hatte.

„Unten rechts . . .“ sagte sie.

„Hm! Öffnen Sie den Mund.“

Finkel runzelte die Stirn, hielt den Atem an und begann den kranken Zahn zu untersuchen.

„Schmerzt es?“ fragte er, in dem Zahn mit einem spitzen Eisen herumstochernd.

„Ja . . .“ log Vanda. „Wenn ich ihn daran erinnern könnte. so würde er mich bestimmt erkennen . . . Aber . . . das Zimmermädchen! Wozu steht es hier?“

Finkel begann plötzlich wie eine Dampfmaschine ihr direkt in den Mund zu keuchen und sagte:

„Ich rate Ihnen nicht, ihn plombieren zu lassen . . . Dieser Zahn würde Ihnen sowieso nichts nützen.“

Nachdem er in dem Zahn noch etwas herumgestochert und Wandas Lippen und Zahnfleisch mit seinen Tabakfingern beschmiert hatte, hielt er wieder den Atem an und langte ihr mit irgend etwas Kaltem in den Mund . . .

Wanda fühlte plötzlich einen furchtbaren Schmerz, schrie auf und packte Finkel am Arm.

„Thut nichts, thut nichts . . ." murmelte er. „Seien Sie nicht so schreckhaft. Von diesem Zahn hätten Sie sowieso nicht viel gehabt. Man muß tapfer sein."

Und seine mit Blut besudelten Tabakfinger hielten ihr den ausgezogenen Zahn vor die Augen hin, während das Zimmermädchen herantrat und ihr eine Schale reichte.

„Zu Hause spülen Sie den Mund mit kaltem Wasser . . ." sagte Finkel, „dann wird das Bluten schon nachlassen."

Er stand vor ihr in der Pose eines Menschen, der wartet, bis man endlich geht und ihn in Ruhe läßt.

„Adieu . . ." sagte sie, sich zur Thüre wendend.

„Hm! . . . Und wer wird mir meine Arbeit bezahlen?" fragte Finkel mit heiterer Stimme.

„Ach, ja . . ." erinnerte sich Wanda. Sie errötete und reichte dem Juden den Rubel, den sie für ihren Türkisring erhalten.

Auf die Straße hinausgetreten, empfand sie noch größere Scham als vordem, aber jetzt schämte sie sich nicht mehr ihrer Armut. Sie bemerkte nicht mehr, daß sie keinen hohen Hut und kein modernes Jackett hatte. Sie geht auf der Straße, spuckt Blut, und jeder rote Blutfleck spricht ihr von ihrem Leben, von ihrem schlechten und schweren Leben, und von den Kränkungen, die sie erfahren hat und noch morgen, nach einer Woche, nach einem Jahr – ihr ganzes Leben hindurch bis zum Tode erfahren wird.

„O, wie das schrecklich ist!" flüsterte sie. „Mein Gott, wie schrecklich!"

Übrigens war sie schon am anderen Tage in der „Renaissance" und tanzte dort. Sie war in einem riesigen roten Hut, hatte ein modernes Jackett und Goldkäferschuhe an. Und sie soupierte mit einem jungen, aus Kasanj zugereisten Kaufmann.

Eine Schutzlose

Trotz des heftigen Podagraanfalles in der Nacht und trotz der zerrütteten Nerven begab sich Kistunow dennoch am Morgen ins Bureau und begann rechtzeitig den Empfang der Klienten der Bank. Er sah leidend und müde aus und sprach mit sterbender Stimme.

„Was wünschen Sie?“ wandte er sich an eine Frau in einem vorsündflutlichen Mantel, die von hinten einem großen Mistkäfer sehr ähnlich sah.

„Ich bitte schön, Ew. Excellenz“, begann die Frau, die Worte schnell herunterhaspelnd, „mein Mann, der Kollegienassessor Schtschukin, war fünf Monate krank, und während er noch, entschuldigen Sie, zu Hause lag und behandelt wurde, erhielt er ohne jeden Grund den Abschied, und als ich nach seinem Gehalt ging, Ew. Excellenz, wurden ihm von dem Gehalt vierundzwanzig Rubel sechsunddreißig Kopeken abgezogen! Und wofür, wenn ich fragen darf? „Er hat aus der Beamtenkasse Geld geliehen und die anderen Beamten haben sich für ihn verbürgt“. Wie denn das? Wie konnte er das Geld ohne meine Zustimmung nehmen? Das ist garnicht möglich, Ew. Excellenz. Was soll denn das bedeuten? Ich bin eine arme Frau, lebe vom Zimmervermieten . . . Ich bin schwach und schutzlos . . . Von allen erfahre ich nur Kränkungen und niemand sagt mir ein gutes Wort . . .“

Die Bittstellerin begann mit den Augen zu blinzeln und suchte in ihrem Mantel nach dem Taschentuch.

Kistunow nahm ihr Gesuch entgegen und las es.

„Ja, aber erlauben Sie“, sagte er achselzuckend, „ich verstehe hier nichts. Sie sind wohl, meine Gnädige, an die unrechte Stelle gekommen. Ihr Gesuch geht uns ja garnichts an. Wenden Sie sich gefälligst an das Ressort. bei welchem ihr Gemahl angestellt war.“

„Nein, mein Herr, ich bin schon an fünf Stellen gewesen und nirgends hat man mein Gesuch überhaupt nur entgegennehmen wollen!“ sagte Frau Schtschukina. „Ich hatte schon ganz den Kopf verloren, da schickte mich mein Schwiegersohn Boris Matwejitsch, Gott lohne es ihm, zu Ihnen. „Wenden Sie sich nur an den Herrn Kistunow. Mama“, sagte er mir, „er hat eine einflußreiche Stellung und kann alles für Sie machen . . .“ Helfen Sie mir, Ew. Excellenz!“

„Wir können da nichts für Sie thun . . . Begreifen Sie doch: Ihr Mann war, soviel ich sehe, dem Medizinaldepartement des Kriegsministeriums unterstellt, während unser Institut völlig privater Natur ist, ein Handelsinstitut, eine Bank. Wie kann man denn das nicht begreifen!"

Kistunow zuckte noch einmal die Achseln und wandte sich zu einem Herrn mit geschwollener Backe in Militäruniform.

„Ew. Excellenz!" rief weinerlich die Schtschukina, „daß mein Mann krank war, dafür habe ich ein ärztliches Zeugnis! Hier ist es, sehen Sie, bitte!"

„Sehr schön, ich glaube Ihnen ja," sagte Kistunow gereizt, „aber, ich wiederhole es Ihnen, das geht uns nichts an. Unglaublich! Das ist einfach komisch! Weiß denn Ihr Mann wirklich nicht, wohin Sie sich zu wenden haben?"

„Er weiß überhaupt nichts, Ew. Excellenz. Leiert nur immer dasselbe: „Das ist nicht Deine Sache! laß mich in Ruhe!" Und wessen Sache ist es denn? Er sitzt doch mir auf dem Halse! Mir . . ."

Kistunow wandte sich wieder der Schtschukina zu und begann ihr den Unterschied zwischen dem Medizinaldepartement des Kriegsministeriums und einer Privatbank zu erklären. Sie hörte ihn aufmerksam zu Ende, nickte zustimmend mit dem Kopf und sagte:

„Jawohl, jawohl, jawohl . . . Ich verstehe. Befehlen Ew. Excellenz, mir dann wenigstens fünfzehn Rubel auszuzahlen! Ich bin einverstanden. daß es nicht alles auf einmal ist . . ."

„Ach!" seufzte Kistunow auf, den Kopf zurückwerfend. „Ihnen kann man es nicht eintrichtern! Aber begreifen Sie doch endlich, daß es ebenso komisch ist, wenn Sie sich an uns mit einem derartigen Gesuch wenden, als wenn Sie beispielsweise eine Ehescheidungsklage bei einer Apotheke oder bei dem Aichamt anhängig machten. Man hat Ihnen das Gehalt gekürzt, aber was können wir denn dabei thun?"

„Ew. Excellenz. ich werde ewig für Sie beten, haben Sie Mitleid mit einer armen Waise," begann die Schtschukina zu weinen. „Ich bin eine schutzlose, schwache Frau . . . Hab mich zu Tode abgequält . . . Mit den Mietern muß ich prozessieren, für den Mann bitten, in der Wirtschaft habe ich zu thun . . . Und jetzt, wo ich gerade zum Abendmahl gehen will, mußte auch noch mein Schwiegersohn seine Stelle verlieren . . . Wenn ich esse und trinke, ist's nur zum Schein: ich kann kaum mehr auf den Beinen stehen . . . Die ganze Nacht habe ich nicht geschlafen . . ."

Kistunow fühlte Herzklopfen. Er legte mit einer Märtyrermiene die Hand aufs Herz und begann, der Schtschukina von neuem zu erklären, aber seine Stimme brach ab . . .

„Nein, verzeihen Sie, ich kann mit Ihnen nicht sprechen,“ sagte er mit einer hoffnungslosen Geste. „Mein Kopf schwindelt mir sogar. Sie stören uns nur und verlieren unnütz Ihre Zeit. Oh! . . . Alexej Nikolajitsch,“ wandte er sich an einen der Beamten, „erklären Sie es doch, bitte, der Frau Schtschukina!“

Kistunow hatte schon alle Klienten abgefertigt und in seinem Kabinett ein Dutzend Papiere unterschrieben, während Alexej Nikolajitsch immer noch mit der Schtschukina parlamentierte. Von seinem Kabinett aus hörte Kistunow immerfort zwei Stimmen: den monotonen, sich beherrschenden Baß des Alexej Nikolajitsch und die weinerliche, aufheulende Stimme der Schtschukina . . .

„Ich bin eine schutzlose, schwache Frau, eine kränkliche Frau,“ sprach die Schtschukina. „Äußerlich sehe ich vielleicht auch stark aus, aber innerlich habe ich kein gesundes Aderchen. Ich stehe kaum auf den Füßen und habe gar keinen Appetit . . . Den Kaffee trank ich heute ohne allen Genuß.“

Alexej Nikolajitsch erklärte ihr den Unterschied zwischen den verschiedenen Ressorts und das komplizierte System der Klageführung. Bald wurde er müde und der Buchhalter löste ihn ab.

„Ein ekelhaftes Frauenzimmer!“ empörte sich Kistunow, während er nervös mit den Fingern knackte und immerfort nach der Wasserkaraffe griff. „Das ist ja eine Idiotin, ein Stiefel! Mich hat sie krank gemacht und jetzt quält sie die andern zu Tode, so eine Gans! Oh . . . mein Herz!“

Nach einer halben Stunde klingelte er. Es erschien Alexej Nikolajitsch.

„Was haben Sie denn da?“ fragte Kistunow müde.

„Wir können es ihr nicht beibringen, Pjotr Alexandritsch! Einfach tot macht sie einen . . . Wir sagen ihr das eine, und sie kommt uns mit was anderem . . .

„Ich . . . ich kann ihre Stimme nicht hören . . . Ich bin krank geworden . . . ich kann es nicht mehr aushalten . . .“

„Man müßte den Portier rufen, Pjotr Alexandritsch, damit er sie hinausschmeißt.“

„Nein, nein!“ erschrak Kistunow. „Sie wird ja so ein Geheul anstellen, daß es alle Leute im Hause hören und weiß der Teufel was von uns denken können . . . Versuchen Sie es, mein Lieber, ihr die Sache irgendwie zu erklären.“

Eine Minute später ließ sich wieder die tiefe Stimme Alexej Nikolajewitschs hören. Es verging eine Viertelstunde und sein Baß wurde durch den hellen Tenor des Buchhalters abgelöst.

„Ein un-glaub-lich gemeines Frauenzimmer!“ empörte sich Kistunow, nervös die Achseln zuckend. „Dumm, wie ein Stiefel, daß sie der Teufel hole. Ich glaube, mein Podagra fängt wieder an . . . Und meine Migräne . . .“

Im Nebenzimmer hatte Alexej Nikolajitsch endlich die Geduld verloren. Er klopfte mit dem Finger zuerst auf den Tisch und dann an seine Stirn.

„Mit einem Wort, Sie haben da keinen Kopf,“ sagte er, „sondern dies hier . . .“

„Na, na . . .“ sagte beleidigt die Alte. „Kannst Deiner Frau was klopfen . . . Kanaille! Erlaub' Dir nicht zuviel.“

Alexej Nikolajitsch sah sie mit grenzenloser Wut an, als wollte er sie verschlingen und sagte mit leiser, erstickender Stimme:

„Hinaus von hier!“

„Wa–as?“ heulte die Schtschukina plötzlich auf. „Wie dürfen Sie es wagen? Ich bin zwar eine schwache, schutzlose Frau, werde so etwas aber nicht dulden! Mein Mann ist Kollegienassessor! So eine Kanaille! Ich gehe zu meinem Advokaten und er wird Dich schon! Drei Mieter habe ich schon vors Gericht geschleppt und Du wirst zu mir auch noch betteln kommen! Ich gehe zu Eurem General! Ew. Exzellenz! Excellenz!“

„Pack Dich von hier hinaus, Du Luder!“ zischte Alexej Nikolajitsch.

Kistunow öffnete die Thür und sah in das Bureau herein.

„Was ist da?“ fragte er mit weinerlicher Stimme.

Die Schtschukina, rot wie ein Krebs, stand mitten im Zimmer und stieß augenrollend mit den Fingern in die Luft. Die Beamten, ebenfalls rot und augenscheinlich durch den Skandal ermüdet. standen um sie herum und blickten sich unschlüssig an.

„Ew. Excellenz!“ stürzte sich die Schtschukina auf Kistunow los, „hier dieser, dieser hier . . . dieser (sie wies auf Alexej Nikolajitsch) klopfte sich mit dem

Finger an die Stirn und dann auf den Tisch . . . Sie hatten ihm befohlen, meine Sache zu erledigen, und er macht sich über mich lustig! Ich bin eine schwache, schutzlose Frau . . . Mein Mann ist Kollegienassessor und ich selbst bin eine Majorstochter!"

„Gut, meine Gnädige", stöhnte Kistunow, „ich werde es untersuchen . . . Maßregeln ergreifen . . . Gehen Sie nur . . . später! . . ."

„Wann bekomme ich denn, Ew. Excellenz? Ich brauch das Geld heute!"

Kistunow fuhr sich mit zitternder Hand über die Stirn, seufzte auf und begann wieder zu erklären.

„Ich habe Ihnen doch schon gesagt, meine Gnädige. Das hier ist eine Bank, ein privates, kommerzielles Institut . . . Was wollen Sie denn von uns? Und begreifen Sie denn nicht, daß Sie uns stören?"

Die Schtschukina hörte ihn zu Ende und seufzte auf.

„Ja, ja . . ." stimmte sie bei. „Aber seien Sie schon so gut, Ew. Excellenz, seien Sie mir ein Vater, nehmen Sie mich in Schutz, damit ich zu Gott ewig für Sie beten kann. Wenn ein ärztliches Zeugnis zu wenig ist, kann ich eine Bescheinigung der Polizei vorweisen . . . Befehlen Sie, daß man mir das Geld auszahlt!"

Kistunow wurde es bunt vor den Augen. Er atmete den ganzen Luftvorrat, den er in den Lungen hatte, aus und ließ sich kraftlos in einen Lehnstuhl nieder.

„Wieviel wollen Sie haben?" fragte er mit schwacher Stimme.

„Vier und zwanzig Rubel sechs und dreißig Kopeken."

Kistunow holte seine Brieftasche hervor, entnahm derselben einen Fünfundzwanzigrubelschein und reichte ihn der Schtschukina.

„Hier, nehmen Sie und . . . . und gehen Sie!"

Die Schtschukina wickelte das Geld in ihr Taschentuch, steckte es ein und fragte, ihr Gesicht in einem süßen, delikaten und sogar etwas koketten Lächeln verziehend:

„Ew. Excellenz, könnte mein Mann nicht vielleicht seine alte Stellung wieder einnehmen?"

„Ich fahre weg . . . bin krank . . ." sagte Kistunow mit elender Stimme. „Ich habe furchtbares Herzklopfen."

Nachdem er nach Hause gefahren war, schickte Alexej Nikolajitsch Nikita nach Kirschlorbeertropfen und alle setzten sich wieder an die Arbeit. Die Schtschukina aber saß noch zwei Stunden in dem Vorhaus, unterhielt sich dort mit dem Portier und erwartete, wann Kistunow zurückkehren würde.

Sie kam auch am nächsten Tage.

Einmal im Jahr

Das kleine, drei Fenster breite Hôtel der Fürstin hat heute ein feierliches Aussehen, als wenn es sich verjüngt hätte. Ringsherum ist alles sauber gefegt, das Thor ist geöffnet und die gitterartigen Jalousien sind von den Fenstern herabgenommen. Die hell gescheuerten Scheiben kokettieren schüchtern mit der Frühlingssonne . . . Im Eingang steht der alte und hinfällige Portier Mark in seiner von Motten zerfressenen Livree. Er ist heute nicht umsonst aus seiner Kammer hervorgekrochen. Heute ist der Namenstag der Fürstin und er muß den Gratulanten die Thüre öffnen und ihre Namen ausrufen. Im Vorzimmer riecht es heute nicht wie gewöhnlich nach Kaffee und Kohlsuppe, sondern nach Parfüm. Die Zimmer sind sorgfältig aufgeräumt. Von den Bildern sind die Gazehüllen herabgenommen und die ausgetretenen Dielen sind frisch gewichst.

Die Fürstin selbst, eine gebeugte und runzelige Greisin, sitzt in einem großen Lehnstuhl und streicht immerfort die Falten ihres weißen Tüllkleides zurecht. Nur die an ihre dürre Brust geheftete Rose erinnert daran, daß es in dieser Welt auch eine Jugend giebt! Die Fürstin erwartet ihre Gratulanten. Es müssen heute kommen: Baron Tramb nebst Sohn, Fürst Halahadze. Kammerherr Burlastow, ihr Kousin General Bittkow und noch viele andere . . an zwanzig Menschen! Sie werden kommen und ihren Salon mit Geplauder erfüllen. Der Fürst Halahadze wird etwas vorsingen und der General Bittkow wird sie zwei Stunden lang um ihre Rose bitten . . . Sie aber weiß recht wohl, wie sie sich in Gegenwart dieser Herrschaften zu halten hat! Vornehmheit, Würde und Erziehung werden aus allen ihren Bewegungen sprechen.

Es werden unter anderem auch die Kaufleute Htulkin und Pereulkow kommen: für diese Herren liegen im Vorzimmer Papier und Feder auf. „Jedes Heimchen soll bei seinem Herde bleiben.“ Sie können ihre Namen einzeichnen und dann gehen . . .

Es ist zwölf Uhr. Die Fürstin rückt ihr Kleid und die Rose zurecht. Sie horcht, ob nicht jemand läutet? Ein Wagen kommt lärmend angefahren und hält. Es vergehen fünf Minuten.

„Nicht zu uns!“ denkt die Fürstin.

Ja, meine Fürstin, nicht zu Ihnen! Es wiederholt sich die Geschichte der vorigen Jahre. Eine erbarmungslose Geschichte! Um 2 Uhr geht die Fürstin, wie im vorigen Jahre, in ihr Schlafzimmer, greift nach dem Riechfläschchen und fängt an zu weinen.

„Es ist niemand gekommen! O, diese Barbaren!“

Um die Fürstin macht sich der alte Mark zu schaffen. Er ist nicht weniger gekränkt: die Leute sind schlimm geworden. Früher summten sie im Salon wie Fliegen umher, und jetzt . . .

„Niemand ist gekommen!“ weint die Fürstin. „Weder der Baron, noch Fürst Halahadze, noch George Buwizkij . . . Sie haben mich alle verlassen. Und doch, wenn *ich* nicht wäre, was wäre aus ihnen geworden? Mir verdanken sie ihr Glück, ihre Carrière – nur mir! Ohne mich hätten sie es zu nichts gebracht.“

„Zu gar nichts!“ bestätigte Mark.

„Ich bitte ja nicht um Dankbarkeit . . . Die brauche ich nicht! Nur *Gefühl* will ich haben! Mein Gott, wie das kränkend ist! Sogar mein Neffe Jean ist nicht gekommen. Und warum nicht, was habe ich ihm denn Schlechtes gethan? Ich habe alle seine Wechsel bezahlt, habe für seine Schwester Tanja eine gute Partie gefunden. Teuer kommt mir dieser Jean zu stehen! Ich habe das Wort, welches ich meinem Bruder und seinem Vater gegeben, gehalten . . . Ich habe für ihn verausgabt . . . Du weißt es ja selbst . . .“

„Und seinen Eltern waren Ew. Durchlaucht, man kann wirklich sagen, wie eine Mutter.“

„Siehst Du . . . und jetzt die Dankbarkeit! O, diese Menschen!“

Um drei Uhr bekommt die Fürstin, wie auch im vorigen Jahr, einen hysterischen Anfall. Der betrübte Mark setzt seinen Tressenhut auf, feilscht lange mit dem Droschkenkutscher und fährt zum Neffen Jean. Zum Glück sind die Chambres garnies, in denen Fürst Jean haust, nicht zu weit entfernt . . . Mark findet den Fürsten im Bette liegend. Er ist eben erst vom gestrigen Trinkgelage heimgekehrt. Sein verlebtes, feistes Gesicht ist knallrot und die Stirn mit

Schweiß bedeckt. In seinem Kopf hämmert es und im Magen tobt eine Revolution. Er möchte gern einschlafen und kann es vor Übelkeit nicht. Seine trüben Augen stieren die Waschschüssel an, die bis oben mit Seifenwasser gefüllt ist.

Mark tritt, nicht ohne Widerwillen, in die verwahrloste Stube ein und nähert sich dem Bette.

„Das ist nicht hübsch, Iwan Michailowitsch!“ sagt er vorwurfsvoll.

„Was ist nicht hübsch?“

„Warum haben Sie Ihrem Fräulein Tante heute nicht gratuliert? Ist denn das nett?“

„Pack' Dich zum Teufel!“ ruft Jean, ohne den Blick vom Seifenwasser zu wenden.

„Als wenn das die Tante nicht kränken müßte? Wie? Ach, Iwan Michailowitsch, Ew. Durchlaucht! Haben Sie denn gar kein Gefühl? Sagen Sie, wozu wollen Sie sie denn beleidigen?“

„Ich mache keine Visiten . . . Sag' ihr das einfach . . . Diese Sitte ist schon lange veraltet . . . Ich hab' auch keine Zeit. herumzufahren. Fahrt, wenn Ihr nichts zu thun habt, selbst umher und laßt mich in Ruhe . . . Nun mach, daß Du fortkommst! Ich will schlafen . . .“

„Schlafen . . . Und in die Augen können Sie mir nicht vor Schande sehen . . .“

„Na . . . Kusch . . . So ein frecher Kerl! Ein Luder!“

Mark zwinkert heftig mit den Augen. Eine längere Pause.

„Nun, Ew. Durchlaucht, sei'n Sie schon so gut, fahren Sie hin und gratulieren Sie. Die Fürstin weinen und liegen zu Bett . . . Sei'n Sie doch so gut und erweisen Sie ihr die Ehre . . . Fahren Sie nur hin, Ew. Durchlaucht!“

„Nein, fällt mir nicht ein. Es hat keinen Zweck und ich hab' auch zu thun . . . Und was soll ich denn auch bei der alten Jungfer machen? . . .“

„Fahren Sie doch, Ew. Durchlaucht, erweisen Sie uns die Gnade! Ich kann gar nicht sagen, wie Durchlaucht durch Ihre Undankbarkeit, mit Verlaub, und Gefühllosigkeit betrübt sind!“

Mark fährt mit dem Ärmel über die Augen.

„Sei'n Sie doch so gut!“

„Hm . . . Giebt's denn bei Euch Cognak?“ fragt Jean.

„Jawohl, Ew. Durchlaucht, jawohl!“

„So, hm, hm . . .“

Der Fürst zwinkert mit dem linken Auge.

„So, so, und auch hundert Rubel?“

„Nein, das ist unmöglich . . . Sie wissen's selbst, daß wir unsere früheren Kapitalien nicht mehr haben . . . daß uns unsere Verwandten zu Grunde gerichtet . . . Wie wir Geld hatten, kamen alle zu uns, und jetzt . . . Es ist wohl Gottes Wille . . .“

„Im vorigen Jahr hab' ich von Euch für die Visite wieviel . . . 200 Rubel genommen, nicht? Und jetzt habt Ihr nicht 'mal hundert? Jawohl, alter Fuchs, Dich kennen wir! Such 'mal bei der Alten nach, 's wird sich schon finden . . . Übrigens kannst Du Dich auch packen, ich möchte nämlich schlafen.“

„Sei'n Sie doch so großmütig, Ew. Durchlaucht! Die Fürstin sind doch alt und schwach . . . haben Sie doch Mitleid mit ihr, Ew. Durchlaucht!“

Jean ist unerbittlich. Mark beginnt mit ihm zu feilschen. Gegen fünf Uhr ergiebt sich Jean, zieht seinen Frack an und fährt zur Fürstin . . .

„Ma tante“, sagt er, seine Lippen auf ihre Hand pressend, und die Augen gehen ihm über . . .

Und sich in den Lehnstuhl werfend, beginnt er dasselbe Gespräch, wie im vorigen Jahr.

„Marie Kriskin, ma tante, hat aus Nizza einen Brief . . . Ihr Mann – wie gefällt Ihnen das? – beschreibt ganz harmlos ein Duell, welches er wegen irgend einer Sängerin mit einem Engländer gehabt hat . . . wegen der Dingsda, den Namen hab' ich vergessen . . .“

„Ach, wirklich!“

Die Fürstin himmelt mit den Augen. schlägt die Hände zusammen und wiederholt mit Staunen und nicht ohne erschrocken zu thun:

„Ach, wirklich?“

„Jawohl . . . Duelliert sich und läuft Sängerinnen nach, während hier seine Frau hinsiecht und zu Grunde geht . . . Ich begreife solche Leute nicht, ma tante!"

Die überglückliche Fürstin setzt sich näher an Jean heran und das Gespräch zieht sich in die Länge . . . Es wird Thee mit Kognak gereicht.

Und während die glückliche Fürstin, ihrem Neffen lauschend, lacht und staunt und erschrickt, sucht der alte Mark in allen seinen Geheimfächern herum und liest die Papierscheine zusammen.

Fürst Jean hat sich unglaublich nachgiebig gezeigt. Man braucht ihm nur fünfzig Rubel zu zahlen. Aber um diese fünfzig Rubel zusammenzubringen, muß der alte Mark mehr als ein Fach durchstöbern!

Die Verleumdung

Der Kalligraphielehrer Achinejew verheiratete seine Tochter Natalie an den Geographie- und Geschichtslehrer Loschadinich.

Das Hochzeitsfest war in vollem Gange. Im Saal wurde gesungen, gespielt und getanzt. Durch die Zimmer rannten kopflos die Mietslakaien in schwarzen Fracks und schmutzigen weißen Krawatten. Der Mathematiklehrer Tarantulow, der Franzose Pasdequoi und der jüngere Revisor des Kontrollhofes, Msda, saßen nebeneinander auf dem Divan und erzählten den Gästen, sich immerfort gegenseitig unterbrechend und verbessernd, alle ihnen bekannten Fälle vom Lebendigbegrabenwerden und legten ihre Ansicht über den Spiritismus dar. Alle drei glaubten nicht an den Spiritismus, gaben aber zu, daß in dieser Welt vieles vorkomme, was sich der menschliche Verstand nicht erklären könne.

In einem anderen Zimmer erklärte der Litteraturlehrer Dodonski die Fälle, in welchen ein Posten auf das Publikum schießen dürfe. Die Unterhaltung war, wie Sie sehen, zwar etwas grausig, aber dennoch sehr animiert.

Durch die Fenster guckten von draußen die Leute hinein, denen, ihrer sozialen Stellung gemäß, das Recht des Eintretens nicht zustand.

Punkt zwölf trat der Hausherr Achinejew in die Küche, um nachzuschauen, ob alles zum Abendessen bereit sei. Die ganze Küche war vom Boden bis zur Decke mit einem Nebel erfüllt, der sich aus dem Aroma von Gänsen, Enten und vielen anderen schönen Sachen entwickelte. Auf zwei Tischen sah man in malerischer

Unordnung die Bestandteile eines wahrhaft lukullischen Mahles umherliegen. An den Tischen machte sich die Köchin Marfa, ein dickes Frauenzimmer mit einem zwei Etagen hohen, verschnürten Magen, zu thun.

„Meine Beste, zeig' mal den Fisch etwas her!" sagte Achinejew, sich schmunzelnd die Hände reibend. „Na, ist das ein Duft! Die ganze Küche möchte man verspeisen! Na also, zeig mal den Fisch!"

Marfa trat an eine der Bänke heran und hob behutsam ein fettiges Zeitungsblatt auf. Unter diesem Blatt ruhte auf einer Riesenschüssel ein mächtiger, mit Kapern, Oliven und Rübchen dekorierter Weißfisch. Achinejew sah den Fisch an und verging fast vor Entzücken. Sein Gesicht erstrahlte, die Augen gingen ihm über. Er beugte sich vor und gab mit den Lippen den Ton eines ungeschmierten Wagenrades von sich. Eine Weile blieb er noch stehen, schlug mit den Fingern ein Schnippchen und schnalzte nochmals mit der Zunge.

„Ah! Die Musik eines feurigen Kusses . . . Mit wem küßt Du Dich denn, Marfa?" hörte man aus dem Nebenzimmer eine Stimme, und in der Thür zeigte sich der glattgeschorene Kopf von Achinejews Kollegen, Wanjkin.

„Wer ist der Glückliche? Aaa . . . sehr angenehm! Mit Herrn Achinejew selber! Bravo, Großpapa, sehr gut! So ein kleines tête-à-tête mit der holden Weiblichkeit . . ."

„Ich küss' mich ja gar nicht", erwiderte verlegen Achinejew. „Sich so etwas auszudenken, Du . . . Ich schnalzte nur mit der Zunge wegen . . . vor Vergnügen . . . wie ich den Fisch da sah . . ."

Wanjkins Gesicht lachte vor Vergnügen und verschwand in der Thür. Achinejew errötete.

„Weiß der Teufel!" dachte er. – „Jetzt geht dieser Kerl am Ende noch hin und macht Klatschereien. So was geht dann durch die ganze Stadt . . . So ein Rindvieh!"

Achinejew kehrte schüchtern in den Saal zurück und schielte heimlich nach allen Seiten, wo Wanjkin sei? Wanjkin stand am Klavier und erzählte gerade etwas mit chevaleresker Haltung der Schwägerin des Inspektors, die belustigt lächelte.

„Über mich!" dachte Achinejew. „Über mich, daß ihn der Satan hole! Und sie, sie glaubt es auch gleich, glaubt es ihm auch und lacht! So eine Närrin! Mein Gott! Nein, das darf ich nicht zulassen . . nein . . Ich muß etwas thun, damit man es ihm nicht glaubt . . Ich werde mit ihnen allen darüber reden und ihn als dumme Klatschbase entlarven!“

Achinejew kratzte sich etwas und trat, immer noch verlegen, auf Pasdequoi zu.

„Ich war eben in der Küche, um etwas nach dem Abendessen zu sehen“, sagte er zum Franzosen. „Ich weiß, Sie sind auch ein großer Freund von Fisch, und ich habe da so einen, mein Bester, zwei Arschin groß! He-he-he . . Ja, übrigens . . ich hätte beinahe vergessen . . . In der Küche, jetzt eben, mit diesem Fisch – so ein Spaß! Ich komme also in die Küche und will mir die Speisen ansehen . . Ich schau den Fisch an, und vor Vergnügen . . so ein prächtiges Tier . . schnalze ich mit der Zunge, so . . Und in diesem Augenblick tritt plötzlich dieser Schafskopf Wanjkin ein und sagt . . ha-ha-ha . . und sagt: „Aha . . Ihr küßt Euch hier?“ So ein Narr. mit der Köchin, der Marfa! Das Frauenzimmer sieht so aus, als wenn . . – na, sich mit der zu küssen! So ein Narr! Ein Kerl“!

„Wer das?“ fragte, herantretend, Tarantulow.

„Der, der Wanjkin! Ich komme in die Küche . . .“

Die Geschichte mit dem Fisch und Marfa wurde noch einmal erzählt.

„So etwas! Ich hätte lieber den Hofhund, als die Marfa geküßt . . .“ und Achinejew erblickte, als er sich umsah, Herrn Msda.

„Wir sprechen von Wanjkin“, sagte er ihm. „So ein Narr! Kommt in die Küche hinein, sieht mich neben der Marfa und denkt sich sofort eine ganze Geschichte aus. „So, Ihr küßt Euch also?“ sagte er. War wohl schon etwas angeheitert! Und ich sag' ihm, daß ich lieber den Truthahn als Marfa geküßt hätte. Verheiratet bin ich auch, sag' ich ihm. So was Dummes! Zum lachen!“

„Was giebt's zum lachen?“ fragte im Vorbeigehn der Gymnasial-Pfarrer.

„Der Wanjkin. Ich stehe, wissen Sie, in der Küche und betrachte den Fisch . . .“

Und so weiter. Im Verlauf einer halben Stunde waren bereits alle Gäste über die Geschichte mit dem Fisch unterrichtet.

„Möge er ihnen jetzt erzählen, so viel er mag!“ dachte Achinejew, sich die Hände reibend. „Nur zu! Sobald er anfängt zu erzählen, sage ich ihm gleich: Kannst Dir Dein Blech sparen, mein Freund! Wir wissen es schon alle!“

Und Achinejew war jetzt so sehr beruhigt, daß er sogar vier Gläschen über sein Maß trank. Nach dem Abendessen geleitete er die Neuvermählten ins

Brautgemach, legte sich dann zu Bett und schlief vortrefflich. Am andern Tage hatte er die Geschichte mit dem Fisch schon vergessen. Aber wehe! Der Mensch denkt und Gott lenkt. Die böse Zunge that ihre Schuldigkeit und Achinejews Schlauheit erwies sich als machtlos! Genau nach einer Woche, und zwar am Mittwoch nach der dritten Stunde, als Achinejew im Lehrerzimmer stand und sich über die schlimmen Neigungen des Schülers Wissekin aufhielt, trat an ihn der Direktor heran und bat ihn etwas zur Seite.

„Mein bester Herr Achinejew", sagte der Direktor. – „Sie verzeihen . . . Es ist zwar nicht meine Sache, aber ich muß Sie doch darauf aufmerksam machen . . . Es ist meine Pflicht . . . Sehen Sie, es kursiert in der Stadt das Gerücht, daß Sie mit dieser . . . mit Ihrer Köchin ein Verhältnis haben . . . Es geht mich ja nichts an, aber . . . leben Sie mit ihr, küssen Sie sich . . . was Sie wollen, aber, ich bitte, nur nicht so öffentlich! Ich bitte Sie! Vergessen Sie nicht Ihren hohen Beruf!"

Achinejew lief es kalt über den Rücken und er verlor die Fassung. Wie von einem Riesenschwarm zerstochen, wie mit siedendem Wasser übergossen, ging er nach Hause. Unterwegs schien es ihm, als wenn ihn die ganze Stadt ansähe, wie einen mit Pech besudelten . . . Zu Hause erwartete ihn eine neue Unannehmlichkeit.

„Warum ißt du denn nichts?" fragte ihn zu Mittag seine Frau. „Wovon träumst du? Von deiner Liebe? Sehnst dich wohl nach der Marfa? So ein Muhammedaner! Alles weiß ich! Man hat mir die Augen geöffnet! So ein . . . Barbar!"

Und trach! hatte er eins über die Backe. Er erhob sich vom Tisch und ging wie bewußtlos, ohne Hut und Überzieher, zu Wanjkin. Wanjkin war zu Hause.

„Du Schuft!" wandte sich Achinejew zu ihm. „Wofür hast Du mich vor aller Welt besudelt? Wozu mich verleumdet!"

„Wieso verleumdet? Was bilden Sie sich ein?"

„Wer hat denn den Klatsch erfunden, als hätte ich mich mit der Marfa geküßt? Vielleicht nicht Du? Nicht Du?"

Wanjkin begann mit den Augen zu zwinkern, sein ganzes verlebtes Gesicht geriet in Zuckungen und seine Augen zum Heiligenschrein in der Ecke erhebend, sagte er:

„Straf' mich Gott! Bei meinem Seelenheil; ich habe kein Wort über die Geschichte gesprochen! Daß ich verdammt sei! Daß ich . . ."

Wanjkins Aufrichtigkeit konnte nicht bezweifelt werden. Es war klar, daß nicht er den Klatsch verbreitet hatte.

„Aber wer denn? Wer?“ grübelte Achinejew, sich an die Brust schlagend und alle seine Bekannten der Reihe nach prüfend. „Wer denn?“

Tsss! . . .

Iwan Jegorowitsch Krasnuchin, ein Journalist mittleren Ranges, kehrt spät in der Nacht heim, ernst und ungewöhnlich konzentriert. Er sieht aus, als erwarte er eine Haussuchung oder als gehe er mit Selbstmordgedanken um. Nachdem er in seinem Zimmer eine Zeitlang auf und abgegangen, bleibt er stehen, wühlt sein Haar auf und spricht im Tone des Laertes, der seine Schwester rächen will:

„Zerschlagen, müde an Leib und Seele, auf dem Herzen drückender Trübsinn, und mußt Dich dennoch hinsetzen und schreiben! Und das nennt man Leben?! Warum hat noch niemand den qualvollen Zwiespalt beschrieben, der einen Schriftsteller martert, wenn er traurig ist und dennoch die Menge amüsieren muß, oder wenn er lustig ist und auf Bestellung Thränen vergießen muß? Ich muß pikant, gleichgiltig-kühl, geistreich sein, aber stellen Sie sich vor, daß mich der Kummer drückt, oder daß ich, wollen wir sagen, krank bin, daß mein Kind mir stirbt, meine Frau niederkommt!“

Er spricht das alles, indem er die Fäuste ballt und die Augen rollen läßt . . . dann geht er ins Schlafzimmer und weckt seine Frau.

„Nadja“, sagt er, „ich setze mich jetzt an die Arbeit . . . Bitte, daß mich niemand stört. Man kann nicht schreiben, wenn die Kinder heulen und die Köchin schnarcht . . . Sorge auch, bitte, dafür, daß Thee und . . . sagen wir, Beefsteak da ist . . . Du weißt, ich kann ohne Thee nicht schreiben . . . Thee ist das einzige, was mich während der Arbeit aufrecht erhält.“

In sein Zimmer zurückgekehrt, nimmt er Rock, Weste und Stiefel ab. Diese Prozedur wird sehr langsam bewerkstelligt. Darauf verleiht er seinem Gesicht den Ausdruck gekränkter Unschuld und setzt sich an den Schreibtisch.

Auf dem Tisch giebt es nichts Zufälliges, Alltägliches, und jede kleinste Kleinigkeit trägt den Stempel einer reiflichen Überlegung und eines strengen Programms. Kleine Büsten und Photographien berühmter Schriftsteller, ein Haufen Manuskripte, der aufgeschlagene Band eines Musterkritikers, eine

Hirnschale, die als Aschenbecher dient, ein Zeitungsblatt, nachlässig zusammengefaltet, aber so, daß man eine mit blauer Bleifeder umrandete Stelle sieht, neben welcher in großen Zügen die Randbemerkung „gemein“ prangt. Daneben liegen ein Dutzend frischgespitzter Bleistifte und Federhalter mit neuen Federn, die offenbar der Möglichkeit vorbeugen sollen, daß irgend ein äußerer Einfluß oder Zufall, wie z. B. eine verdorbene Feder, auch nur auf eine Sekunde den freien schöpferischen Flug unterbreche . . .

Krasnuchin wirft sich auf die Lehne des Stuhls zurück und vertieft sich mit geschlossenen Augen in sein Thema. Er kann hören, wie seine Frau mit den Pantoffeln schlurft und die Späne für den Samowar schlägt. Sie ist noch nicht ganz wach, was man daraus schließen kann, daß der Samowardeckel und das Hackmesser ihr immerwährend aus den Händen fallen. Bald läßt sich das Summen des Samowars und das Knistern der Butter beim braten vernehmen. Die Frau hört mit dem Späneschlagen nicht auf und klappert immerfort mit der Ofenthür.

Plötzlich fährt Krasnuchin zusammen, öffnet erschrocken die Augen, und beginnt mit der Nase in der Luft umherzuschnuppern.

„Mein Gott, Ofendunst!“ stöhnt er auf, die Stirne leidenvoll runzelnd. „Dunst! Dieses unerträgliche Weib hat sich die Aufgabe gestellt, mich zu vergiften. Nun sagt mir doch einer, wie ich unter solchen Umständen schreiben kann?!“

Er läuft in die Küche und läßt dort einen tragischen Monolog vom Stapel.

Als die Frau ihm nach einiger Zeit, vorsichtig auf den Fußspitzen gehend, ein Glas Thee bringt, sitzt er wie vordem zurückgelehnt, mit geschlossenen Augen, in sein Thema versunken. Er rührt sich nicht, trommelt leise mit zwei Fingern auf der Stirn und thut, als fühle er die Anwesenheit der Frau nicht . . . Sein Gesicht trägt wie vordem den Ausdruck gekränkter Unschuld.

Wie ein junges Mädchen, dem man einen teuren Fächer geschenkt hat, ziert er sich und kokettiert lange mit sich selbst, ehe er sich entschließt, den Titel niederzuschreiben . . . Er drückt sich die Schläfen, krümmt sich und zieht die Beine unterm Stuhl ein, als habe er Schmerzen, oder nimmt eine süß hingegossene Pose an, wie ein Kater auf dem Sofa . . . Endlich streckt er, nicht ohne Schwanken, die Hand nach dem Tintenfaß aus und macht mit einem Gesichtsausdruck, als unterzeichnete er ein Todesurteil, die Überschrift . . .

„Mama, gieb mir Wasser!“ hört er die Stimme seines Sohnes.

„Tsss!“ macht die Mutter. „Papa schreibt! Tsss . . .“

Papa schreibt schnell, in fliegender Hast, ohne Korrekturen und Pausen, so daß er kaum die Seiten wenden kann. Die Büsten und Portraits der berühmten Schriftsteller sehen auf seine schnell über das Papier laufende Feder herab und scheinen zu denken: „Hast Du Bruder Dich aber gut eingefuchst!“

„Tsss!“ macht die Feder.

„Tsss!“ machen die Schriftsteller, wenn Krasnuchins Knie an den Tisch stößt und sie mit dem Tisch zusammen erzittern.

Plötzlich richtet Krasnuchin sich auf, legt die Feder hin und horcht . . . Er vernimmt ein gleichmäßiges monotones Flüstern . . . Hinter der Wand, in dem Zimmer nebenan, betet sein Mieter Foma Nikolajewitsch.

„Hören Sie!“ schreit Krasnuchin. „Können Sie nicht gefälligst etwas leiser beten? Sie stören mich beim Schreiben!“

„Entschuldigen Sie . . .“ antwortet schüchtern Foma Nikolajewitsch.

„Tsss!“

Nachdem er fünf Seiten geschrieben, reckt Krasnuchin sich und sieht nach der Uhr.

„Mein Gott, schon drei Uhr!“ stöhnt er auf. „Die Menschen schlafen, und ich . . . ich allein muß arbeiten!“

Müde, zerschlagen, das Haupt auf der Seite, geht er in das Schlafzimmer, weckt seine Frau und sagt mit schwacher Stimme:

„Nadja, gieb mir noch Thee! Ich bin . . . erschöpft!“

Er schreibt bis vier Uhr und er würde gerne noch bis sechs schreiben, wenn das Thema nicht versiegt wäre. Das Kokettieren und die Ziererei vor sich selbst und vor den unbelebten Gegenständen, sicher vor jedem indiskreten beobachtenden Auge, der Despotismus und die Tyrannei in einem kleinen Ameisenhaufen, den das Schicksal unter seine Gewalt gestellt hat, bilden das Salz und den Honig seiner Existenz.

Und wie wenig ähnelt dieser Despot hier zu Hause jenem kleinen, demütigen, wortlosen und unbegabten Menschlein, das wir gewohnt sind, in den Redaktionen zu sehen!

„Ich bin so überanstrengt, daß ich kaum einschlafen werde …“ sagt er, als er sich schlafen legt. „Unsere Arbeit, diese verfluchte, undankbare Zwangsarbeit ermüdet nicht so sehr den Körper, als die Seele … Ich müßte Bromkali einnehmen … Ja, Gott sieht es, wenn nicht die Familie wäre, würde ich diese Arbeit aufgeben … Auf Bestellung schreiben! Das ist fürchterlich!“

Er schläft bis zwölf oder bis ein Uhr mittags, und er schläft fest und gesund … O, wie würde er noch ganz anders schlafen, was würde er für Träume sehen, wenn er ein bekannter Schriftsteller, Redakteur oder auch nur Verleger werden könnte!

„Er hat die ganze Nacht durch geschrieben!“ flüstert die Frau und macht ein erschrockenes Gesicht, „Tsss!“

Niemand darf weder sprechen, noch gehen, noch irgend ein Geräusch machen. Sein Schlaf ist ein Heiligtum, für dessen Entweihung der Schuldige grausam bestraft würde!

„Tsss!“ schwirrt es durch die Wohnung.

„Tsss!“

Plappertasche

Natalja Michajlowna, eine junge Frau, die am Morgen aus Jalta heimgekehrt war, aß zu Mittag und erzählte ihrem Mann, ohne ihr Zünglein auch nur eine Sekunde stillstehen zu lassen, von den Herrlichkeiten der Krim. Der Mann blickte ihr begeistertes Gesicht voll Entzücken und Freude an und stellte nur ab und zu ein paar Fragen …

„Aber man sagt, das Leben soll dort furchtbar teuer sein?“

„Ja, wie soll ich Dir sagen, Papachen? Meiner Ansicht nach wird darin stark übertrieben. Der Teufel ist nicht so schlimm, wie man ihn an die Wand malt. Ich, zum Beispiel, hatte mit Julija Petrowna ein sehr bequemes und anständiges Logis für zwanzig Rubel täglich. Alles, mein Schatz, hängt von der Kunst ab, sein Leben einzurichten. Natürlich, wenn man Ausflüge in die Berge macht … zum Beispiel aus den Aj-Petri … sich ein Pferd, einen Führer nimmt – ja, dann natürlich wird es teuer. Schrecklich teuer! Aber Wassitschka, was sind dort für Be–erge! Stell Dir vor, so hohe, hohe Berge, tausendmal höher als die Kirche …

Oben ist nur Nebel, Nebel und Nebel ... Unten riesige Felsen, Felsen und Felsen ... Und die Pinien ... Ach, ich mag nicht daran denken!"

„Aber was ich sagen wollte ... Unter anderem las ich hier in einer Zeitschrift von den dortigen Führern, den Tataren ... So eine Schweinerei! Ist an ihnen denn wirklich was Besonderes d'ran?"

Natalja Michajlowna rümpfte verächtlich das Näschen und schüttelte mit dem Kopf.

„Gewöhnliche Tataren, nichts Besonderes ..." sagte sie. „Übrigens habe ich sie nur flüchtig, von weitem gesehen ... Man zeigte sie mir, aber ich gab nicht acht darauf. Ich habe, Papachen, immer ein Vorurteil gegen alle diese Tscherkessen, Griechen ... Mauren gehabt! ..."

„Man sagt, daß sie furchtbare Don Juans sein sollen."

„Vielleicht! Es giebt ja Frauenzimmer, die ..."

Natalja Michajlowna sprang plötzlich auf, als wäre ihr etwas Schreckliches eingefallen, blickte eine halbe Minute lang den Mann mit erschrockenen Augen an und sagte, indem sie jedes Wort dehnte.

„Wassitschka, ich will Dir nur sagen, was es für un-mo-ra-lische Frauen giebt! Ach, was für unmoralische! Und nicht etwa, weißt Du, aus den unteren oder mittleren Ständen, nein, Aristokratinnen, diese anfgeblasenen bonton-Damen! Geradezu fürchterlich, ich traute meinen Augen nicht! So lang ich lebe, vergesse ich es nicht! Wie ist es nur möglich, sich so zu vergessen, daß ... Ach, Wassitschka, ich will davon gar nicht sprechen. Nehmen wir zum Beispiel meine Reisegefährtin, Julija Petrowna ... So einen guten Mann hat sie, zwei Kinder ... gehört zur guten Gesellschaft, spielt sich immer als Heilige auf, und plötzlich, kannst Du Dir denken ...? Aber, Papachen, das bleibt natürlich entre nous. – Giebst Du Dein Ehrenwort, daß Du es niemandem erzählen wirst?"

„Na, so etwas! Natürlich erzähle ich das niemandem."

„Ehrenwort? Hörst Du! Ich glaube Dir ..."

Die junge Frau legte die Gabel hin, machte ein geheimnisvolles Gesicht und begann im Flüsterton.

„Stell Dir so etwas vor ... Einmal reitet diese Julija Petrowna in die Berge ... Es war ein wundervolles Wetter! Sie ritt mit ihrem Führer voraus, etwas weiter zurück folgte ich. Wir waren vielleicht so drei, vier Werst geritten, als plötzlich, verstehst Du, Wassitschka, Julija aufschreit und sich nach der Brust faßt. Ihr Tatare greift sie um die Taille, sonst wäre sie aus dem Sattel gefallen ... Ich reite mit meinem Führer zu ihr heran ... Was ist? Was ist passiert? „Ach", schreit sie, „ich sterbe! Es wird mir schlecht! Ich kann nicht weiter!" Stell Dir meinen Schreck vor! – Dann reiten wir zurück, sage ich. „Nein", sagt sie, „Natalie, ich kann nicht zurückreiten! Wenn ich noch einen Schritt mache, so sterbe ich vor Schmerzen! Ich habe Krämpfe!" Und sie bittet und fleht mich und meinen Sulejman um Gotteswillen an, daß wir in die Stadt zurückreiten und ihr Hoffmann-Tropfen holen, die ihr helfen."

„Wart 'mal ... Ich verstehe Dich nicht ganz ..." murmelte der Mann, sich die Stirn reibend. „Du sagtest doch zuerst, daß Du diese Tataren nur von weitem gesehen hättest, und jetzt erzählst Du mir von irgend einem Sulejman?"

„Du fängst wieder mit Deinen Wortklaubereien an!" sagte die Frau mit einer Grimasse, ohne auch nur im geringsten verlegen zu werden. „Ich kann so ein mißtrauisches Wesen nicht vertragen! Nein, das kann ich nicht leiden."

„Ich sage ja nichts, aber ... wozu die Unwahrheit reden? Bist Du mit dem Tataren geritten, so bist Du geritten, und damit basta. Aber ... wozu solche Ausflüchte?"

„Hm! ... So komisch zu sein!" empörte sich die junge Frau. „Auf Sulejman eifersüchtig! Ich möchte doch wissen, wie Du ohne Führer in die Berge geritten wärst! Ich kann es mir vorstellen! Wenn Du die dortigen Verhältnisse nicht kennst und das nicht begreifst, so schweig lieber. Sei still und schweig! Ohne Führer kann man dort nicht einen Schritt machen."

„Natürlich!"

„Bitte dieses dumme Lächeln zu unterlassen. Ich bin nicht etwa irgend eine Julija ... Ich verteidige sie auch nicht, aber ich ... hm! Wenn ich mich auch nicht als Heilige aufspiele, so habe ich mich doch noch nicht so weit vergessen. Mein Sulejman durfte die Grenze nicht überschreiten ... Ne–ein! Julijas Mametkul pflegte bei ihr die ganze Zeit zu sitzen, bei mir aber hieß es, wenn des Abends die Uhr elf schlug, sofort: „Sulejman, marsch! Gehen Sie!" Und mein dummes Tatarchen geht auch. Ich hielt ihn streng, Papachen ... Sobald er 'mal wegen des Geldes oder wegen sonst irgend was zu knurren begann, kam ich ihm gleich: „Wie? Wa–as? Wa–a–as?" Gleich fiel ihm das Herz in die Hosen ... Ha-ha–ha ... Augen hatte er, schwarz, pechschwarz, wie eine Kohle, verstehst Du,

Wassitschka, ein tatarisches Fratzchen, so dumm und komisch . . . Ich hielt ihn stramm! So!“

„Ich kann es mir vorstellen . . .“ brummte der Gatte, während er Brodkügelchen rollte.

„Dumm, Wassitschka! Ich weiß ja, was Du für Gedanken hast! Ich weiß, was Du denkst . . . Aber ich versichere Dich, daß er bei mir sogar während der Ausflüge die Grenzen nicht überschreiten durfte. Wir reiten zum Beispiel in die Berge oder zum Wasserfall U-tschau-Su, und ich sage ihm stets: „Sulejman, hinten reiten! Na!“ Und immer ritt er hinten nach, der Ärmste . . . Sogar während . . . sogar an den allerpathetischsten Stellen pflegte ich ihm zu sagen: „Und trotzdem darfst Du nicht vergessen, daß Du nur ein Tatar bist, während ich die Frau eines Staatsrats bin!“ Ha–ha . . .“

Die junge Frau begann zu lachen, sah sich dann schnell um, machte ein erschrockenes Gesicht und fuhr fort zu flüstern:

„Aber Julija! Ach diese Julija! Ich verstehe, Wassitschka, warum soll man nicht etwas Spaß machen, warum soll man sich nicht eine Erholung nach der Leere des gesellschaftlichen Lebens gönnen? Das geht ja alles . . . spaße und erhole Dich, soviel Du willst, niemand wird es verurteilen. Aber so etwas ernst zu nehmen, Scenen zu machen . . . nein, sag' was Du willst, das verstehe ich nicht! Stell Dir vor, sie war eifersüchtig! Na, ist so etwas nicht dumm? Einmal kommt zu ihr der Mametkul, ihre Passion . . . Sie war nicht zu Hause . . . Nun, ich rief ihn zu mir herein . . . wir kamen ins Gespräch, dies und jenes . . . sie sind ja, weißt Du, zu komisch! So verging ganz unvermerkt der Abend . . . Plötzlich stürzt Julija herein . . . überfällt mich und Mametkul . . . macht uns eine Scene . . . Pfui! So etwas verstehe ich nicht, Wassitschka!“

Wassitschka räusperte sich, runzelte die Stirn und begann im Zimmer auf und ab zu gehen.

„Ein lustiges Leben führtet Ihr dort, das muß man sagen!“ brummte er mit einem verächtlichen Lächeln.

„Na, wie das du–umm ist!“ sagte Natalja Michajlowna gekränkt. „Ich weiß, woran Du denkst! Du hast immer solche schmutzige Gedanken! Nun, dann werde ich Dir eben nichts erzählen. Nein!“

Die junge Frau warf schmollend die Lippen auf und verstummte.

Kaschtanka

Schlechte Aufführung

Ein junger rotbrauner Hund – eine Kreuzung von Dachs und Dorfköter –, dessen Schnauze der eines Fuchses sehr ähnelte, lief auf dem Trottoir hin und her und schaute sich unruhig nach allen Seiten um. Zuweilen blieb er stehen, hob winselnd bald die eine, bald die andere seiner frierenden Pfoten und suchte sich darüber Rechenschaft zu geben, wie es doch passieren konnte, daß er sich verirrt hatte?

Er entsann sich sehr wohl, wie er den Tag verbracht hatte und wie er dann endlich auf dieses unbekannte Trottoir geraten war.

Der Tag hatte damit begonnen, daß sein Herr, der Tischler Luka Alexandritsch, sich seine Mütze aufgesetzt, irgend ein hölzernes, in rotes Tuch gehülltes Ding untern Arm genommen und dann gerufen hatte:

– Kaschtanka, komm!

Als die Kreuzung von Dachs und Dorfköter diesen Ruf vernommen, war er unter der Hobelbank, wo er auf den Spänen geschlafen hatte, hervorgekommen, hatte süß seine Glieder gereckt und war dann seinem Herrn nachgelaufen. Die Kunden von Luka Alexandritsch wohnten furchtbar weit, so daß dieser, ehe er zu ihnen gelangte, unterwegs mehrere Mal in den Wirtschaften einkehren und sich stärken mußte. Kaschtanka erinnerte sich, daß er sich unterwegs sehr unanständig aufgeführt hatte. Vor Freude, daß man ihn mit spazieren genommen hatte, sprang er umher, stürmte bellend den Pferdebahnwagen nach, lief in die Höfe hinein und tollte mit Hunden umher. Der Tischler verlor ihn immerwährend aus den Augen, blieb stehen und schrie ihn wütend an. Einmal packte er sogar Kaschtanka mit gierigem Gesichtsausdruck am Fuchsohr, zauste ihn und sprach langsam und abgerissen:

„Daß Dich . . . der . . . Teufel . . .“

Nachdem er seine Geschäfte erledigt, hatte Luka Alexandritsch auf einen Augenblick seine Schwester besucht und dort einen kleinen Frühschoppen gemacht. Von der Schwester ging er zu einem bekannten Buchbinder, von dort in ein Wirtshaus, aus dem Wirtshaus zum Gevatter u. s. w. Mit einem Wort – als Kaschtanka auf das fremde Trottoir geraten war, fing es schon an zu dunkeln, und der Tischler war bezecht wie ein Schuster. Er fuchtelte mit den Armen, seufzte tief und murmelte:

„In Sünden hat mich meine Mutter geboren! Sünden, nichts als Sünden! Jetzt spazieren wir, Kaschtanka, mit Dir so einher und sehen uns die Laternen an, und sind wir tot – braten wir in der Hölle . . ."

Oder aber er verfiel in eine gutmütige Stimmung, rief Kaschtanka zu sich heran und sagte ihm:

„Du, Kaschtanka, bist ein Insekt und sonst nichts. Im Vergleich zu uns Menschen bist du so . . . so wie ein Zimmermann im Vergleich zum Tischler . . ."

Während er sich so mit dem Hunde unterhielt, ertönte plötzlich Musik. Kaschtanka sah sich um und erblickte ein ganzes Regiment Soldaten, das gerade auf ihn zukam. Da er seiner Nerven wegen Musik nicht vertragen konnte. so begann er sich zu drehen und zu heulen. Zu seiner größten Verwunderung aber war der Tischler garnicht erschrocken und bellte und krümmte sich nicht, sondern stand „stramm" und salutierte, seine fünf Finger an die Mütze legend und übers ganze Gesicht grinsend. Da Kaschtanka sah, daß sein Herr an einen Protest garnicht dachte, so begann er noch lauter zu heulen und stürzte fassungslos über die Straße auf das andere Trottoir.

Als er wieder zur Besinnung gekommen war, spielte die Musik nicht mehr und das Regiment war vorüber. Er lief über die Straße zurück an die Stelle, wo er seinen Herrn verlassen hatte, aber siehe da, der Tischler war schon weg. Kaschtanka stürmte vorwärts, dann wieder zurück, lief noch einmal über die Straße, aber der Tischler war wie in die Erde versunken . . . Kaschtanka begann das Trottoir zu beschnuppern in der Hoffnung, die Spuren seines Herrn zu erkennen, aber kurz vordem war irgend ein Schuft in Gummischuhen über das Trottoir gegangen, und jetzt vermischten sich alle seinen Gerüche mit dem Gnmmigestank. Da etwas herauszuriechen war ganz unmöglich.

Kaschtanka lief hin und her, ohne seinen Herrn zu finden, und unterdessen wurde es dunkel. Zu beiden Seiten der Straße wurden die Laternen angezündet, und in den Fenstern der Häuser wurde es hell. Große lockere Schneeflocken fielen langsam vom Himmel herab und färbten das Pflaster, die Rücken der Pferde und die Mützen der Droschkenkutscher schön weiß, und je dunkler es wurde, um so blendendweißer erschienen alle Gegenstände. An Kaschtanka vorbei, ihm immerfort den Gesichtskreis verdeckend und ihn mit den Füßen tretend, gingen ohne Unterbrechung fremde Kunden. – Kaschtanka teilte nämlich die gesamte Menschheit in zwei etwas ungleiche Teile: in Meister und Kunden; zwischen diesen und jenen bestand ein wesentlicher Unterschied: die Meister hatten das Recht, ihn zu schlagen, und bei den Kunden besaß er selbst das Recht, sie in die Waden zu beißen. – Die Kunden eilten alle irgend wohin und beachteten Kaschtanka garnicht.

Als es ganz dunkel geworden, überfielen Kaschtanka Verzweiflung und Schrecken. Er drückte sich an eine Hausthür und begann bitterlich zu weinen. Der auf den ganzen Tag ausgedehnte Spaziergang mit Luka Alexandritsch hatte ihn ermüdet, seine Ohren und Pfoten froren ihm und außerdem war er auch furchtbar hungrig. Den Tag über hatte er nur zweimal etwas in den Magen bekommen: beim Buchbinder hatte er etwas Kleister gegessen und in einer Wirtschaft ein Stückchen Wurstschale gefunden – das war alles. Wenn er ein Mensch gewesen wäre, so hätte er sicher gedacht:

„Nein, so kann man nicht weiterleben! Ich muß mich erschießen!“

Der geheimnisvolle Fremde

Aber er dachte an garnichts und weinte nur. Als der weiche flockige Schnee ihm Kopf und Rücken schon ganz bedeckt hatte, und er vor Erschöpfung in einen tiefen Halbschlaf verfallen war, öffnete sich plötzlich kreischend die Hausthür und stieß Kaschtanka in den Rücken. Kaschtanka sprang auf. Aus der geöffneten Hausthür trat ein Mensch, der offenbar zur Kategorie der Kunden gehörte. Da Kaschtanka aufschrie und dem Fremden unter die Füße geriet, so konnte dieser nicht umhin, ihn zu bemerken. Er beugte sich zu ihm hin und fragte:

„Hundchen, wo kommst Du denn her? Hab' ich Dir weh gethan? O mein Ärmster, mein Ärmster . . . Nun, sei nicht böse . . . Pardon . . .“

Kaschtanka blickte den Fremdling durch die an den Wimpern hängenden Schneeflocken an und sah einen kleinen rundlichen Herrn im Cylinder und Pelzmantel, mit einem rasierten, etwas aufgedunsenen Gesicht.

„Was greinst Du denn?“ fuhr er, ihm mit dem Finger den Schnee vom Rücken abstreifend, fort. „Wo ist denn Dein Herr? Du hast Dich wohl verlaufen? Ach Du armes Hundchen! Was fangen denn wir mit Dir an?“

Kaschtanka, der in der Stimme des Fremden einen freundlichen, warmen Ton erhascht hatte, leckte ihm die Hand und begann noch herzbrechender zu winseln.

„Du bist übrigens ein netter, spaßiger Kerl!“ sagte der Fremde. „Der reine Fuchs! Na, was ist denn da zu machen, komm also mit! Vielleicht kann man Dich zu etwas gebrauchen . . . Nun, fuit!“

Er schnalzte mit der Zunge und gab Kaschtanka mit der Hand ein Zeichen, welches nur eines bedeuten konnte: „Komm mit!“ Kaschtanka folgte.

Eine halbe Stunde später saß er schon auf der Diele in einem großen hellen Zimmer und blickte, den Kopf auf die Seite geneigt, mit Wehmut und Neugierde zu dem Fremden hinauf, der am Tische saß und speiste. Der Fremde aß und warf ihm ab und zu ein Stückchen hin . . . Zuerst gab er ihm Brot und eine Käserinde, dann ein Stückchen Fleisch, dann ein halbes Pastetchen, Hühnerknochen, und Kaschtanka hatte das alles in seinem Heißhunger so schnell aufgegessen, daß er nicht mal den Geschmack davon unterscheiden konnte. Und je mehr er aß, um so stärker wurde der Hunger.

„Na hör' mal. Deine Herrschaft scheint Dich nicht gerade übermäßig zu füttern!“ sprach der Fremde, während er zusah, mit welcher Gier und Gefräßigkeit der Hund die unzerkauten Stücke verschlang. „Und wie Du mager bist! Haut und Knochen!“

Kaschtanka aß viel, wurde aber nicht satt, sondern empfand vom Essen nur ein Gefühl der Berauschung. Nach dem Essen legte er sich mitten im Zimmer hin, streckte die Pfoten aus und wedelte, während seinen Körper eine süße Müdigkeit erfüllte, freundlich mit dem Schwanz. Inzwischen rauchte sein neuer Herr, im Lehnstuhl liegend, eine Cigarre. Kaschtanka wedelte immerfort und erwog im Geiste die Frage, wo es besser sei – bei dem Fremden oder bei dem Tischler? Bei dem Fremden ist die Ausstattung arm und häßlich – außer Lehnstühlen, einem Divan, Teppichen und einer Lampe giebt es bei ihm nichts. und das Zimmer erscheint leer; während beim Tischler die ganze Stube mit Sachen vollgepfropft ist: da giebt es einen Tisch, eine Hobelbank, einen Haufen Späne, Hobel, Stemmeisen, Sägen, einen Zeisig im Bauer, einen Eimer . . . Beim Fremden riecht es nach nichts, während beim Tischler ein wahrer Nebel die Wohnung erfüllt und ein wundervolles Odeur von Leim, Hobelspänen und Lack die Nase kitzelt. Dafür hat aber der Fremde einen sehr wesentlichen Vorzug: er giebt viel zu essen, und – alles was recht ist – während Kaschtanka vor dem Tisch saß und zu ihm sehnsüchtig hinaufblickte, hatte er ihn nicht ein einziges Mal geschlagen oder auch nur mit den Füßen gestampft und geschrieen: „Da–aß Dich . . . der Teufel hole, verd . . .!“

Nachdem der neue Herr seine Cigarre ausgeraucht hatte, ging er hinaus und kehrte einen Augenblick später mit einem Kissen in der Hand zurück.

„Hör' Du, Hundchen, komm mal her!“ sagte er, das Kissen in eine Ecke neben dem Divan hinlegend. „Da, schlaf!“

Darauf löschte er die Lampe aus und ging hinaus. Kaschtanka streckte sich auf dem Kissen aus und schloß die Augen. Von der Straße her ertönte Hundegebell, und Kaschtanka wollte darauf antworten, aber plötzlich, ganz unerwartet, befiel ihn das Heimweh. Er dachte an Luka Alexandritsch, an seinen Sohn Fedjuschka, an das liebe Plätzchen unter der Hobelbank . . . Er dachte daran, wie an den langen Winterabenden, wenn der Tischler hobelte oder die Zeitung laut vorlas, Fedjuschka gewöhnlich mit ihm spielte . . . Er holte ihn an den Hinterpfoten unter der Hobelbank hervor und machte mit ihm solche Stückchen, daß es Kaschtanka ganz grün vor den Augen wurde und er hernach an allen Gliedern wie gelähmt war. Er ließ ihn auf den Hinterfüßen gehen, machte mit ihm „Glocke“, d. h. zog ihn heftig am Schwanz, so daß Kaschtanka anfing zu bellen und zu heulen, gab ihm Schnupftabak zu riechen u. s. w. Besonders qualvoll war das folgende Stückchen: Fedjuschka band ein Stück Fleisch an einen Faden und gab es Kaschtanka, um es dann, wenn er das Stück verschluckt hatte, wieder unter lautem Gelächter aus seinem Magen zu ziehen . . . Und je greller diese Erinnerungen wurden, um so lauter und trübseliger wimmerte Kaschtanka.

Aber bald besiegten die Müdigkeit und die Wärme das Heimweh . . . Er fing an einzuschlafen. In seiner Phantasie begannen Hunde zu laufen; unter anderen lief auch der zottige alte Pudel vorbei mit dem kranken Auge und den großen Haarbüscheln an der Schnauze, den er heute auf der Straße gesehen hatte. Ihm nach jagte Fedjuschka, mit dem Stemmeisen in der Hand. Dann plötzlich bedeckte sich auch Fedjuschka mit zottigen Haarbüscheln und stand auf einmal neben Kaschtanka. Er und Kaschtanka berochen einander gutmütig die Schnauze und liefen dann auf die Straße hinaus . . .

Eine neue, sehr angenehme Bekanntschaft

Als Kaschtanka aufwachte, war es schon hell und von der Straße her tönte Lärm, wie nur am Tage. Im Zimmer war niemand. Kaschtanka streckte sich, gähnte und ging dann mißmutig und finster durchs Zimmer. Er beroch die Ecken und die Möbel, warf einen Blick in das Vorhaus und fand nichts Interessantes. Außer der Thür, die in das Vorhaus führte, gab es noch eine zweite. Nach kurzer Überlegung kratzte Kaschtanka mit beiden Pfoten an dieser zweiten Thür und trat, als sie sich öffnete, ins nächste Zimmer. Dort schlief im Bett, eingehüllt in eine wollne Decke, ein Kunde, in welchem Kaschtanka den Fremden von gestern Abend erkannte.

„Rrrr . . ." knurrte er im ersten Augenblick. Dann aber fiel ihm die gestrige Mahlzeit ein, er wedelte mit dem Schwanz und begann zu schnuppern.

Er beschnupperte die Kleider und Stiefel des Fremden und fand, daß sie stark nach Pferden rochen. Aus dem Schlafzimmer führte irgendwohin noch eine Thür, die ebenfalls geschlossen war. Kaschtanka kratzte auch an dieser Thür, stemmte sich mit der Brust dagegen, öffnete die Thür und empfand sogleich einen merkwürdigen, sehr verdächtigen Geruch. Mit der Ahnung einer unangenehmen Begegnung trat Kaschtanka, knurrend und sich vorsichtig umblickend, in eine kleine Stube mit schmutzigen Tapeten – und erschrocken fuhr er zurück. Er erblickte etwas Unerwartetes und Furchtbares. Mit zu Boden gesenktem Kopf, mit weit ausgebreiteten Flügeln steuerte zischend gerade auf ihn los ein grauer Gänserich. Etwas abseits vom Gänserich lag auf einem Kissen ein weißer Kater. Als dieser Kaschtanka erblickte, sprang er auf, machte einen Buckel, erhob den Schweif, sträubte das Haar und begann ebenfalls zu zischen. Der Hund erschrak ganz ordentlich, da er aber seine Furcht nicht merken lassen wollte, fing er laut an zu bellen und stürzte sich auf den Kater . . . Der Kater machte einen noch höheren Buckel und versetzte Kaschtanka auf den Kopf einen Schlag mit der Pfote. Kaschtanka sprang zurück, duckte sich nieder und brach, die Schnauze nach dem Kater gewandt, in ein schallendes, winselndes Gebell aus. In diesem Augenblick trat der Gänserich von hinten heran und hackte Kaschtanka recht schmerzhaft in den Rücken. Kaschtanka sprang auf und warf sich auf den Gänserich . . .

„Was ist denn hier los?" ertönte eine laute, unwillige Stimme, und herein trat der Fremde im Schlafrock und mit der Cigarre zwischen den Zähnen. „Was soll das bedeuten? An den Platz!"

Er ging auf den Kater zu, knirpste ihn auf den Buckel und sagte:

„Theodor, was ist denn das? Eine Keilerei? Ach Du alter Schuft! Kusch Dich!“ Und sich zum Gänserich wendend rief er: „Herr Iwanow, an den Platz!“

Der Kater legte sich gehorsam aufs Kissen und schloß die Augen. Nach dem Ausdruck seiner Schnauze und seines Schnurrbarts schien er mit sich unzufrieden, daß er sich erregt hatte und in Streit geraten war. Kaschtanka winselte gekränkt, und der Gänserich streckte den Hals aus und begann etwas zu erzählen, aufgeregt, überzeugt und vernehmlich, aber äußerst unverständlich . . .

„Schon gut, schon gut!“ sagte gähnend der Herr. „Ihr müßt Euch untereinander vertragen . . .“ Er streichelte Kaschtanka und fuhr fort: „Und Du Braunchen, brauchst Dich nicht zu fürchten . . . Das sind alles brave Leute und thun niemand was zu leide. Übrigens, wie soll man Dich denn rufen? Ohne Namen darfst Du nicht bleiben, mein Bester.“

Der Fremde dachte einen Augenblick nach und sagte dann:

„So . . . Du wirst also Tante heißen . . . Verstehst Du? Tante!“

Und das Wort „Tante“ mehrere Mal wiederholend ging er hinaus. Kaschtanka setzte sich und begann zu beobachten. Der Kater lag regungslos auf dem Kissen und that, als ob er schliefe. Der Gänserich fuhr fort mit ausgestrecktem Halse, ununterbrochen von einem Bein aufs andere tretend, schnell und überzeugend von Etwas zu erzählen. Es schien ein äußerst kluger Gänserich zu sein; nach jeder langen Tirade trat er jedesmal wie erstaunt zurück, als bewunderte er seine eigene Rede. Nachdem Kaschtanka ihm einige Zeit zugehört hatte, antwortete er „Rrrr . . .“ und begann in den Ecken umherzuschnüffeln. In einer Ecke stand ein kleiner Trog, in welchem Kaschtanka gequollene Erbsen und aufgeweichte Brotrinden vorfand. Er probierte die Erbsen – sie schmeckten nicht, probierte die Rinden – und begann zu essen. Der Gänserich war durchaus nicht beleidigt, daß der fremde Hund sein Futter verspeiste, sondern im Gegenteil, er begann noch überzeugender zu reden und trat, um sein Vertrauen zu bezeugen, an den Trog heran und aß selbst einige Erbsen.

Blaue Wunder

Einige Zeit später trat der Fremde wieder ein und brachte ein sonderbares Ding mit, das etwa wie ein Galgen aussah. An der Querstange dieses hölzernen Galgens hing eine Glocke und war eine Pistole befestigt, von denen je eine Schnur herabhing. Der Fremde stellte den Galgen mitten im Zimmer auf, nestelte lange an den Schnüren herum, blickte dann auf den Gänserich und sagte:

„Herr Iwanow, ich bitte!“

Der Gänserich kam heran und blieb in erwartungsvoller Pose stehen.

„Nun“, sagte der Fremde, „fangen wir von Anfang an. Verbeugen Sie sich zuerst und machen Sie einen Kratzfuß! Schnell.“

Herr Iwanow streckte den Hals aus, nickte nach allen Seiten und scharrte mit der Pfote.

„So, bravo . . . Jetzt sterben Sie mal!“

Der Gänserich legte sich auf den Rücken und hob die Pfoten in die Höhe. Nachdem der Fremde noch einige ähnliche unbedeutende Stückchen vorgenommen hatte, griff er plötzlich nach seinem Kopf, drückte auf seinem Gesicht das furchtbarste Entsetzen aus und rief:

„Hilfe! Feuer! Es brennt!“

Herr Iwanow lief schnell zum Galgen, ergriff mit dem Schnabel eine der Schnüre und begann zu läuten. Der Fremde war sehr zufrieden. Er streichelte dem Gänserich den Hals und sagte:

„Brav, Herr Iwanow. Jetzt stellen Sie sich vor, daß Sie ein Juwelier sind und mit Gold und Brillanten handeln. Stellen Sie sich nun weiter vor, daß Sie in Ihren Laden eintreten und dort Diebe vorfinden. Wie würden Sie in diesem Falle handeln?“

Der Gänserich faßte mit dem Schnabel die andere Schnur und zog daran, worauf ein betäubender Schuß ertönte. Kaschtanka gefiel das Läuten sehr gut, und von dem Schuß geriet er in solches Entzücken, daß er um den Galgen zu laufen und zu bellen begann.

„Tante, an den Platz!“ rief der Fremde. „'s Maul halten!“

Die Arbeit Herrn Iwanows war mit dem Schießen noch nicht zu Ende. Eine ganze Stunde noch trieb ihn der Fremde an der Korde in die Runde und knallte mit der Peitsche, wobei der Gänserich über Barrièren und durch Reifen springen, sich bäumen d. h. sich auf den Schwanz setzen und mit den Pfoten zappeln mußte. Kaschtanka wandte von Herrn Iwanow nicht die Augen, winselte vor Vergnügen und lief mehrmals mit lautem Gebell hinter ihm her. Nachdem Schüler sowohl als Lehrer gründlich müde geworden waren, trocknete der Fremde sich den Schweiß von der Stirn und rief:

„Marie, ruf mal Frau von Grunzner her!"

Gleich darauf ertönte ein Grunzen. Kaschtanka begann zu knurren, nahm eine äußerst mutige Stellung ein, trat aber für alle Fälle näher zum Fremden heran. Die Thür öffnete sich, ein altes Weib sah ins Zimmer, sagte etwas und ließ dann eine schwarze häßliche Sau herein. Ohne Kaschtankas Geknurr auch nur zu beachten, hob die Sau ihre Schnauze in die Höhe und grunzte heiter. Sie schien äußerst erfreut, ihren Herrn, den Kater und Herrn Iwanow wiederzusehen. Als sie sich dem Kater näherte, ihn leise mit der Schnauze in den Bauch stieß und sich dann mit dem Gänserich über irgend etwas zu unterhalten begann, konnte man in ihrer Stimme und im Zucken des kleinen Schwänzchens sehr viel Gutmütigkeit und Wohlwollen bemerken. Kaschtanka begriff sofort, daß auf solche Persönlichkeiten zu knurren und zu bellen vollkommen zwecklos sei.

Der Herr stellte den Galgen beiseite und rief:

„Theodor, ich bitte!"

Der Kater erhob sich, dehnte sich schläfrig und näherte sich widerwillig der Sau, als erwiese er jemand einen großen Gefallen.

„Nun, beginnen wir mit der „Ägyptischen Pyramide", meinte der Herr.

Er erklärte weitläufig irgend etwas und kommandierte endlich: eins ... zwei ... drei! Beim Worte „drei" schlug Herr Iwanow mit den Flügeln und sprang auf den Rücken der Sau ... Als er, mit dem Halse und den Flügeln balancierend, auf dem borstigen Rücken einen sicheren Standpunkt gewonnen hatte, begann Theodor faul und schläfrig, mit demonstrativer Nachlässigkeit und mit einem Gesichtsausdruck, als verachte er und schätze er seine Kunst gering, langsam den Rücken der Sau zu erklimmen, kletterte dann ebenso widerwillig auf den Gänserich hinauf und stellte sich auf die Hinterpfoten. Man erhielt das, was der Fremde eine „Ägyptische Pyramide" nannte. Kaschtanka winselte vor Vergnügen auf. In diesem Augenblick aber gähnte der Kater und fiel, das Gleichgewicht verlierend, vom Gänserich herab. Herr Iwanow wankte und fiel ebenfalls. Der Fremde begann zu schreien, zu fuchteln und von neuem etwas zu erklären. Nachdem er sich noch eine ganze Stunde mit der Pyramide abgequält hatte, begann der unermüdliche Herr, Herrn Iwanow das Reiten auf dem Kater zu lehren, unterrichtete dann den Kater im Rauchen u. s. w.

Der Unterricht endete damit, daß der Fremde sich den Schweiß von der Stirn wischte und hinausging, Theodor verächtlich nieste, sich aufs Kissen legte und die Augen schloß, Herr Iwanow zu seinem Trog ging, und die Sau von dem alten Weibe wieder weggeführt wurde. Dank einer solchen Menge neuer Eindrücke verging der Tag unbemerkt, am Abend aber war Kaschtanka schon mit seinem Kissen in der kleinen Stube mit den schmutzigen Tapeten einquartiert und verbrachte die Nacht in Gesellschaft Herrn Iwanows und des Katers.

Genie! Genie!

Es verging ein Monat . . .

Kaschtanka hatte sich bereits daran gewöhnt, daß er einen luxuriösen Mittag bekam und Tante genannt wurde. Auch an den Fremden und an die neuen Genossen hatte er sich gewöhnt. Das Leben floß ohne jede Störung dahin . . .

Alle Tage begannen auf dieselbe Weise. Gewöhnlich erwachte Herr Iwanow zuerst und kam sogleich an Kaschtanka oder an den Kater heran, streckte seinen Hals aus und begann etwas zu erzählen, heiß und überzeugend, aber noch immer unverständlich. Zuweilen erhob er sein Haupt und ließ lange Monologe vom Stapel. In den ersten Tagen hatte Kaschtanka geglaubt, daß er soviel rede, weil er sehr gescheit sei, aber nach kurzer Zeit verlor er allen Respekt vor dem Gänserich; wenn sich Herr Iwanow ihm mit seinen langen Reden näherte, wedelte Kaschtanka nicht mehr mit dem Schwanz, sondern malträtierte ihn, wie einen lästigen Schwätzer, der niemand Ruhe läßt, und antwortete ihm ganz ungeniert mit einem „Rrrr“ . . .

Theodor war dagegen ein ganz anderer Herr. Wenn er erwachte, gab er keinen Ton von sich, rührte sich nicht und öffnete nicht einmal die Augen. Er wäre überhaupt sehr gerne auch garnicht erwacht, denn das Leben erschien ihm offenbar sehr wenig begehrenswert. Nichts interessierte ihn, zu allem verhielt er sich müde und lässig, alles verachtete er und nieste ekelerfüllt sogar dann, wenn er sein schmackhaftes Mittagsmahl verzehrte.

Kaschtanka pflegte, sobald er erwacht war, eine Runde durch die Zimmer zu machen und alle Ecken zu beschnuppern. Nur er und der Kater besaßen das Recht, in der ganzen Wohnung umher zu gehen, der Gänserich dagegen genoß nicht den Vorzug, die Schwelle der kleinen Stube mit den schmutzigen Tapeten zu überschreiten, während Frau von Grunzner irgendwo auf dem Hof in einem Stall wohnte und nur zu den Stunden erschien.

Der Herr wachte spät auf und begann sofort, nachdem er Thee getrunken, mit den Kunststücken. Jeden Tag wurden in die Stube der Galgen, die Peitsche und die Reifen gebracht und jeden Tag wurde fast immer dasselbe absolviert. Der Unterricht währte drei bis vier Stunden, sodaß Theodor zuweilen vor Ermüdung wie ein Trunkener wankte, Herr Iwanow den Schnabel öffnete und schwer atmete, und der Herr ganz rot wurde und die Stirn garnicht mehr trocken bekam.

Der Unterricht und das Mittagessen machten die Tage sehr interessant, die Abende aber vergingen etwas langweilig. Gewöhnlich fuhr der Herr des Abends irgendwohin fort und nahm den Kater und der Gänserich mit. Kaschtanka, der allein zu Hause blieb, pflegte sich dann auf dem Kissen auszustrecken und der Melancholie anheim zu fallen . . . Unbemerkt und allmählich, wie die Finsternis ein Zimmer erfüllt, beschlich ihn die Traurigkeit. Es begann damit, daß der Hund die Lust am Bellen, am Essen und am Umherlaufen in den Zimmern verlor. Dann erschienen seiner Phantasie zwei undeutliche Gestalten, halb Tiere, halb Menschen, mit lieben und sympathischen, aber unverständlichen Gesichtern. Bei ihrem Erscheinen wedelte Kaschtanka mit dem Schwanz, und es war ihm, als hätte er sie irgendwo und irgendwann schon gesehen und geliebt . . . Und wenn er einschlief, empfand er jedesmal den angenehmen Duft von Leim, Hobelspänen und Lack, der diesen Gestalten entströmte . . .

Als er sich in das neue Leben schon ganz eingewöhnt hatte und sich aus einem mageren, knöchrigen Straßenköter in einen satten, wohlgepflegten Hund verwandelt hatte, streichelte der Herr ihn einmal vor dem Unterricht und sagte:

„Na, Tante, jetzt ist es auch Zeit, an die Arbeit zu gehen . . . Ich will aus Dir einen Künstler machen . . . Willst Du ein Künstler werden?“

Und er begann den Hund in allen möglichen Wissenschaften zu unterrichten. In der ersten Stunde lernte Kaschtanka „sitzen“ und auf den Hinterfüßen gehen.

In der zweiten Stunde mußte er auf den Hinterfüßen schon springen und nach einem Stück Zucker schnappen, das der Meister hoch über den Kopf des Hundes hielt. Dann, in den nächsten Stunden, tanzte er, lief an der Corde, heulte „nach Musik", läutete und schoß. Nach einem Monat aber konnte er bereits mit Erfolg Theodor in der „Ägyptischen Pyramide" vertreten. Er lernte gerne und war mit seinen Fortschritten zufrieden; namentlich das Laufen an der Corde, mit heraushängender Zunge, das Springen durch den Reifen und das Reiten auf dem alten Theodor bereiteten ihm ein ganz besonderes Vergnügen. Jedes gelungene Stückchen begleitete er mit lautem begeisterten Gebell, während der Lehrer staunte, sich ebenfalls begeisterte und vergnügt die Hände rieb.

„Ein Genie! Ein Genie!" sagte er. „Ein unbezweifelbares Genie! Du wirst einen großartigen Erfolg haben!"

Und Kaschtanka hatte sich so sehr an das Wort „Genie" gewöhnt, daß er jedesmal, wenn sein Herr es aussprach, aufsprang und sich umsah, als wäre es sein Rufname.

Eine unruhige Nacht

Kaschtanka hatte einen Hundetraum: der Hausknecht jagte ihm mit dem Besen nach . . . Vor Furcht erwachte er.

Im Stübchen war es dunkel, dunkel und schwül. Die Flöhe belästigten ihn. Kaschtanka hatte früher niemals die Dunkelheit gefürchtet. Jetzt aber war es ihm, er wußte selbst nicht warum, plötzlich so unheimlich geworden, daß er bellen wollte. Im Zimmer nebenan seufzte vernehmlich der Herr, etwas später grunzte die Sau im Stalle, und wieder wurde alles still. Wenn man ans Essen denkt, wird es einem leichter ums Herz, und Kaschtanka begann daran zu denken, wie er heute Theodor ein Hühnerbein entwendet und es im Salon, zwischen dem Schrank und der Wand, wo sehr viel Spinngewebe und Staub lag, versteckt hatte. Es würde nichts schaden, mal hin zu gehen und sich zu überzeugen, ob dieses Bein noch da sei oder nicht mehr. Unmöglich wäre es nicht, daß der Herr es gefunden und verspeist hätte. Aber vor dem Morgen darf man die Stube nicht verlassen – das ist Hausgesetz. Kaschtanka schloß die Augen, um möglichst schnell einzuschlafen. denn er wußte aus Erfahrung, daß je früher man einschläft um so früher der Morgen da ist. Aber plötzlich ertönte nicht weit von ihm ein sonderbarer Schrei, der ihn zusammenschrecken und aufspringen machte. Es war Herr Iwanow, und sein Schrei war nicht geschwätzig und überzeugend wie gewöhnlich, sondern wild, durchdringend und unnatürlich, wie das Schreien einer ungeschmierten Pforte. Ohne im Dunkeln etwas sehen oder begreifen zu können, erschrak Kaschtanka noch mehr und knurrte:

„Rrrrr . . ."

Es verging viel Zeit, soviel wie dazu nötig ist, um einen guten Knochen zu benagen; der Schrei wiederholte sich nicht. Kaschtanka beruhigte sich allmählich und begann wieder in Schlaf zu versinken. Ihm träumte von zwei großen, schwarzen Hunden; sie fraßen gierig aus einem großen Troge mit Küchenabfällen, dem weißer Dampf und ein angenehmes Aroma entströmten. Ab und zu wandten sie sich nach Kaschtanka um, fletschten die Zähne und knurrten: „Dir geben wir nichts!" Aber aus dem Hause kam ein Bauer im Pelz herausgelaufen und vertrieb mit der Peitsche die Hunde. Kaschtanka näherte sich dem Troge und begann zu fressen, aber kaum war der Bauer im Thor verschwunden, als die schwarzen Hunde sich brüllend auf Kaschtanka stürzten, und der durchdringende Schrei plötzlich wieder ertönte.

„K–he! K–he–he!" schrie Iwanow.

Kaschtanka erwachte, sprang auf und brach, ohne sein Kissen zu verlassen, in ein heulendes Gebell aus. Es schien ihm jetzt, als schreie nicht mehr Iwanow, sondern jemand anderes, jemand Fremdes. Und sonderbarerweise grunzte auch die Sau wieder im Stalle.

Schon vernahm man aber das Schlurfen der Pantoffeln, und in die Stube trat der Herr, im Schlafrock und mit dem Licht in der Hand. Der blinzelnde Schein begann an den schmutzigen Tapeten und an der Decke zu hüpfen und verscheuchte die Finsternis. Kaschtanka sah, daß in der Stube niemand Fremdes war. Herr Iwanow saß auf der Diele und schlief nicht. Seine Flügel waren ausgespannt und sein Schnabel geöffnet, und überhaupt sah er aus, als wäre er sehr müde und wollte trinken. Der alte Theodor schlief auch nicht. Auch ihn hatte wohl der Schrei aufgescheucht.

„Herr Iwanow, was fehlt Ihnen?" fragte der Herr den Gänserich. „Warum schreien Sie? Sind Sie krank?"

Der Gänserich schwieg. Der Herr befühlte ihm den Hals, streichelte seinen Rücken und sagte:

„Sie sind ein komischer Herr. Schlafen selbst nicht und geben auch anderen keine Ruhe."

Als der Herr wieder hinausgegangen war und das Licht mitgenommen hatte, wurde es wieder dunkel. Kaschtanka wurde bange. Der Gänserich schrie nicht mehr, aber Kaschtanka hatte wieder das Gefühl, als sei jemand Fremdes in der Stube. Am meisten ängstigte ihn, daß man diesen Fremdling nicht beißen konnte, da er unsichtbar war und keine Gestalt hatte. Und Kaschtanka hatte das unbestimmte Gefühl, als müßte sich in dieser Nacht durchaus etwas Schlimmes ereignen. Auch Theodor war unruhig. Kaschtanka hörte, wie er sich auf seinem Kissen bewegte, seinen Kopf schüttelte und gähnte.

Irgendwo aus der Straße wurde an ein Thor gepocht, und im Stall grunzte die Sau. Kaschtanka begann zu heulen, streckte die Vorderpfoten aus und legte seinen Kopf darauf. In dem Pochen am Thore, im Grunzen der Sau, die sonderbarerweise auch nicht schlafen konnte, in der Finsternis und Stille schien ihm, ebenso wie in dem Schrei des Herrn Iwanow, etwas unendlich Trauriges und Schreckliches zu liegen. Überall und bei allen zeigte sich eine sonderbare Unruhe, aber woher? Wer war dieser Fremde, den man nicht sehen konnte? In der Nähe von Kaschtanka erglühten zwei trübe, grüne Feuer. Es war Theodor, der seit der ganzen langen Bekanntschaft zum ersten Mal an Kaschtanka herangekommen war. Was wollte er? Kaschtanka leckte ihm die Pfote und begann, ohne nach dem Grunde seines Kommens zu fragen, von neuem leise zu heulen.

„K-he!" schrie Herr Iwanow. „K-he-he!"

Die Thür öffnete sich wieder, und der Herr trat mit dem Licht in der Hand ein. Der Gänserich saß in der alten Stellung mit geöffnetem Schnabel und ausgebreiteten Flügeln. Seine Augen waren geschlossen.

„Herr Iwanow!" rief der Herr.

Der Gänserich rührte sich nicht. Der Herr setzte sich vor ihm hin auf die Diele, sah ihn einige Augenblicke schweigend an und sagte:

„Iwanow! Was ist denn das? Stirbst Du? Ach, jetzt erinnere ich mich, erinnere ich mich!" rief er, sich nach dem Kopf fassend. „Jetzt weiß ich, was es ist! Das kommt, weil Dich heute ein Pferd getreten hat! O mein Gott, mein Gott!"

Kaschtanka verstand nicht die Worte des Herrn, sah aber an seinem Gesicht, daß auch er etwas Fürchterliches erwartete. Er streckte seine Schnauze nach dem dunklen Fenster aus, in welches, wie ihm schien, jemand Fremdes hereinschaute, und begann zu heulen.

„Tante! Er stirbt ja!“ sagte der Herr, die Hände zusammenschlagend. „Ja, ja, er stirbt! Zu Euch in die Stube ist der Tod gekommen. Was thun wir nun?“

Der Herr kehrte bleich und aufgeregt, seufzend und kopfschüttelnd zu sich ins Zimmer zurück. Kaschtanka, der sich fürchtete im Dunkeln zu bleiben, folgte ihm. Der Herr setzte sich aufs Bett und wiederholte immer wieder:

„Mein Gott, was soll ich thun?“

Kaschtanka strich an seinen Beinen umher, ohne zu verstehen, warum er selbst und alle anderen so traurig und erregt waren, und suchte es aus den Bewegungen des Herrn zu erraten. Theodor, der sein Kissen sonst nur selten verließ, trat auch in das Schlafzimmer ein und begann sich ebenfalls an den Beinen des Herrn zu reiben. Er schüttelte mit dem Kopf, als wollte er aus demselben alle trüben Gedanken hinausschütteln, und blickte verdächtig unters Bett.

Der Herr nahm ein Tellerchen, goß in dasselbe aus der Waschkanne etwas Wasser und ging wieder zum Gänserich.

„Trink, Iwanow,“ sagte er zärtlich, das Tellerchen vor ihm hinstellend. „Trink, mein Lieber.“

Aber Iwanow rührte sich nicht und öffnete nicht die Augen. Der Herr neigte seinen Kopf zum Teller und tunkte Iwanows Schnabel ins Wasser, aber der Gänserich trank nicht. Er breitete seine Flügel nur noch weiter aus, und sein Kopf blieb kraftlos auf dem Teller liegen.

„Nein, da ist nichts mehr zu machen!“ seufzte der Herr. „Alles ist aus. Der arme Iwanow ist tot . . .“

Und an seinen Wangen rieselten glänzende Tröpfchen herab, wie man sie beim Regen an den Fenstern sieht. Ohne die Bedeutung des Geschehenden zu begreifen, drängten Kaschtanka und Theodor sich an den Herrn heran und blickten voll Schrecken auf den Gänserich.

„Mein armer Iwanow!“ sprach der Herr, traurig seufzend. „Und ich hatte gehofft, Dich im Sommer mit in die Sommerfrische zu nehmen und mit Dir auf der grünen Wiese zu spazieren. Du liebes Tier, mein braver Kamerad, Du bist dahin! Wie werde ich denn jetzt ohne Dich auskommen?“

Kaschtanka glaubte, daß auch ihm dasselbe passieren würde, daß er plötzlich, wer weiß warum, seine Augen schließen, die Pfoten ausstrecken und sein Gebiß entblößen würde, und daß dann alle ihn mit Schrecken ansehen würden. Auch in dem Kopfe Theodors schienen ähnliche Gedanken zu hausen. Noch nie war der Kater so finster und trübsinnig gewesen, wie jetzt.

Der Morgen dämmerte, und jener unsichtbare Fremde, der Kaschtanka so erschreckt hatte, verließ das Zimmer. Als es ganz hell wurde, kam der Hausknecht, nahm den Gänserich bei den Füßen und trug ihn irgendwohin hinaus. Bald hernach kam die Aufwärterin und brachte den Trog weg.

Kaschtanka ging in den Salon und schaute hinter den Schrank: Der Herr hatte das Hühnerbein nicht aufgegessen, es lag noch an derselben Stelle, mit Staub und Spinngewebe bedeckt. Aber Kaschtanka war es trübe zu Mut, und er wollte weinen. Er roch nicht mal an dem Hühnerbein, sondern ging unter den Divan, legte sich dort hin und begann leise mit hoher Stimme zu heulen.

„U–U–U . . . .“

Ein mißlungenes Debut

Eines schönen Abends trat der Herr in das Stübchen mit den schmutzigen Tapeten und sagte, sich die Hände reibend:

„Nun . . .“

Er wollte noch etwas sagen, ließ es aber bleiben und ging wieder hinaus. Kaschtanka, der während der Stunden die Manieren und Mienen seines Lehrers gut ausgelernt hatte, erriet, daß er besorgt und, wie es schien, sogar böse war. Bald darauf kam der Herr wieder zurück und sagte:

„Heute nehme ich Tante und Theodor mit mir. In der „Ägyptischen Pyramide“ wirst du, Tante, die Stelle des seligen Herrn Iwanow einnehmen. Hol's der Teufel! Nichts ist fertig, nichts einstudiert, nur ein paar Proben! Wir werden uns blamieren, durchfallen!“

Dann ging er wieder hinaus und kam gleich darauf im Pelz und Cylinder zurück. Er trat an den Kater heran, ergriff ihn bei den Vorderpfoten, hob ihn auf und barg ihn auf der Brust unterm Pelz, wobei Theodor sehr gleichgiltig schien und sich nicht mal die Mühe gab, die Augen zu öffnen. Ihm war es offenbar vollständig gleich, ob er lag, oder an den Pfoten in die Höhe gehoben wurde, ob er sich auf seinem Kissen rekelte, oder unterm Pelz an der Brust des Herrn ruhte . . .

„Tante, komm!“ sagte der Herr.

Ohne etwas zu verstehen, folgte Kaschtanka mit dem Schwanze wedelnd. Einen Augenblick später saß er schon im Schlitten zu Füßen seines Herrn und hörte, wie dieser, vor Kälte und Aufregung fröstelnd, murmelte:

„Wir blamieren uns, fallen durch!“

Der Schlitten hielt vor einem großen, sonderbaren Hause, das einer umgestülpten Suppenterrine ähnlich sah. Die langgezogene Auffahrt zu diesem Hause mit drei Glasthüren, war durch ein Dutzend Laternen hell erleuchtet. Die Thüren öffneten sich klirrend und verschlangen wie Rachen die Menschen, die sich auf der Auffahrt drängten. Menschen gab es dort viel, oft liefen an das Haus auch Pferde heran, Hunde aber sah man gar keine.

Der Herr nahm Kaschtanka auf den Arm und schob ihn untern Pelz an die Brust, wo sich Theodor befand. Hier war es dunkel und stickig aber warm. Für einen Augenblick leuchteten zwei grünliche Funken auf – es war der Kater, der, durch die kalten, harten Pfoten des Nachbars beunruhigt, die Augen öffnete. Kaschtanka leckte ihm ein Ohr und begann, in dem Wunsche, sich möglichst bequem zu plazieren, sich unruhig hin und her zu bewegen, wobei er den Kater unter den kalten Pfoten ganz zerdrückte. Während dieser Beschäftigung steckte er einmal den Kopf unversehens hinaus, begann aber sofort zu knurren und tauchte wieder in den Pelz zurück. Es war ihm, als hätte er ein riesiges, schlecht beleuchtetes Zimmer, das mit Menschen angefüllt war, gesehen. Aus den Abteilungen und Gittern, die längs der beiden Seiten des Zimmers liefen, schauten furchtbare Fratzen heraus: die einen sahen wie Pferdeköpfe aus, andere hatten Hörner, andere wieder lange Ohren. Ein Scheusal hatte eine dicke, riesige Fratze mit einem Schwanz statt der Nase und mit zwei langen, abgenagten Knochen, die aus dem Rachen herausragten.

Der Kater miaute heiser unter Kaschtankas Pfoten, aber in diesem Augenblicke ging der Pelz auf, der Herr sagte „hop!“ und Theodor und Kaschtanka sprangen auf den Boden hinab. Sie befanden sich in einem kleinen Zimmer mit grauen Bretterwänden. Außer einem Tisch mit Spiegel, einem Taburett und verschiedenem Lumpenzeug, das in den Ecken hing, gab es hier keine Möbel, und statt einer Lampe oder eines Lichts brannte eine helle fächerförmige Flamme, die an einer kleinen, in die Wand gesteckten Röhre befestigt war.

Theodor leckte sein Fell, welches Kaschtanka zerknüllt hatte, ging unter das Taburett und legte sich hin. Der Herr, der sich noch immer aufgeregt die Hände rieb, begann sich zu entkleiden. Er zog sich aus, wie er sich gewöhnlich zu Hause auszuziehen pflegte, wenn er im Begriffe war, sich zu Bett, unter die wollene Decke zu legen. Er legte alles außer der Wäsche ab, setzte sich dann auf das Taburett und begann vor dem Spiegel ganz sonderbare Dinge mit sich vorzunehmen. Zuerst zog er sich eine Perücke über den Kopf, mit einem Scheitel und zwei Haarbüscheln, die wie Hörner aussahen, dann schmierte er sich das Gesicht mit irgend etwas Weißem dick ein und malte sich über der weißen Farbe noch Augenbrauen, Schnurrbart und rote Wangen. Damit war aber der Spaß noch nicht aus. Nachdem er sich Gesicht und Hals so besudelt hatte, begann er ein ganz sonderbares, unsinniges Kostüm anzuziehen, wie Kaschtanka ein solches früher nie, weder in den Häusern, noch auf den Straßen gesehen hatte. Man stelle sich unglaublich weite Hosen vor, die aus einem großgeblümten Baumwollstoff gefertigt, wie er in kleinbürgerlichen Häusern zu Fenstervorhängen und zu Möbelbezug verwendet wird, Hosen, die ganz oben unter den Achseln zugeknöpft wurden; das eine Bein braun, das andere hellgelb. Nachdem er in diesem Kleidungsstück fast versunken war, zog der Herr sich noch eine baumwollene Jacke mit gezacktem Kragen und einem goldnen Stern auf dem Rücken an, verschiedenfarbene Strümpfe und grüne Schuhe . . .

Kaschtanka wurde es bunt vor den Augen und in der Seele. Von der weißgesichtigen, sackförmigen Figur roch es nach dem Herrn, auch die Stimme war die Stimme des Herrn, aber es gab dennoch Augenblicke, wo Kaschtanka von Zweifeln befallen wurde, und dann war er bereit, von dieser bunten Figur wegzulaufen und sie anzubellen. Der neue Ort, die fächerförmige Flamme, der Geruch, die Metamorphose, die mit dem Herrn geschehen war – alles das erzeugte in Kaschtanka eine unbestimmte Furcht und eine Ahnung, daß er sicher irgend etwas Fürchterlichem begegnen werde, wie dem dicken Scheusal mit dem Schwanz statt der Nase. Dazu spielte noch irgendwo in der Ferne hinter der Wand die verhaßte Musik, und von Zeit zu Zeit ertönte ein rätselhaftes Gebrüll. Eines nur beruhigte Kaschtanka – die unerschütterliche Ruhe Theodors. Dieser schlummerte ruhig unter dem Taburett und öffnete nicht mal dann die Augen, wenn das Taburett sich bewegte.

Ein Mensch in Frack und weißer Weste sah ins Zimmer herein und sagte:

„Gleich wird Miß Arabella auftreten. Dann kommen Sie."

Der Herr antwortete nichts. Er holte unter dem Tisch einen kleinen Koffer heraus, setzte sich und begann zu warten. An seinen Lippen und au den Händen konnte man merken, daß er aufgeregt war, und Kaschtanka hörte, wie sein Atem bebte.

„Monsieur George, bitte!“ rief jemand hinter der Thür.

Der Herr stand auf und bekreuzte sich dreimal, dann holte er unter dem Taburett den Kater hervor und steckte ihn in den Koffer.

„Komm, Tante!“ sagte er leise.

Kaschtanka kam, ohne irgend etwas zu begreifen, zu seinen Händen heran. Der Herr küßte ihn auf den Kopf und that ihn neben Theodor in den Koffer. Darauf trat völlige Dunkelheit ein . . . Kaschtanka trampelte auf dem Kater herum, kratzte an den Wänden des Koffers und konnte vor Schreck keinen Ton von sich geben, während der Koffer wie auf den Wellen schwankte und zitterte . . .

„Da bin ich ja!“ schrie der Herr laut auf. „Da bin ich ja!“

Kaschtanka fühlte, wie nach diesem Schrei der Koffer auf irgend etwas Hartes aufschlug und aufhörte zu schwanken. Ein lautes, volles Brüllen ertönte: auf irgend jemand wurde dreingeschlagen, und dieser Irgend jemand, wahrscheinlich das Scheusal mit dem Schwanz anstatt der Nase, brüllte und lachte so laut, daß das Schlößchen am Koffer zitterte. Als Antwort auf das Gebrüll ertönte ein schrilles, durchdringendes Gelächter des Herrn, wie er zu Hause niemals lachte.

„Ha!“ rief er, bemüht, das Gebrüll zu überschreien. „Hochverehrtes Publikum! Ich komme eben vom Bahnhof! Meine Großmutter ist verreckt und hat mir eine Erbschaft hinterlassen! In dem Koffer ist etwas sehr schweres, wahrscheinlich Gold . . . Ha–a! Und wenn ich hier plötzlich eine Million finde! Wir wollen mal gleich aufmachen und nachsehen . . .“

Das Schloß am Koffer knackte. Grelles Licht schlug Kaschtanka in die Augen. Er sprang aus dem Koffer und begann, vom Gebrüll betäubt, in schnellem Lauf um seinen Herrn zu kreisen, wobei er ein schallendes Gebell ausstieß.

„Ha!“ schrie der Herr. – „Onkel Theodor! Verehrteste Tante! Daß euch der Teufel hole, meine lieben Verwandten!“

Er warf sich mit dem Bauch in den Sand, ergriff Kaschtanka und den Kater und begann sie zu umarmen. Während er ihn in seiner Umarmung fast erdrückte, warf Kaschtanka einen flüchtigen Blick auf jene Welt, in die ihn das Schicksal verschlagen hatte, und für einen Augenblick erstarrte er vor Staunen und Entzücken, von der Großartigkeit des Anblicks bewältigt. Dann machte er sich aus der Umarmung des Herrn los und begann, vor Intensivität des Eindrucks, sich auf einem Punkte wie ein Kreisel zu drehen. Die neue Welt war groß und voll hellen Lichtes. Wohin er auch blickte, überall, vom Boden bis zur Decke, sah er nichts als Gesichter, Gesichter und Gesichter.

„Tante, ich bitte Sie, Platz zu nehmen!" rief der Herr.

Kaschtanka hatte noch nicht vergessen, was das zu bedeuten habe, sprang auf den Stuhl und setzte sich. Er sah den Herrn an. Seine Augen blickten ernst und freundlich wie immer, das Gesicht aber und besonders der Mund und die Zähne waren durch ein breites, erstarrtes Lächeln entstellt. Er lachte, sprang, zuckte mit den Schultern und that, als sei er durch die Anwesenheit der Tausende von Gesichtern hoch erfreut. Kaschtanka glaubte seiner Lustigkeit, empfand plötzlich mit seinem ganzen Körper, daß diese Tausende von Gesichtern ihn ansahen, hob sein Fuchsschnäuzchen in die Höhe und heulte lustig auf.

„Sie, Tante, bleiben etwas sitzen," sagte der Herr, „während wir mit Onkelchen die Kamarinskaja tanzen wollen."

Theodor stand in Erwartung des Augenblicks, wo man ihn zwingen würde, Dummheiten zu machen, da und blickte sich gleichgiltig nach allen Seiten um. Er tanzte schlaff, lässig und finster, und man konnte es seinen Bewegungen, seinem Schwanz und dem Schnurrbart ansehen, daß er die Menge, das grelle Licht, den Herrn und sich selbst tief verachtete . . . Nachdem er seine Portion abgetanzt hatte, gähnte er und setzte sich.

„Nun, Tante," sagte der Herr, „zuerst woll'n wir mit Ihnen etwas singen, und dann tanzen wir mal. Gut?"

Er holte aus der Tasche eine Pfeife heraus und begann zu spielen. Kaschtanka, der keine Musik vertragen konnte, fing an, auf dem Stuhl unruhig hin und her zu rücken und zu heulen. Von allen Seiten ertönte Gebrüll und Beifallsklatschen. Der Herr verbeugte sich und fuhr fort, als alles sich beruhigt hatte, zu spielen . . . Während einer sehr hohen Note schrie irgend wo oben unter dem Publikum jemand auf.

„Vater!" rief eine Kinderstimme. – „Das ist doch Kaschtanka!"

„Natürlich Kaschtanka!" bestätigte ein etwas angeheiterter, zitternder Tenor. „Kaschtanka! Fedjuschka, straf mich Gott, das ist Kaschtanka! Füit!"

Auf der Galerie pfiff jemand, und zwei Stimmen, eine männliche und eine Kinderstimme, riefen laut:

„Kaschtanka! Kaschtanka!"

Kaschtanka erbebte und schaute nach der Stelle hin, von wo aus gerufen wurde. Zwei Gesichter, das eine behaart, angetrunken und lächelnd, das andere dick, rotwangig und erschrocken, schlugen Kaschtanka in die Augen, wie es vordem das elektrische Licht gethan hatte ... Er erinnerte sich plötzlich an etwas, fiel vom Stuhl hinunter und begann auf dem Sande zu zappeln; dann sprang er auf und stürzte freudig auf die Gesichter zu. Ein betäubendes Gebrüll erschallte, durchdrungen von Pfiffen und dem schrillen Ruf einer Kinderstimme:

„Kaschtanka! Kaschtanka!"

Kaschtanka sprang über die Barriere, dann über die Schulter irgend jemandes und befand sich in einer Loge. Um in den nächsten Rang zu gelangen, mußte man über eine hohe Wand springen. Kaschtanka sprang, aber zu kurz, und rutschte längs der Wand zurück. Darauf ging er von Hand zu Hand, leckte irgend welche Gesichter und Hände, kam immer höher und höher und gelangte endlich auf die Galerie ...

Eine halbe Stunde später lief Kaschtanka auf der Straße hinter zwei Menschen her, die nach Leim und Lack rochen. Der Tischler Luka Alexandritsch schwankte und hielt sich instinktiv, durch Erfahrung belehrt, möglichst weit von der Straßenrinne weg.

„Im Pfuhle des Lasters gehe ich unter ..." murmelte er. „Und Du, Kaschtanka, bist ein Mißverständnis. Im Vergleich zu uns Menschen bist Du so ... so wie ein Zimmermann im Vergleich zum Tischler ..."

Neben ihm schritt Fedjuschka einher, in der alten Mütze des Vaters. Kaschtanka blickte ihnen beiden auf den Rücken, und es war ihm, als ginge er schon lange hinter ihnen her, und als wäre sein Leben nicht einen Augenblick unterbrochen worden ...

Er erinnerte sich an das Zimmerchen mit den schmutzigen Tapeten, den Gänserich, an Theodor, an die schönen Diners, die Stunden, den Zirkus, aber alles erschien ihm jetzt wie ein langer, wirrer, schwerer Traum.

Die Apothekerin

Das Städtchen B., das nur aus zwei bis drei krummen Straßen besteht, liegt in tiefen Schlummer versunken. In der regungslosen Luft vernimmt man kaum einen Laut. Nur irgendwo in der Ferne, wahrscheinlich außerhalb der Stadt, bellt mit einem dünnen, heiseren Tenor ein Hund. Bis zur Morgenröte dauert es nicht mehr lange.

Alles ruht. Nur die junge Frau des Provisors Tschornomordik, des Inhabers der B–schen Apotheke, schläft nicht. Sie hat sich schon dreimal zu Bette gelegt, aber der Schlaf flieht sie eigensinnig – Gott weiß warum. Sie sitzt am offenen Fenster im bloßen Hemde und sieht auf die Straße hinaus. Es ist ihr schwül, langweilig und ärgerlich zu Mute . . . so ärgerlich, daß sie sogar weinen möchte. Warum? Sie weiß es selbst nicht! Es liegt ihr wie ein hartes Stück auf der Brust, das immerfort zur Kehle aufsteigt . . .

Hinten, nur einige Schritte von der Apothekerin, schnarcht süß Tschornomordik selbst. Ein gieriger Floh hat sich bei ihm auf der Stirn zwischen den Augen festgesogen, aber er merkt es nicht und lächelt sogar, da er träumt, daß alle in der Stadt Husten haben und bei ihm immerfort seine Hustentropfen kaufen. Man kann ihn jetzt weder durch Stiche, noch mit Kanonen, noch mit Zärtlichkeiten wecken.

Die Apotheke liegt beinahe an der Grenze der Stadt, so daß die Apothekerin weit hinaus ins Feld blicken kann . . . Sie sieht, wie der östliche Rand des Himmels ganz allmählich erbleicht und wie er dann rot wird, wie von einer großen Feuersbrunst. Ganz unerwartet steigt hinter einem in der Ferne liegenden Gebüsch der große, breitgesichtige Mond langsam auf. Er ist rot, wie denn der Mond überhaupt, wenn er hinter einem Gebüsch hervorsteigt, aus irgend einem Grunde immer furchtbar verlegen ist.

Plötzlich ertönen in der nächtlichen Stille Schritte und Sporengeklirr. Man hört Stimmen.

„Das sind die Offiziere, die vom Polizeiinspektor nach Hause ins Biwak gehen“, denkt die Apothekerin.

Etwas später zeigen sich zwei Gestalten in weißen Offizier-Sommerröcken; die eine groß und dick, die andere kleiner und dünner ... Sie schreiten faul eine hinter der anderen längs des Zaunes einher und sprechen laut über irgend etwas. Als sie sich der Apotheke genähert haben, beginnen beide Gestalten immer langsamer zu gehen und sehen nach den Fenstern.

„Es riecht nach einer Apotheke ...“ sagt der Dünne. „Richtig, da ist sie ja auch! Aha, ich erinnere mich ... In der vorigen Woche war ich hier und kaufte mir Rizinusöl. Hier wohnt ja der Apotheker mit dem sauren Gesicht und der Eselskinnlade. Das ist mal eine Kinnlade! Gerade mit so einer muß Simson die Philister verhauen haben.“

„M–ja ...“ spricht der Dicke im Baß. „Es schläft die Pharmacie! Und auch die Apothekerin schläft. Hier giebt es nämlich, Obtjossow, eine hübsche Apothekerin.“

„Ich habe sie gesehen. Sie gefiel mir sehr ... Sagen Sie, Doktor, ist sie wirklich im stande, diese Eselskinnlade zu lieben? Unmöglich?“

„Nein, wahrscheinlich liebt sie ihn nicht“, seufzt der Doktor auf, mit einem Ausdruck, als thäte ihm der Apotheker leid. „Sie schläft jetzt hinterm Fenster, das Puppchen! Obtjossow, he? Liegt vor Hitze so hingegossen ... das Mündchen ist halb geöffnet ... das Füßchen hängt zum Bett heraus. Der Schafskopf von Apotheker wird von diesen Sachen kaum viel verstehen ... Weib und Karbolflasche sind für ihn wohl ziemlich dasselbe!“

„Wissen Sie was, Doktor?“ sagt der Offizier, indem er stehen bleibt. „Gehen wir mal in die Apotheke hinein und kaufen uns etwas. Vielleicht sehen wir die Apothekerin.“

„Nanu, in der Nacht!“

„Was ist denn dabei? Sie müssen ja auch in der Nacht öffnen. Mein Lieber, gehen wir!“

„Meinetwegen ...“

Die Apothekerin, die sich hinterm Vorhang versteckt hat, hört die heisere Glocke. Sie sieht sich nach dem Manne um, der ruhig weiter schnarcht und süß lächelt, wirft sich in ein Kleid, zieht sich an die bloßen Füße Pantoffel und läuft in die Apotheke.

Durch die Glasthür hindurch sieht man zwei Schatten . . . Die Apothekerin schraubt die Lampe auf und eilt zur Thür, um zu öffnen. Sie fühlt jetzt keine Langeweile und keinen Ärger mehr und will nicht mehr weinen; nur ihr Herz pocht heftig. Der dicke Doktor und der dünne Obtjossow treten ein. Jetzt kann man sie schon besser sehen. Der dickbäuchige Arzt ist schwarz, bärtig und unbeholfen. Bei der geringsten Bewegung kracht sein Rock und Schweißtropfen treten ihm auf die Stirn. Der Offizier ist rosig, ohne Schnurrbart, etwas weiblich und biegsam wie eine englische Reitgerte.

„Was wünschen Sie?“ fragt die Apothekerin, das Kleid über der Brust zusammenhaltend.

„Geben Sie . . . äh . . . äh . . . für fünfzehn Kopeken Pfefferminzplätzchen!“

Die Apothekerin holt ohne Eile vom Regal eine Büchse und beginnt zu wiegen. Die Käufer blicken ihr unverwandt auf den Rücken; der Arzt schließt halb die Augen, wie ein satter Kater, während der Leutnant sehr ernst ist.

„Zum ersten Mal sehe ich in einer Apotheke eine Dame“, sagt der Doktor.

„Dabei ist nichts besonderes . . .“ antwortet die Apothekerin, nach dem rosigen Gesicht Obtjossows hinüberschielend. „Mein Mann hat keine Gehilfen, und ich helfe ihm immer.“

„So . . . Sie haben eine ganz nette Apotheke! Wieviel verschiedene . . . Büchsen es hier giebt! Und Sie fürchten sich nicht, so inmitten der Gifte zu leben? Brrrr!“

Die Apothekerin klebt das Packet zu und reicht es dem Doktor. Obtjossow giebt ihr ein Fünfzehnkopekenstück. Es vergeht eine halbe Minute schweigend . . . Die Käufer sehen sich an, machen einen Schritt zur Thür, sehen sich dann wieder an.

„Geben Sie mir, bitte, für zehn Kopeken Soda!“ sagt der Doktor.

Die Apothekerin streckt die Hand wieder faul und lässig nach dem Regal aus.

„Hätten Sie nicht hier in der Apotheke so was . . .“ murmelt Obtjossow, die Finger bewegend, „so etwas, wissen Sie, allegorisches, irgend ein erquickendes Naß . . . Selterwasser vielleicht? Haben Sie Selterwasser?“

„Jawohl“, antwortet die Apothekerin.

„Bravo! Sie sind kein Weib, sondern eine Fee. Schleifen Sie uns also etwa drei Flaschen heran!“

Die Apothekerin verpackt eilig die Soda und verschwindet im Dunkel der Thür.

„Ein Bissen!“ sagt der Doktor augenblinzelnd. „So eine Ananas, Obtjossow, finden Sie selbst auf der Insel Madeira nicht. He? Was meinen Sie? Übrigens . . . hören Sie das Geschnarch? Das ist der Herr Apotheker in höchsteigener Person, der da schlummert.“

Nach einer Minute kehrt die Apothekerin zurück und stellt auf den Ladentisch fünf Flaschen. Sie war eben im Keller und ist daher rot und ein wenig erregt.

„Tss . . . leiser!“ sagt Obtjossow, als sie beim Aufkorken der Flaschen den Korkenzieher fallen läßt. „Lärmen Sie nicht so, sonst wecken Sie Ihren Mann.“

„Nun, und was ist denn dabei, wenn ich ihn wecke?“

„Er schläft so süß . . . träumt von Ihnen . . . Auf Ihr Wohl!“

„Und außerdem“, meint mit seiner Baßstimme der Doktor, nach dem Selterwasser aufstoßend, „außerdem sind die Ehemänner ein so langweiliges Kapitel, daß sie gut thäten, immer zu schlafen. Na, zu diesem Wasserchen etwas Rotspon, das wäre was!“

„Was nicht noch!“ lacht die Apothekerin.

„Das wäre prächtig! Schade, daß in den Apotheken keine Spirituosen verkauft werden! Übrigens . . . Sie müssen ja Wein als Medizin verkaufen. Haben Sie gallicum rubrum?“

„Jawohl.“

„Na, also! Geben Sie ihn mal her! Hol's der Teufel, nur her damit!“

„Wieviel wollen Sie?“

„Quantum satis! . . . Zuerst geben Sie uns ins Wasser je eine Unze, und dann wollen wir schon sehen . . . Obtjossow, he? Zuerst mit Wasser und dann nachher per se . . .“

Der Doktor und Obtjossow setzen sich an den Ladentisch, nehmen die Mützen ab und fangen an, Rotwein zu trinken.

„Der Wein ist aber, alles was recht ist, ein miserables Zeugs! Vinum schwachissimum, das muß man sagen! Übrigens, in der Gesellschaft . . . äh . . . schmeckt er wie Nektar. Sie sind entzückend, meine Gnädige! Ich küsse Ihnen in Gedanken die Hand."

„Ich würde viel dafür geben, um das nicht nur in Gedanken thun zu können!" sagt Obtjossow. „Auf Ehre! Ich würde mein Leben dafür geben!"

„Das lassen Sie nur bleiben . . ." sagt Frau Tschornomordik errötend und macht ein ernstes Gesicht.

„Wie Sie übrigens kokett sind!" lacht leise der Doktor, sie schelmisch von unten herauf ansehend. „Die Äuglein schießen nur so! Piff! paff! Ich gratuliere: Sie haben gesiegt! Wir sind gefangen!"

Die Apothekerin blickt auf ihre frischen Gesichter, lauscht auf ihr munteres Geplauder und wird allmählich selbst lebhafter. O, ihr ist es jetzt schon so heiter zu Mut! Sie beteiligt sich am Gespräch, lacht, kokettiert und trinkt sogar, nach langem Bitten der Käufer, etwa zwei Unzen Rotwein.

„Die Herren Offiziere müßten doch häufiger aus dem Biwak in die Stadt kommen", sagt sie, „sonst ist's hier so furchtbar langweilig. Ich sterbe fast . . ."

„Natürlich!" meint der Doktor empört. „So eine Ananas . . . ein Wunder der Natur, und in dieser Öde! Übrigens ist's für uns schon Zeit. Sehr angenehm gewesen, Ihre Bekanntschaft zu machen . . . sehr! Was haben wir zu zahlen?"

Die Apothekerin hebt die Augen zur Decke und bewegt lange die Lippen.

„Zwölf Rubel achtundvierzig Kopeken!" sagt sie.

Obtjossow holt seine dicke Brieftasche hervor, sucht lange in einem Päckchen Papiergeld und zahlt.

„Ihr Mann schläft süß und träumt . . ." murmelt er, der Apothekerin zum Abschied die Hand drückend.

„Ich liebe keine Dummheiten . . ."

„Wieso denn Dummheiten? Im Gegenteil . . . es sind gar keine Dummheiten . . . Sogar Shakespeare sagt: „selig, wer jung in der Jugend!""

„Lassen Sie meine Hand los!"

Endlich, nach langen Gesprächen, küssen die Käufer der Apothekerin die Hand und verlassen unschlüssig, als überlegten sie, ob sie nicht irgend was vergessen hätten, die Apotheke.

Die junge Frau läuft schnell in das Schlafzimmer und setzt sich wieder ans Fenster. Sie sieht, wie der Doktor und der Leutnant etwa zwanzig Schritte vor der Apotheke stehen bleiben und über etwas zu flüstern anfangen. Worüber? Ihr Herz klopft, auch in den Schläfen klopft es. warum – weiß sie selbst nicht. Das Herz klopft so stark, als entschieden die Beiden, die dort flüstern, über ihr Schicksal.

Ungefähr nach fünf Minuten verläßt der Doktor Obtjossow und geht weiter, während Obtjossow zurückkommt. Er geht an der Apotheke vorbei, einmal. zweimal . . . Bald bleibt er an der Thür stehen, bald geht er wieder weiter . . . Endlich wird die Glocke behutsam gezogen.

„Was? Wer ist da?“ hört die Apothekerin plötzlich die Stimme ihres Mannes. „Dort wird geklingelt, und Du hörst es nicht!“ sagt streng der Apotheker. „Was ist das für eine Unordnung!“

Er steht auf, zieht sich den Schlafrock an und geht, mit den Pantoffeln schlurfend und im Halbschlaf schwankend in die Apotheke.

„Was . . . wünschen Sie?“ fragt er Obtjossow.

„Geben Sie . . . geben Sie mir für fünfzehn Kopeken Pfefferminzplätzchen.“

Mit endlosem Schnaufen und Gähnen, unterwegs einschlafend und mit den Knieen an den Ladentisch stoßend, klettert der Apotheker zu dem Regal hinauf und holt die Büchse . . .

Zwei Minuten später sieht die Apothekerin, wie Obtjossow aus der Apotheke herauskommt und nachdem er einige Schritte gegangen, die Pfefferminzplätzchen auf die staubige Straße wirft. Hinter der Ecke hervor kommt ihm der Doktor entgegen . . . Sie treffen zusammen und verschwinden dann, mit den Händen gestikulierend, im Morgennebel.

„Wie unglücklich bin ich!“ spricht die Apothekerin, ihren Mann, der sich schnell auskleidet, um wieder zu schlafen, voll Wut betrachtend. „O, wie unglücklich ich bin!“ wiederholt sie, plötzlich in Thränen ausbrechend. „Und niemand, niemand weiß . . .“

„Ich habe auf dem Ladentisch fünfzehn Kopeken vergessen", brummt der Apotheker, sich die Decke über den Kopf ziehend. „Thu sie, bitte, in die Kasse . . ."

Und sofort schläft er wieder ein.

Der Dicke und der Dünne

Auf dem Bahnhof der Nikolaibahn trafen sich zwei Freunde, ein dicker und ein dünner.

Der Dicke hatte soeben auf dem Bahnhofe zu Mittag gespeist und seine fettigen Lippen glänzten wie reife Kirschen. Er roch nach Cherry und Fleur d'orange.

Der Dünne dagegen war eben erst aus dem Waggon gestiegen und mit Koffern, Bündeln und Schachteln beladen. Er roch nach Schinken und Kaffee. Hinter seinem Rücken sah man eine hagere Frau mit langem Kinn – seine Gattin, und einen langen Gymnasiasten mit einem zugekniffenen Auge – seinen Sohn.

„Porfiri!" rief der Dicke, als er den Dünnen erblickte. „Bist Du es, mein Bester? Wie viele Jahre ist's her!"

„Mischa!" staunte der Dünne. „Freund meiner Jugend! Wo kommst Du her?"

Die Freunde küßten sich dreimal nach russischer Sitte und blickten sich mit thränenerfüllten Augen an. Beide waren angenehm überrascht.

„Mein Lieber!" begann der Dünne nach der Begrüßung. „Das hätte ich nicht geglaubt! Ist das eine Überraschung! Na, sieh mich mal ordentlich an! Ebensolch ein schwer Kerl, wie er war! Ebensolch ein Herzensbrecher und Stutzer! Ach, mein Gott! Nun, wie geht es Dir denn? Reich? Verheiratet? Ich bin schon verheiratet, wie Du siehst . . . Das hier ist meine Frau Luise, geborene Wanzenbach . . . Protestantin . . . Und das ist mein Sohn Nafanail, Tertianer. – Das ist der Freund meiner Jugend, Nafanja! Waren zusammen im Gymnasium!"

Nafanail dachte ein wenig nach und zog die Mütze.

„Waren zusammen im Gymnasium!" fuhr der Dünne fort. „Erinnerst Du Dich noch, wie Dein Spitzname war? Du hießt Herostrat, weil Du in ein Zensurbuch mit der Zigarette ein Loch gebrannt hattest, und ich hieß Ephialtes, weil ich zu klatschen liebte. Ho-ho . . . Wir waren Kinder! Fürchte Dich nicht, Nafanja!

Komm zu ihm näher heran . . . Das ist meine Frau, geborene Wanzenbach . . . protestantisch.“

Nafanail dachte ein wenig nach und versteckte sich hinter dem Rücken des Vaters.

„Nun, was machst denn Du, Freund?“ fragte der Dicke, den Freund voll Entzücken anblickend. „Bist Du im Staatsdienst? Hast's weit gebracht?“

„Jawohl, ich diene, mein Lieber! Bin schon das zweite Jahr Kollegienassessor und habe den Stanislaus. Das Gehalt ist zwar schlecht . . . aber was ist da zu machen! Meine Frau giebt Musikunterricht und ich fertige privatim Cigarrenetuis aus Holz an. Vorzügliche Etuis! Zum Rubel das Stück verkaufe ich sie. Wenn jemand zehn Stück und mehr nimmt, bekommt er natürlich Rabatt. Man schlägt sich also irgendwie durch. Zuerst war ich im Departement selbst angestellt und jetzt bin ich hierher in dasselbe Ressort als Tischvorsteher versetzt . . . Werde jetzt also hier bleiben. Nun, und Du? Bist wohl schon Staatsrat? He?“

„Nein, mein Lieber, kannst noch was zugeben“, sagte der Dicke. „Ich bin schon beim Geheimrat angelangt . . . Habe zwei Orden erster Klasse.“

Der Dünne wurde plötzlich ganz blaß und wie versteinert. Aber bald verzog sich sein ganzes Gesicht zu einem breiten Lächeln; es schien, als sprühten sein Gesicht und seine Augen Funken. Er selbst zog sich ein, knickte zusammen, machte sich klein . . . Seine Koffer, Bündel und Schachteln wurden klein und schrumpften zusammen . . . Das lange Kinn seiner Frau wurde noch länger . . . Nafanail stand stramm und knöpfte alle Knöpfe seiner Uniform zu . . .

„Ich, Ew. Excellenz . . . Sehr angenehm! Ich darf wohl sagen, ein Freund meiner Jugend gewesen und jetzt solch ein Würdenträger geworden! Hi-hi.“

„Na, laß doch!“ sagte der Dicke mit einer Grimasse. „Wozu dieser Ton? Wir sind Jugendfreunde – wozu also dieses Untergebenen-Markieren!“

„Ich bitte Sie . . . Gestatten Sie . . .“ lächelte der Dünne, noch kleiner werdend. „Die hohe Gunst Ew. Excellenz . . . ist wie der Tau, der . . . Das hier, Ew. Excellenz, ist mein Sohn Nafanail . . . meine Frau Luise, Protestantin gewissermaßen . . .“

Der Dicke wollte irgend etwas entgegnen, aber auf dem Gesicht des Dünnen malte sich soviel Ehrfurcht, Süßigkeit und ehrerbietiges Entzücken, daß es dem

Geheimrat übel wurde. Er kehrte sich von dem Dünnen ab und reichte ihm zum Abschied die Hand.

Der Dünne drückte ihm drei Finger, verbeugte sich mit dem ganzen Körper und lachte wie ein Chinese: „Hi–hi–hi."

Seine Frau lächelte.

Nafanail machte einen Kratzfuß und ließ dabei die Mütze fallen.

Alle drei waren angenehm überrascht.

Nur seine Frau!

„Erzählen Sie uns etwas, Pjotr Iwanowitsch!" baten die jungen Mädchen.

Der Oberst drehte seinen grauen Schnurrbart, räusperte sich und begann:

„Es war im Jahre 1843, als unser Regiment vor Czenstochow stand. Der Winter, meine Damen, war damals sehr böse, sodaß kein Tag verging, ohne daß die Posten sich die Nasen erfroren oder die Straßen durch Schnee verweht wurden. Wie der Frost sich im Oktober eingestellt hatte, so hielt er sich auch bis zum April. Um die Zeit, muß ich Ihnen sagen, sah ich noch nicht so alt und verräuchert aus, wie jetzt, sondern war – Sie können es sich denken – ein schneidiger Kerl, jung und blühend, mit einem Wort – ein schöner Mann. Ich trug mich wie ein Pfau, warf mit dem Gelde rechts und links um mich und drehte meinen Schnurrbart wie kein Leutnant in der Welt. Ja . . . Ich brauchte nur mit dem Auge zu blinzeln, mit den Sporen zu klirren und den Schnurrbart aufzuwirbeln – und die stolzeste Schöne verwandelte sich in ein gehorsames Schäfchen. Lecker war ich nach den Frauen, wie die Spinne nach den Fliegen, und wenn ich Ihnen jetzt, meine Damen, die Polinnen und Jüdinnen herzählen wollte, die mir damals am Halse gehangen haben, ich darf Sie versichern, so würde die Mathematik nicht genügend Zahlen dafür haben . . .

Ziehen Sie außerdem noch in Betracht, daß ich Regimentsadjutant war, vorzüglich Mazurka tanzte und eine ganz reizende Frau hatte, Gott habe sie selig! Und was ich für ein Wagehals, für ein Teufelskerl war, können Sie sich garnicht vorstellen. Wenn im Bezirk irgend eine Liebeskatastrophe passierte, einem Juden die Peisacken ausgerissen wurden, oder ein Pole geohrfeigt wurde, so wußte man gleich, daß das der Sekondeleutnant Wiwertow gethan hatte.

Als Adjutant mußte ich im Bezirk viel umherreisen. Bald fuhr ich, Hafer oder Heu einkaufen, bald verkaufte ich an die Juden oder Pans zurückgestellte Pferde, am häufigsten aber, meine Damen, fuhr ich, unter dem Vorwande des Dienstes, zu einem Rendezvous mit irgend einer Dame oder zu reichen Gutsbesitzern, Karten spielen . . .

Am Weihnachtsabend, ich erinnere mich dessen so deutlich, als wäre es jetzt, reiste ich aus Czenstochow in das Dorf Schewelki, wohin man mich in Dienstangelegenheiten geschickt hatte. Das Wetter, muß ich Ihnen sagen, war mörderisch . . . Der Frost knarrte und wütete, daß es sogar den Pferden unheimlich wurde, und ich und mein Fuhrmann in einer halben Stunde zu Eiszapfen gefroren . . . Mit dem Frost wird man zur Not noch fertig, aber auf dem halben Wege erhob sich plötzlich ein Schneesturm. Die weiße Schneedecke bewegte sich, begann zu kreisen und zu tanzen, wie eine Schar Teufel. Der Wind stöhnte, als hätte man ihm sein Weib genommen, der Weg verschwand . . . In nicht mehr als zehn Minuten waren ich, der Fuhrmann und die Pferde mit Schnee überschüttet.

„Ew. Wohlgeboren, wir haben den Weg verloren!“ sagte der Fuhrmann.

„Der Teufel! Warum hast Du, Schafskopf, denn nicht aufgepaßt? Na, fahr nur grad aus, vielleicht stoßen wir auf irgend eine menschliche Behausung!“

Na, wir fuhren also und fuhren, kreisten und kreisten, und so gegen Mitternacht stießen unsere Pferde auf das Thor eines Gutes, das, wie ich mich entsinne, dem Grafen Bojadlowski, einem reichen Polen gehörte. Die Polen und Juden sind für mich dasselbe, wie Senf nach dem Mittag, aber gastfrei ist die Bande, das muß man ihr lassen, und es giebt keine leidenschaftlicheren Weiber als die Polinnen . . .

Wir wurden eingelassen . . . Graf Bojadlowski selbst lebte damals in Paris und uns empfing sein Verwalter, Kasimir Chapzinski, ebenfalls ein Pole. Ich entsinne mich, es war keine Stunde vergangen, als ich schon im Nebengebäude des Verwalters saß, mit seiner Frau Süßholz raspelte, trank und Karten spielte. Nachdem ich fünf Dukaten gewonnen und meinen Durst mehr als gelöscht hatte, bat ich, mir mein Schlafzimmer anzuweisen. Da in dem Nebengebäude kein Platz mehr war, brachte man mich in ein Zimmer des gräflichen Wohnhauses.

„Haben sie keine Furcht vor Gespenstern?“ fragte der Verwalter, mich in ein mittelgroßes Zimmer geleitend, welches an einen riesigen leeren Saal stieß, der kalt und finster war.

„Giebt es denn hier Gespenster?“ fragte ich, während ich hörte, wie ein hohles Echo meine Worte und Schritte wiederholte.

„Ich weiß es nicht“, lachte der Pole, „aber es scheint mir, daß dieser Ort für Gespenster und Geister der allergeeignetste ist.“

Ich hatte mir gut was hinter die Binde gegossen und war bezecht, wie vierzigtausend Schuster, aber, aufrichtig gesagt, nach diesen Worten lief es mir doch kalt über den Rücken. Hol's der Teufel, lieber hundert Tscherkessen, als ein Gespenst! Aber da war nichts zu machen, ich kleidete mich aus und legte mich zu Bett . . . Mein Licht beleuchtete kaum die Wände, an denen Ahnenportraits hingen, das eine fürchterlicher als das andere, altertümliche Waffen, Jagdhörner und ähnliches Zeug . . . Es herrschte eine Grabesstille, und nur im Saal nebenbei raschelten die Mäuse und krachten die alten Möbel. Hinterm Fenster aber tobte die wahre Hölle . . . Der Wind sang eine Totenmesse, die Bäume beugten sich stöhnend und weinend; irgend ein Satansding, wahrscheinlich der Laden, quiekte kläglich und schlug ans Fenster. Fügen Sie zu dem noch hinzu, daß mein Kopf mir in die Runde ging und mit dem Kopf die ganze Welt . . . Wenn ich die Augen schloß, schien es mir, daß mein Bett im ganzen Hause umherflog und mit den Geistern Fangen spielte. Um meine Furcht zu mindern, löschte ich vor allem das Licht aus, da leere Zimmer bei Licht viel schrecklicher erscheinen, als im Dunkeln . . .“

Die drei jungen Mädchen, die dem Oberst zuhörten, rückten näher an den Erzähler heran und starrten ihn regungslos an.

„Nun“, fuhr der Oberst fort, „so sehr ich mir Mühe gab, einzuschlafen konnte ich den Schlaf doch nicht finden. Bald schien es mir, als stiegen Diebe durchs Fenster ein, bald hörte ich irgend ein Geflüster. bald berührte jemand meine Schulter – überhaupt erschien mir alles mögliche Teufelszeug, das jedem bekannt ist, der sich jemals im Zustande nervöser Überspannung befunden hat. Aber, können Sie sich es vorstellen, durch dieses Teufelszeug und das Chaos der Töne hindurch erkenne ich plötzlich ganz deutlich ein Geräusch, das dem Schlurfen von Pantoffeln ähnelt. Ich horche hin und höre – was glauben Sie wohl? – jemand nähert sich meiner Thür, räuspert sich und öffnet sie . . .

„Wer da?“ frage ich, mich erhebend.

„Ich bin es . . . erschrick nicht!“ antwortete eine weibliche Stimme.

Ich ging auf die Thür zu . . . Es vergingen einige Sekunden, und ich fühlte, wie zwei Frauenhände, weich wie Eiderdaunen, sich mir auf die Schultern legten.

„Ich liebe Dich . . . Du bist mir teurer als das Leben“, sagte eine melodische Frauenstimme.

Ein heißer Atem streifte meine Wange . . . Ich vergaß den Schneesturm, die Gespenster, alles in der Welt und schlang meinen Arm um ihre Taille . . . und was für eine Taille! Solche Taillen kann die Natur nur auf besondere Bestellung anfertigen, und auch dann nur einmal in zehn Jahren . . . Dünn, wie gemeißelt, heiß, ephemer wie der Atem eines Kindes! Ich hielt es nicht aus, und drückte sie in meine Arme . . . Unsere Lippen vereinigten sich zu einem leidenschaftlichen, langen Kuß und . . . ich schwöre es bei allen Frauen der Welt, daß ich diesen Kuß bis zum Grabe nicht vergessen werde.“

Der Oberst hielt inne, trank ein halbes Glas Wasser und fuhr mit gesenkter Stimme fort:

„Als ich am andern Tage zum Fenster hinaus blickte, sah ich, daß der Schneesturm noch heftiger geworden war . . . Weiter zu reisen war keine Möglichkeit. So mußte ich den ganzen Tag bei dem Verwalter sitzen, Karten spielen und trinken. Am Abend befand ich mich wieder in dem leeren Hause und genau um Mitternacht umfing ich wieder die bekannte Taille . . .

Ja, meine Damen, wenn nicht die Liebe gewesen wäre, wäre ich damals vor Langerweile wohl krepiert oder hätte mich dem Bacchus ergeben.“

Der Oberst seufzte auf, erhob sich und begann schweigend im Salon auf und ab zu gehen.

„Nun . . . und was war denn weiter?“ fragte eine der jungen Damen, vor Neugierde vergehend.

„Nichts. Am andern Tage befand ich mich wieder auf der Reise.“

„Ja . . . aber wer war denn diese Frau?“ fragten schüchtern die jungen Mädchen.

„Na, das ist doch klar!“

„Garnicht klar . . .“

„Es war meine Frau!“

Die drei jungen Mädchen sprangen auf, als wären sie von der Tarantel gestochen.

„Ja . . . aber wieso denn?“ fragten sie.

„Ach, mein Gott, was ist Ihnen denn unverständlich?“ sagte ärgerlich der Oberst und zuckte die Achseln. „Ich habe mich, denke ich, doch klar genug ausgedrückt! Ich reiste mit meiner Frau nach Schewelki . . . Sie übernachtete im leeren Hause, im Zimmer neben dem meinigen . . . Das ist doch einfach!“

„Mmm . . .“ machten die jungen Mädchen, die Hände enttäuscht in den Schoß legend. „Sie fingen so gut an, und enden Gott weiß wie . . . Nur Ihre Frau . . . Verzeihen Sie, aber das ist ja garnicht interessant, und . . . nicht einmal witzig.“

„Komisch! Sie wollten also, daß es nicht meine eheliche Frau, sondern irgend eine Fremde sein sollte! Ach, meine Damen, meine Damen! Wenn Sie schon jetzt so denken, wie wird es erst dann sein, wenn Sie einmal verheiratet sind?“

Die jungen Mädchen wurden verlegen und schwiegen. Sie machten gelangweilte, finstere Gesichter und begannen enttäuscht zu gähnen.

Während des Abendessens aßen sie nichts, rollten Brotkügelchen und schwiegen.

„Nein, das ist sogar . . . unpassend!“ hielt es eine von ihnen nicht länger aus. „Wozu brauchten Sie es denn zu erzählen, wenn das Ende so war? Es ist nichts Schönes an dieser Erzählung . . . Sogar sonderbar!“

„Sie fingen so verlockend an und plötzlich . . .“ setzte ihre Freundin hinzu. „Haben sich blos über uns lustig gemacht . . .“

„Nun, nun, nun . . . es war ja nur ein Scherz . . .“ sagte der Oberst. „Seien Sie nicht böse, meine Damen, ich habe nur Spaß gemacht. Es war nicht *meine* Frau, sondern die Frau des Verwalters . . .“

„Ja?“

Die jungen Mädchen wurden plötzlich wieder lustig, ihre Augen funkelten . . . Sie rückten näher an den Oberst heran, schenkten ihm Wein ein und überschütteten ihn mit Fragen. Die Langeweile verschwand. Auch das Abendessen verschwand bald, da die jungen Damen mit großem Appetit zu essen begannen.

Grischa

Grischa, ein kleiner dicker, zwei Jahre und acht Monate alter Junge, spaziert mit seiner Wärterin auf der Promenade. Er hat einen langen wattierten Mantel und warme Galoschen an, um seinen Hals ist ein großes Cachenez gebunden und auf dem Kopf sitzt eine große Mütze mit einer zottigen Troddel. Ihm ist so wie so schon heiß, und nun scheint ihm noch die freundliche Aprilsonne gerade in die Augen und kitzelt ihm die Lider.

Seine ganze, unsicher und schüchtern einherschreitende, plumpe Figur drückt äußerste Ratlosigkeit aus.

Bis jetzt hat Grischa nur eine einzige, viereckige Welt gekannt, in deren einer Ecke sein Bett, in der anderen die Lade der Wärterin, in der dritten ein Stuhl steht und in der vierten das Lämpchen vor dem Heiligenbilde glüht. Wirft man einen Blick unter das Bett, so findet man dort eine Puppe mit abgebrochenem Arm und eine Trommel, während hinter der Lade der Wärterin eine ganze Menge verschiedenartiger Dinge liegen: Zwirnrollen. Papierschnitzel, eine Schachtel ohne Deckel und ein invalider Hampelmann. In dieser Welt kann man, außer der Wärterin und Grischa, auch sehr häufig Mama und die Katze sehen. Mama sieht wie eine Puppe aus, und die Katze wie Papas Pelz, nur daß der Pelz keine Augen und keinen Schwanz hat. Aus der Welt, die die Kinderstube genannt wird, führt eine Thür in einen Raum, wo zu Mittag gegessen und Thee getrunken wird. Dort steht der hochbeinige Stuhl Grischas und hängt eine Uhr, die nur dazu da ist, um mit dem Pendel zu schlenkern und zu klingeln. Aus dem Speisezimmer kann man in ein anderes Zimmer treten, in welchem rote Sessel stehen. Dort auf dem Teppich sieht man einen dunklen Fleck, der noch immer die Veranlassung dazu giebt, daß man Grischa mit dem Finger droht. Hinter diesem Zimmer liegt noch ein anderes, in welches Grischa nicht hineingelassen wird und wo ab und zu Papa sich zu schaffen macht. Dieser Papa ist eine außerordentlich rätselhafte Persönlichkeit! Die Wärterin und Mama sind verständlich: sie kleiden Grischa an, füttern ihn und legen ihn zu Bett, aber wozu Papa existiert – das ist unklar. Es giebt noch eine andere rätselhafte Persönlichkeit – die Tante, die Grischa die Trommel geschenkt hat. Bald taucht sie auf, bald verschwindet sie wieder. Wohin verschwindet sie? Grischa hat mehr als einmal unter sein Bett geguckt, hinter die Lade und unter den Diwan, aber dort war sie nicht ...

In dieser neuen Welt dagegen, wo die Sonne in die Augen sticht, giebt es so viel Papas, Mamas und Tanten, daß man gar nicht weiß, zu wem man heranlaufen soll. Das Komischste aber und Albernste, das sind – die Pferde. Grischa sieht zu, wie sie ihre Beine bewegen, und kann nichts begreifen. Er sieht die Wärterin an, damit diese ihm das Rätsel löse, aber die Wärterin schweigt.

Plötzlich hört er ein furchtbares Getrampel . . . Auf der Promenade bewegt sich gerade auf ihn zu in gleichmäßigem Schritt eine Truppe aus dem Schwitzbade zurückkehrender Soldaten mit roten Gesichtern und Birkenquasten unterm Arm. Grischa läuft es vor Schreck kalt über den Rücken und er sieht die Wärterin fragend an: ist das schrecklich? Aber die Wärterin läuft nicht weg und weint nicht, es ist also nicht schrecklich. Grischa begleitet die Soldaten mit den Augen und beginnt selbst im Takt zu schreiten.

Über die Promenade laufen zwei große Katzen mit langen Schnauzen, ausgestreckten Zungen und aufrecht stehenden Schwänzen. Grischa glaubt, daß auch er laufen müsse und läuft den Katzen nach.

„Halt!" schreit ihm die Wärterin zu, ihn rüde an der Schulter fassend. „Wohin? Wirst Du wohl artig sein!"

Dort sitzt eine Wärterin und hält einen kleinen Trog mit Apfelsinen. Grischa geht an ihr vorbei und nimmt sich, ohne ein Wort zu sagen, eine Apfelsine.

„Was machst Du denn da?" schreit seine Begleiterin, ihm einen Klaps auf die Hand gebend und die Apfelsine wieder entreißend. „Dummer Jung!"

Jetzt würde Grischa mit Vergnügen ein Glasstückchen aufheben, das ihm unter den Füßen liegt und in der Sonne wie das Lämpchen vor dem Heiligenbilde strahlt. Aber er fürchtet, daß man ihm wieder eins auf die Hand giebt.

„Ich habe die Ehre!" vernimmt Grischa plötzlich über seinem Ohr eine laute, tiefe Stimme und erblickt einen großen Mann mit glänzenden Knöpfen.

Zu seinem größten Vergnügen reicht dieser Mann der Wärterin die Hand, bleibt mit ihr stehen und beginnt ein Gespräch. Das Leuchten der Sonne, der Lärm der Wagen, die Pferde, die glänzenden Knöpfe, alles das ist so außerordentlich neu und so gar nicht schrecklich, daß Grischas Herz sich mit Wonne erfüllt und er zu lachen beginnt.

„Wollme gehn! Wollme gehn!" ruft er dem Mann mit den glänzenden Knöpfen zu und zupft ihn am Rock.

„Wohin denn?“ fragt der Mann.

„Wollme gehn!“ beharrt Grischa.

Er möchte sagen, daß es nicht schlecht wäre. auch Papa, Mama und die Katze mitzunehmen, aber seine Zunge sagt etwas ganz anderes, als was sie soll.

Nach einiger Zeit biegt die Wärterin von der Promenade ab und führt Grischa in einen großen Hof, wo noch Schnee liegt. Auch der Mann mit den glänzenden Knöpfen folgt ihnen. Sie gehen den Schneehaufen und Pfützen vorsichtig aus dem Wege, steigen dann eine schmutzige, dunkle Treppe hinauf und treten in ein Zimmer. Dort giebt es viel Rauch, es riecht nach Braten und eine Frau steht am Herd und bratet Koteletts. Die Köchin und die Wärterin küssen sich, setzen sich zusammen mit dem Mann auf die Bank und beginnen leise zu sprechen.

Grischa, der warm eingepackt ist, wird es unerträglich heiß und schwül.

„Woher kommt das?“ denkt er, sich umsehend.

Er sieht eine dunkle Lage, Küchengerät und den Ofen, der wie eine große schwarze Höhle starrt . . .

„Ma–ma!“ beginnt Grischa zu greinen.

„Nu, nu, nu!“ schreit die Wärterin. „Kannst schon warten!“

Die Köchin stellt eine Flasche auf den Tisch, drei Gläser und einen Kuchen.

Die beiden Frauen und der Mann mit den glänzenden Knöpfen stoßen an, trinken mehrere mal, und der Mann umarmt bald die Köchin, bald die Wärterin. Dann beginnen sie alle drei leise zu singen.

Grischa streckt die Hände nach dem Kuchen und man giebt ihm ein Stückchen. Er ißt und sieht zu, wie die Wärterin trinkt . . . Er möchte auch trinken.

„Gieb! Gieb!“ bittet er die Wärterin.

Die Köchin giebt ihm aus ihrem Glase zu nippen. Die Augen treten ihm heraus, er verzieht das Gesicht, hustet und wehrt sich noch lange mit den Armen, während die Köchin ihn betrachtet und lacht.

Nach Hause zurück gekehrt, beginnt Grischa der Mutter, den Wänden und dem Bett zu erzählen, wo er gewesen sei und was er gesehen habe. Er erzählt nicht so sehr mit der Zunge, als mit dem Gesicht und den Händen. Er zeigt, wie die Sonne leuchtet, wie die Pferde laufen, wie der schreckliche Ofen aussieht und wie die Köchin trinkt . . .

Am Abend kann er nicht einschlafen. Die Soldaten mit den Birkenquasten, die großen Katzen, die Pferde, das Glasstückchen, der Trog mit den Apselsinen, die glänzenden Knöpfe – alles das drängt sich zusammen und lastet ihm auf dem Gehirn. Er wälzt sich von einer Seite auf die andere, schwatzt und kann seiner Erregung nicht Herr werden, bis er endlich zu weinen anfängt.

„Du fieberst ja!“ sagt die Mama, ihm die flache Hand auf die Stirn legend. „Woher kann denn das kommen?“

„Der Ofen!“ weint Grischa. „Geh weg von hier. Ofen!“

„Er hat wohl zu viel gegessen . . .“ meint die Mama.

Und Grischa, bewältigt von den Eindrücken des neuen Lebens, das er eben kennen gelernt, erhält von der Mama einen Löffel Ricinusöl.

In der Sommerfrische

Aus dem Eisenbahnperron einer Sommerfrische spazierte ein jungverheiratetes Pärchen. Er faßte sie um die Taille, sie drückte sich fest an ihn, und beide waren glücklich. Hinter den Wolkenfetzen hervor blickte der Mond auf sie herab und machte ein finsteres Gesicht: wahrscheinlich war er neidisch und ärgerlich über seine langweilige, unnütze Junggesellenexistenz. Die regungslose Luft war von dem Duft des Flieders und Faulbaums gesättigt. Irgendwo jenseits der Schienen rief eine Schnarrwachtel . . .

„Wie schön, Ssascha, wie schön es ist!“ sprach die Frau. „Man konnte wirklich glauben, daß das alles ein Traum ist. Sieh nur, wie gemütlich und freundlich dieses Wäldchen dreinschaut! Wie lieb sind diese soliden, schweigsamen Telegraphenpfosten! Sie beleben die Landschaft, Ssascha, und sagen uns, daß es dort, irgendwo in der Ferne, Menschen giebt . . . Zivilisation . . . Und ist es nicht schön, wenn der Wind uns leise das Geräusch des nahenden Zuges zuträgt?“

„Ja . . . Was Du übrigens für heiße Hände hast! Das kommt, weil Du Dich aufregst, Warja . . . Was haben wir heute zum Abendessen?“

„Vinegrette und Hühnchen . . . Für uns zwei langt ein Hühnchen. Für Dich sind aus der Stadt noch Sardinen und Störrücken geholt.“

Der Mond versteckte sich hinter einer Wolke, als hätte er Tabak geschnupft. Das Glück der Menschen erinnerte ihn an seine Einsamkeit, an sein einsames Bett hinter Wäldern und Thälern . . .

„Der Zug kommt!" sagte Warja. „Wie schön!"

In der Ferne zeigten sich drei feurige Augen. Auf den Bahnsteig kam der Vorsteher der Halbstation heraus. Auf den Schienen blinkten hier und dort die Signallichter.

„Wir wollen den Zug abwarten und dann nach Hause gehen", sagte Ssascha und gähnte. „Ein schönes Leben haben wir beide, Warja, so schön, daß es beinahe unwahrscheinlich ist!"

Das finstere Scheusal kroch lautlos an den Bahnsteig heran und hielt. In den halberleuchteten Fenstern der Waggons zeigten sich verschlafene Gesichter, Schultern, Hüte . . .

„Ach! Ach!" schallte es aus einem Waggon, „Warja und ihr Mann holen uns ab! Da sind sie! Warenjka! . . . Warenjka! Ach!"

Aus dem Waggon sprangen zwei kleine Mädchen und blieben an Warjas Halse hängen. Hinter ihnen erschienen eine beleibte reifere Dame, ein hoher, magerer Herr mit grauem Backenbart, dann zwei mit Gepäck beladene Gymnasiasten, hinter den Gymnasiasten die Gouvernante, hinter der Gouvernante die Großmutter.

„Da sind wir, da sind wir, mein Lieber!" begann der Herr mit dem Backenbart, Ssascha die Hand drückend. „Habt wohl lange gewartet! Über den Onkel geschimpft, daß er nicht kommt! – Kolja, Kostja, Nina, Fisa . . . Kinder! Gebt Vetter Ssascha einen Kuß! – Kommen alle zu Dir, mit Kind und Kegel, und zwar gleich auf drei – vier Tage. Wir genieren Dich doch hoffentlich nicht? Bitte, nur keine Umstände."

Als das Ehepaar den Onkel mit seiner Familie erblickte, fuhr ihm der Schreck in die Glieder.

Während der Onkel sprach und sich küßte, erstand in Ssaschas Phantasie folgendes Bild: er und seine Frau überlassen den Gästen ihre drei Zimmer, ihre Bettdecken, ihre Kissen; der Störrücken, die Sardinen und das Vinegrette werden in einer Sekunde verspeist; die Vetter reißen die Blumen ab, gießen Tinte über, lärmen; die Tante spricht den ganzen Tag von ihrer Krankheit – Bandwurm und

Schmerzen unter der Herzgrube – und davon, daß sie eine geborene Baronesse von Fintich sei . . .

Und Ssascha blickte bereits voll Haß auf seine junge Frau und flüsterte ihr zu:

„Sie sind zu *Dir* gekommen . . . daß sie der Teufel hole!“

„Nein zu *Dir!*“ antwortete sie, blaß und ebenfalls voll Haß und Bitterkeit. „Das sind nicht meine, sondern *Deine* Verwandten!“

Und sich zu den Gästen wendend, sagte sie mit liebenswürdigem Lächeln:

„Bitte schön! Willkommen!“

Hinter der Wolke hervor zeigte sich wieder der Mond. Er schien zu lächeln. Er schien vergnügt, daß er keine Verwandten hatte.

Ssascha aber wandte sich ab, um vor den Gästen sein böses, verzweifeltes Gesicht zu verbergen und sagte mit forciert-freudiger, gut gelaunter Stimme:

„Wir bitten sehr! Seid willkommen, als unsere lieben Gäste!“

Ein Chamäleon

Über den Marktplatz schreitet im neuen Mantel und mit einem Bündelchen in der Hand der Polizeiaufseher Gorelow . . . Hinter ihm her geht ein rothaariger Schutzmann mit einem Korbe voll konfiszierter Stachelbeeren . . . Ringsherum herrscht Stille. Keine Menschenseele ist auf dem Platz zu sehen. Die geöffneten Thüren der Buden und Schenken schauen trübselig, wie geöffnete Rachen, in die Gotteswelt hinaus; nicht einmal einen Bettler erblickt man in ihrer Nähe.

„Du willst also beißen, verfluchter Kerl?“ hört plötzlich Gorelow. „Jungens, laßt ihn nicht durch! So was giebt's heutzutag nicht mehr – beißen! Halt ihn! A . . . a!“

Man hört das Winseln eines Hundes. Gorelow blickt zur Seite und sieht, wie aus dem Hofe einer Holzniederlage ein Hund herausgelaufen kommt, mühsam auf drei Beinen einherhüpfend und sich immerfort umschauend. Hinter ihm her rennt ein Mensch mit aufgeknöpfter Weste und ungestärktem Vorhemd. Er sucht den Hund einzuholen und stürzt, indem er sich mit dem Oberkörper vorbeugt und den Hund bei einem der Hinterfüße ergreift, zur Erde. Wieder hört man das Hundegewinsel und den Schrei: „Halt ihn!“ Verschlafene Gesichter schauen aus den Fenstern heraus und bald hat sich am Holzhof, wie aus der Erde heraus, eine Menge versammelt.

„Das scheint hier ja Ruhestörung zu geben, Ew. Wohlgeboren!“ sagt der Schutzmann.

Gorelow schwenkt links ab und schreitet auf den Haufen zu. Hart am Thor sieht er den obenbeschriebenen Menschen in der aufgeknöpften Weste stehen und, die rechte Hand in die Höhe hebend, der Menge seinen blutigen Finger zeigen. Auf dem halbbetrunkenen Gesicht liest man gleichsam die Inschrift: „Ich werde Dir, Kanaille, schon was ausreißen!“ und selbst der blutende Finger machte mehr den Eindruck einer Siegestrophäe. In diesem Menschen erkennt Gorelow den Goldarbeiter Hrjukin. – Inmitten des Haufens sitzt auf der Erde, die Vorderfüße auseinandergespreizt und am ganzen Körper zitternd, der Urheber des Skandals – ein junger weißer Windhund mit einer spitzen Schnauze und einem gelben Fleck auf dem Rücken. Aus seinen thränenden Augen spricht der Ausdruck der Furcht und des Entsetzens.

„Was ist denn hier los?“ fragt Gorelow in die Menge eindringend. „Was giebt's hier? Wozu hältst Du den Finger? Wer schrie hier?“

„Ich gehe also, Ew. Wohlgeboren, ohne mich nach jemand umzuschauen“, beginnt Hrjukin. sich in die Faust räuspernd, „ich gehe also, um von wegen des Holzes – und mit einemmal beißt mich dies Vieh ohne weiteres in den Finger ... Verzeihen Sie, aber ich bin ein Handarbeiter, ich mache feine Arbeit. Man muß mir dafür bezahlen, denn diesen Finger kann ich vielleicht eine Woche nicht rühren. So was giebt's, Ew. Wohlgeboren, in keinem Gesetz, daß man um eines Tieres willen dulden muß. Wenn jeder beißen wird, hat man ja auf der Welt kein Leben mehr ...“

„Hm, es ist gut“, sagt Gorelow streng, seine Brauen in die Höhe ziehend und sich räuspernd. „'s ist gut. Wem gehört der Hund? Ich werde das nicht auf sich beruhen lassen. Ich werde Euch zeigen, was es heißt, die Hunde verwildern zu lassen! Es ist Zeit, derartige Herrschaften, die die betreffenden Vorschriften nicht einhalten wollen, aufs Korn zu nehmen. Wenn ich 'mal so einen Schuften ordentlich bestraft habe, dann wird er schon wissen, was es heißt, Hunde und ähnliches Vieh so herumlaufen zu lassen! Ich werde ihm schon zeigen, wo Barthel den Most holt! Jeldirin!“ wendete sich der Polizeiaufseher zum Schutzmann, „erkundige Dich, wessen Hund es ist und setze ein Protokoll auf!

Und den Hund muß man totschlagen. Sofort! Er ist wohl noch toll dazu . . . wem gehört der Hund, frage ich?“

„Es scheint, dem General Shigalow!“ sagt jemand aus der Menge.

„Dem General Shigalow? Hm . . . nimm mir 'mal, Jeldirin, den Mantel ab. Schrecklich, wie heiß es ist! Wohl vor dem Regen . . . Eines begreife ich nur nicht: wie hat er Dich denn beißen können?“ wendet sich Gorelow zu Hrjukin. „Kann er denn überhaupt bis an den Finger heranreichen? Er ist ja klein, während Du doch ein baumlanger Kerl bist! Du hast den Finger vielleicht nur an einem Nagel geritzt. Du bist ja . . . ein bekanntes Individuum! Ich kenne Dich, Satan!“

„Er hat ihn, Ew. Wohlgeboren, zum Spaß mit der Zigarre in die Schnauze gestoßen, und der Hund war nicht dumm und schnappte nach ihm . . . 's ist ein lüderlicher Kerl, Ew. Wohlgeboren!“

„Was lügst Du, Scheeler! wenn Du's nicht geseh'n hast, was brauchst denn zu lügen?“

„Ew. Wohlgeboren sind ein kluger Herr und begreifen schon, wer da lügt und wer, wie vor Gott, die Wahrheit spricht . . . Wenn ich aber lüge, so möge der Friedensrichter darüber entscheiden. Bei dem steht alles im Gesetz d'rin . . . Heutzutage sind vor dem Gesetze alle gleich. Ich habe selbst einen Bruder, der Gendarm ist, damit ihr's wißt . . .“

„Na, raisonnier hier nicht!“

„Nein, der gehört wohl doch nicht dem General . . .“ bemerkt tiefsinnig der Schutzmann. „Der General hat nicht solche . . . Er hält mehr so Hühnerhunde . . .“

„Weißt Du das sicher?“

„Zu Befehl, Ew. Wohlgeboren.“

„Ich hab es mir auch so gedacht. Der General hält teure Rassehunde, dieser ist aber weiß der Teufel was, sieht ja nach gar nichts aus . . . ein ganz gemeines Tier . . . So einen Hund überhaupt zu halten?! Wißt ihr's auch, wenn man so 'nen Hund in Petersburg oder Moskau festnehmen würde, daß sich dann kein Kuckuck ums Gesetz scheeren würde, sondern einfach – aus mit dem Kerl! Du, Hrjukin, bist hierbei geschädigt worden und darfst die Sache nicht auf sich beruhen lassen. Man muß ein Exempel statuieren! Schon lange . . .“

„Ja, vielleicht ist es doch dem General seiner“, philosophiert halblaut der Schutzmann. „Auf der Schnauze steht's ja nicht geschrieben . . . Neulich hab ich bei ihm auf dem Hof so'n ähnliches Vieh gesehen.“

„Natürlich gehört er dem General!“ hört man aus der Menge eine Stimme.

„Hm . . . Zieh mir 'mal, lieber Freund, den Mantel wieder an . . . 's wird wieder windig . . . kalt. Du führst ihn also zum General und fragst da nach. Sage, daß ich den Hund gefunden habe und ihn hinschicke . . . Und sag, daß man ihn nicht mehr auf die Straße lassen soll . . . Es ist vielleicht ein teures Tierchen und wenn ihm jedes Schwein mit der Zigarre ins Gesicht stoßen wird, dauerts nicht lang, bis es hin ist. So'n Hund ist ein zartes Geschöpf . . . Und Du Schafskopf, laß Deine Hand herunter . . . Steck Deinen dummen Finger weg, bist selbst schuld!“

„Da kommt ja der Koch vom General, den kann man ja fragen. – He, lieber Freund, komm einmal her! Schau 'mal den Hund an. Ist's Eurer?“

„Was nicht gar, solche haben wir niemals gehalten!“

„Natürlich, was braucht man hier viel zu fragen. – Hrjukin ist ja schuld, daß er ihn angerührt hat, aber der Hund treibt sich herrenlos herum . . . Wie ich gesagt hab – herrenlos, so ist's auch . . . Man muß ihn totschlagen . . . einfach . . .“

„Unsrer ist's nicht“, fährt der Koch fort. „Er gehört dem Bruder vom General, der neulich angekommen ist. Der General ist kein Freund von Windhunden, aber sein Bruder . . .“

„Ach, sein Herr Bruder ist angekommen? Wladimir Iwanowitsch?“ fragt Gorelow und sein ganzes Gesicht verklärt sich vor Freude und Ergebenheit. „Du mein Gott, das hab ich ja gar nicht gewußt! Also zu Besuch ist er gekommen?“

„Jawohl zu Besuch . . .“

„Du mein Gott, und ich hab es ja gar nicht gewußt! Also der Hund gehört ihm? Nun, das freut mich . . . Nimm ihn also . . . Ein nettes Hündchen . . . So fix . . . Gleich diesen beim Finger! Ha, ha, ha . . . Nun was zitterst Du denn? Ha, ha . . . so'n Kerlchen.“

Der Koch ruft den Hund und verläßt mit ihm den Holzhof . . . Die Menge lacht Hrjukin aus.

„Ich werde Dich noch 'mal vornehmen!“ droht ihm Gorelow und setzt, den Mantel zuknöpfend, seinen Weg über den Marktplatz fort.

Das schwedische Zündholz

Am Morgen des 6. Oktober 1885 erschien in der Kanzlei des Amtshauptmanns des zweiten Distrikts des S–schen Kreises ein anständig gekleideter junger Mann und meldete, daß sein Prinzipal, der dim. Garde-Kornett Mark Iwanowitsch Kljausow ermordet sei. Der junge Mann war blaß und sehr aufgeregt. Seine Hände zitterten, und aus seinen Augen starrte der Schrecken.

„Mit wem habe ich die Ehre zu sprechen?“ fragte ihn der Amtshauptmann.

„Psekow, der Gutsinspektor Kljausows. Agronom und Mechaniker.“

Der Amtshauptmann und die zur Hilfsleistung requirierten Leute fanden, als sie mit Psekow am Orte der That anlangten, folgendes vor. Um das Nebengebäude, in welchem Kljausow lebte, drängte sich eine Menge Volk. Die Nachricht von dem Ereignis hatte schnell wie ein Blitz die ganze Umgegend durchflogen, und da der Tag ein Feiertag war, strömte das Volk aus allen umliegenden Dörfern zu dem Hause herbei. Lärm und lautes Gerede erfüllten die Luft. Hier und da sah man ein verweintes Gesicht. Die Thür zu Kljausows Schlafzimmer war verschlossen. Der Schlüssel steckte von innen.

„Offenbar waren die Übelthäter zu ihm durchs Fenster eingedrungen“, bemerkte während der Besichtigung der Thür der zitternde Psekow.

Man begab sich in den Garten, nach welchem hinaus das Fenster des Schlafzimmers lag. Das Fenster sah finster und unheilverkündend aus. Es war geschlossen und mit einer grünen verblichenen Gardine verhängt. Die eine Ecke der Gardine war ein wenig zurückgeschlagen, sodaß man in das Schlafzimmer hineinsehen konnte.

„Hat jemand von Euch schon zum Fenster hineingesehen?“ fragte der Amtshauptmann.

„Nein, Ew. Wohlgeboren“, antwortete der Gärtner Jefrem, ein kleiner weißhaariger Alter mit einem Unteroffiziersgesicht. „Wie kann man denn hineinsehen, wenn einem die Kniee vor Schreck schlottern!“

„Ach, Mark Iwanitsch, Mark Iwanitsch!“ seufzte der Amtshauptmann, auf das Fenster blickend. „Habe ich Dir nicht gesagt, daß Du schlecht enden wirst! Wolltest auf mich nicht hören . . . Liederlichkeit hat noch nie zum Guten geführt!“

„Ohne Jefrem hätten wir es überhaupt nicht gemerkt," sagte Psekow. „Er war der erste, der darauf verfiel, daß hier etwas nicht richtig sei. Kommt heute Morgen zu mir und sagt: „Wie kommt es denn, daß unser gnädiger Herr so lange nicht aufwacht? Die ganze Woche schon ist er aus dem Schlafzimmer nicht hinausgekommen!" Wie er mir das sagte, traf's mich gleich wie ein Donnerkeil . . . Gleich ging mir ein Gedanke durch den Kopf . . . Er hat sich seit dem vorigen Sonnabend nicht gezeigt, und heute haben wir Sonntag! Sieben Tage, das ist kein Spaß!"

„Ja, der Arme . . ." seufzte nochmals der Amtshauptmann. „So ein kluger, gebildeter, gutmütiger Kerl. Unter Brüdern, kann man wohl sagen, der erste Mann. Aber liederlich, Gott habe ihn selig! – Stepan", wandte sich der Amtshauptmann an einen der requirierten Leute, „fahr sofort zu mir hin und schicke Andrjuschka zum Kreishauptmann, daß er es ihm melde! Sage: Mark Iwanitsch ist ermordet! Und siehe auch nach dem Wachtmeister, wo er denn steckt. Er soll gleich herfahren! Und selbst fahre dann möglichst schnell zum Untersuchungsrichter Nikolai Jermolaitsch und sage ihm, daß er herkommen soll! Warte, ich will ihm einen Brief schreiben."

Der Amtshauptmann stellte um das Haus Wächter auf, schrieb an den Untersuchungsrichter einen Brief und ging zu dem Gutsinspektor Thee trinken. Zehn Minuten später saß er auf einem Taburett, biß vorsichtig kleine Stückchen Zucker ab und schluckte den siedendheißen Thee . . .

„Ja . . ." sprach er zu Psekow. „Ja . . . Ein Edelmann, ein reicher Mensch . . . ein Liebling der Götter, kann man wohl mit Puschkin sagen, – und was ist aus ihm geworden? Nichts! Trank, führte ein lasterhaftes Leben und . . . und ist nun ermordet."

Nach zwei Stunden kam der Untersuchungsrichter angefahren. Nikolai Jermolaitsch Tschubikow, der Untersuchungsrichter, war ein hoher, stämmiger alter Herr von etwa sechzig Jahren, der seine Thätigkeit schon seit einem Vierteljahrhundert ausübte und im ganzen Kreise als ein ehrlicher, kluger, energischer und seinem Dienst ergebener Beamter bekannt war. Mit ihm war auch sein ständiger Begleiter gekommen, sein Gehilfe und Schriftführer Djukowski, ein schlanker junger Mann von sechsundzwanzig Jahren.

„Ist es möglich, meine Herren?" begann Tschubikow, in Psekows Zimmer tretend und den Anwesenden flüchtig die Hände drückend. „Ist es möglich? Mark Iwanowitsch? Ermordet? Nein, das kann nicht sein! Un–mög–lich!"

„Ja, was wollen Sie . . .“ seufzte der Amtshauptmann.

„Herrgott! Ich habe ihn doch am vorigen Freitag auf dem Jahrmarkt in Tarabanjkow gesehen! Ich trank mit ihm dort, mit Verlaub zu sagen, einen Schnaps!“

„Ja, was soll man machen . . .“ seufzte nochmals der Amtshauptmann.

Mau seufzte und klagte, trank ein Glas Thee und begab sich nach dem Hause des Ermordeten.

„Aus dem Wege!“ schrie der Polizeiwachtmeister das Volk an.

Im Hause angelangt, nahm der Untersuchungsrichter vor allem eine Besichtigung der Thür zu dem Schlafzimmer vor. Es ergab sich, daß die Thür aus Fichtenholz, gelb gestrichen und unbeschädigt war. Irgend welche besondere Merkmale, die irgend einen Hinweis geben könnten, wurden nicht gefunden. Man ging an das Erbrechen der Thür.

„Ich bitte, meine Herren, daß sich die Überflüssigen entfernen!“ sagte der Untersuchungsrichter, als die Thür nach langem Klopfen und Krachen dem Beil und dem Stemmeisen wich. „Ich bitte dieses im Interesse der Untersuchung . . . Wachtmeister, niemand einlassen!“

Tschubikow, sein Gehilfe und der Amtshauptmann öffneten die Thür und betraten unschlüssig einer nach dem andern das Schlafzimmer. Ihren Augen zeigte sich folgendes Bild.

An dem einzigen Fenster stand ein großes hölzernes Bett mit einem riesigen Federpfühl. Auf dem zerdrückten Pfühl lag eine verknüllte Decke. Das ebenfalls stark zerknüllte Kopfkissen lag auf der Diele. Auf dem Betttischchen befanden sich eine silberne Uhr, ein silbernes Zwanzigkopekenstück und Schwefelhölzchen. Außer dem Bett, dem Tischchen und einem einzigen Stuhl waren im Zimmer weiter keine Möbel.

Als der Amtshauptmann einen Blick unter das Bett warf, sah er dort etwa zwei Dutzend leerer Flaschen, einen Strohhut und eine große Pulle Schnaps. Unter dem Tischchen fand man einen mit Staub bedeckten Stiefel.

Nachdem der Untersuchungsrichter nochmals einen forschenden Blick über des Zimmer geworfen hatte, wurde er dunkelrot und zog die Augenbrauen zusammen.

„Die Kanaillen!“ murmelte er, die Fäuste ballend.

„Und wo ist denn Mark Iwanitsch?“ fragte leise Djukowski.

„Ich verbitte mir, daß Sie sich einmischen!“ sagte ihm Tschubikow scharf. „Untersuchen Sie gefälligst die Diele! – Das ist der zweite Fall in meiner Praxis, Jewgraf Kusjmitsch,“ wandte er sich mit gesenkter Stimme an den Amtsrichter. „Im Jahre 1870 hatte ich einen ebensolchen Fall. Sie entsinnen sich übrigens wohl . . . Die Ermordung des Kaufmanns Portretow. Dort war es auch so. Die Kanaillen hatten ihn ermordet und die Leiche zum Fenster hinausgeschleppt . . .“

Tschubikow trat ans Fenster, zog den Vorhang vorweg und stieß vorsichtig gegen das Fenster. Das Fenster öffnete sich.

„Es öffnet sich, also war es nicht geschlossen . . . Hm . . . Auf dem Fensterbrett sind Spuren. Können Sie sehen? Hier sind die Spuren vom Knie . . . Hier ist also jemand eingestiegen . . . Man wird das Fenster ordentlich untersuchen müssen.“

„Auf der Diele ist nichts besonderes zu entdecken,“ sagte Djukowski. „Weder Flecke noch Schrammen. Nur ein abgebranntes schwedisches Zündhölzchen habe ich gefunden. Hier ist es! Soviel ich weiß, hat Mark Iwanitsch nicht geraucht, sonst aber pflegte er immer Schwefelhölzer zu gebrauchen und niemals schwedische Zündhölzchen. Dieses Zündholz wird unter Umständen als Beweis dienen können . . .“

„Ach . . . schweigen Sie doch, bitte!“ sagte der Untersuchungsrichter mit einer Handbewegung. „Kommt da mit seinem Zündholz! Ich leide keine Hitzköpfe! Anstatt Zündhölzchen zu suchen, untersuchen Sie lieber das Bett!“

Nach der Besichtigung des Bettes meldete Djukowski:

„Weder Blut, noch sonst irgend welche Flecke . . . Auch keine neuen Risse. An dem Kissen sieht man Spuren von Zähnen. Die Decke ist mit einer Flüssigkeit begossen, die den Geruch von Bier und den nämlichen Geschmack hat . . . Das Gesamtaussehen des Bettes läßt die Annahme zu, daß sich ein Kampf auf demselben abgespielt hat.“

„Ein Kampf, das weiß ich auch ohne Sie! Ich frage Sie nicht nach dem Kampfe. Anstatt nach dem Kampf zu suchen, sollten Sie lieber . . .“

„Der eine Stiefel ist hier, während der andere fehlt.“

„Nun, und was ist denn dabei?“

„Das, daß man ihn erwürgt hat, während er sich die Stiefel auszog. Er hatte nicht Zeit, den anderen Stiefel auszuziehen, als . . .“

„Na, jetzt legt er los . . . Und woher wissen Sie denn, daß er erwürgt worden ist?“

„Die Spuren der Zähne auf dem Kissen. Das Kissen selbst ist stark verknüllt und liegt 2½ Arschin weit vom Bett . . .“

„Geschwätz! Gehen wir lieber in den Garten. Anstatt hier zu stöbern, sollten Sie lieber im Garten nachsehen . . . Hier werde ich auch ohne Sie fertig.“

Im Garten wandte sich die Untersuchung vorerst dem Grase zu. Das Gras unter dem Fenster war zerdrückt. Auch ein Distelstrauch unterm Fenster, ganz nah an der Wand, war zerdrückt. Djukowski gelang es, an demselben einige gebrochene Zweige und ein Stückchen Watte zu entdecken. Auf den oberen Köpfen fand man einige dünne Härchen dunkelblauer Wolle.

„Von welcher Farbe war sein letzter Anzug?“ fragte Djukowski Psekow.

„Von gelber Leinwand.“

„Sehr gut. Also hatten sie einen blauen Anzug.“

Einige Distelköpfe wurden abgeschnitten und sorgfältig in Papier gehüllt.

In diesem Augenblick kamen der Kreishauptmann Arzibaschew-Swistakowski und der Arzt Tjutjujew an. Der Kreishauptmann begrüßte die Anwesenden und begann sofort, seine Neugierde zu befriedigen. Der Doktor dagegen, ein langer und außerordentlich hagerer Mann mit eingefallenen Augen, einer langen Nase und spitzem Kinn, begrüßte sich mit niemand und fragte nach nichts, sondern setzte sich auf einen Baumstumpf und sprach mit einem Seufzer:

„Und die Serben sind wieder in Aufruhr! Was sie wollen, verstehe ich nicht! Österreich, Österreich, das werden wohl deine Stückchen sein!“

Die Besichtigung des Fensters von außen ergab absolut nichts; die Besichtigung des Grases und der nächsten Gebüsche dagegen gab der Untersuchung viele wertvolle Winke. Djukowski gelang es zum Beispiel, im Grase einen langen dunklen Streifen zu entdecken, der aus Flecken bestand und sich vom Fenster einige Faden weit in den Garten zog. Der Streifen endete unter einem Fliederbusch mit einem großen dunkelbraunen Fleck. Unter dem nämlichen Busch wurde ein Stiefel gefunden, der mit dem im Schlafzimmer befindlichen ein Paar ergab.

„Das ist altes Blut!“ sagte Djukowski, die Flecken betrachtend.

Bei dem Worte „Blut“ erhob sich der Doktor und warf faul und oberflächlich einen Blick auf die Flecken.

„Ja, Blut,“ murmelte er.

„Also nicht erwürgt, wenn das hier Blut ist!“ sagte Tschubikow mit einem ironischen Blick auf Djukowski.

„Im Schlafzimmer wurde er erwürgt, und hier hat man ihm aus Furcht, daß er wieder auflebe, mit irgend etwas Scharfem einen Schlag versetzt. Der Fleck unter dem Strauch zeigt, daß er hier verhältnismäßig lange gelegen hat, während sie nach Mitteln suchten, ihn aus dem Garten hinauszuschleppen.“

„Nun, und der Stiefel?“

„Dieser Stiefel bestätigt nur meine Ansicht, daß sie ihn ermordet haben, während er sich vor dem Schlafengehen die Stiefel auszog. Den einen Stiefel hatte er ausgezogen, und den andern, diesen hier, hatte er noch zur Hälfte an. Der halbausgezogene Stiefel fiel während des Schüttelns und des Falls von selbst vom Fuß ab . . .“

„Kolossal gescheit!“ lächelte Tschubikow. „Nur immer drauf los! Wann werden Sie es sich eigentlich abgewöhnen, sich mit ihren Raisonnements aufzudrängen? Anstatt zu raisonnieren, nehmen Sie lieber etwas von dem befleckten Gras!“

Nach der Besichtigung der Gegend und Aufnahme eines Planes derselben begab sich die Gesellschaft zu dem Gutsinspektor, um das Protokoll aufzusetzen und ein Frühstück einzunehmen. Während des Frühstücks wurde ein lebhaftes Gespräch geführt.

„Die Uhr, das Geld u. s. w. . . . alles ist da,“ begann Tschubikow. „Es ist so sicher, wie zweimal zwei vier ist, daß hier kein Raubmord vorliegt.“

„Und daß der Mord von einer intelligenten Person vollführt worden ist,“ schob Djukowski ein.

„Woraus schließen Sie das?“

„Ich habe zu meiner Unterstützung ein schwedisches Zündholz, wie solche unter den Bauern der hiesigen Gegend völlig unbekannt sind. Derartige Zündhölzchen verwenden hier nur die Gutsbesitzer, und auch die nicht mal alle. Ausgeführt wurde der Mord übrigens nicht von einer, sondern von mindestens drei Personen: zwei hielten ihn, und der dritte würgte. Kljausow war stark, und die Mörder mußten das wissen."

„Was konnte ihm seine Kraft nützen, wenn er, sagen wir, schlief?"

„Die Mörder überfielen ihn beim Stiefelausziehen. Wenn er sich die Stiefel auszog, konnte er also nicht schlafen."

„Na, reden Sie keinen Unsinn! Essen Sie lieber!"

„Und nach meinem Verstande, Ew. Wohlgeboren," sagte der Gärtner Jefrem, den Samowar auf den Tisch setzend, „hat diese Schweinerei niemand anderes als Nikolaschka gemacht."

„Sehr möglich," sagte Psekow.

„Wer ist denn dieser Nikolaschka?"

„Der Kammerdiener des gnädigen Herrn, Ew. Wohlgeboren," antwortete Jefrem. „Wer anders, als er? Ein Räuber ist er, Ew. Wohlgeboren, ein Säufer und Liederjahn, daß Gott bewahre! Er brachte dem gnädigen Herrn immer den Schnaps hin, er legte ihn zu Bett ... Wer soll es denn sein, wenn nicht er? Und einmal, wenn ich es wagen darf, Ew. Wohlgeboren zu melden, hat er im Kruge renommiert, daß er den gnädigen Herrn totschlagen wird. Wegen Akuljka war das, wegen eines Frauenzimmers ... Er hatte so ein Soldatenweib ... Dem gnädigen Herrn hatte sie gefallen, und er hatte sie zu seiner Person emporgehoben; nun und dieser ... natürlich, war wütend ... Eben liegt er betrunken in der Küche ... Weint und lügt, daß der gnädige Herr ihm leid thäte ..."

„Das stimmt, wegen der Akuljka kann man schon wütend werden," sagte Psekow. „Sie ist zwar ein Soldatenweib, eine Bäuerin, aber ... Nicht umsonst hatte Mark Iwanitsch ihr den Namen Nana gegeben. Sie hat so etwas, was an die Nana erinnert ... so etwas Anziehendes ..."

„Ich habe sie gesehen ... Ich weiß ..." sagte der Untersuchungsrichter, sich in sein rotes Taschentuch schnaubend.

Djukowski wurde rot und senkte den Blick.

Der Amtshauptmann begann mit dem Finger auf der Untertasse zu trommeln.

Der Kreishauptmann hustete und suchte etwas in seinem Portefeuille.

Nur auf den Doktor allein schien die Erwähnung Akuljkas und Nanas durchaus keinen Eindruck gemacht zu haben.

Der Untersuchungsrichter befahl, Nikolaschka zu holen.

Nikolaschka, ein junger, langer Bursche mit pockennarbiger Nase und eingefallener Brust, in einem abgelegten Rock seines Herrn, trat in das Zimmer und verbeugte sich vor dem Untersuchungsrichter bis zur Erde. Sein Gesicht war verschlafen und verweint. Er selbst war betrunken und stand kaum auf den Beinen.

„Wo ist der gnädige Herr?" fragte ihn Tschubikow.

„Ermordet, Ew. Wohlgeboren."

Nachdem er dieses gesagt, begann er mit den Augen zu zwinkern und fing an zu weinen.

„Daß er ermordet, wissen wir. Wo ist er aber jetzt? Wo ist seine Leiche?"

„Man sagt, daß er zum Fenster herausgeschleppt und im Garten vergraben worden sei."

„Hm ... Die Resultate der Untersuchung sind schon auf der Küche bekannt ... Schlimm. – Wo warst Du denn, mein Lieber, in der Nacht, als der gnädige Herr ermordet wurde? Am Sonnabend also?"

Nikolaschka hob den Kopf, streckte den Hals aus und begann zu denken.

„Das kann ich nicht sagen, Ew. Wohlgeboren," antwortete er. „Ich war betrunken und erinnere mich dessen nicht mehr."

„Alibi!" flüsterte Djukowski lächelnd und sich die Hände reibend.

„So ... Nun, und woher kommt denn das Blut unter dem Fenster des gnädigen Herrn?"

Nikolaschka hob wieder den Kopf und verfiel wieder in Gedanken.

„Denke schneller!" sagte der Kreishauptmann.

„Gleich. Das Blut ist von einem Strunt, Ew. Wohlgeboren! Ich schlachtete ein Huhn. Ich schlachtete es ganz einfach, wie gewöhnlich, das Huhn aber riß sich los und lief davon ... Daher kommt auch das Blut ..."

Jefrem bezeugte, daß Nikolaschka in der That jeden Abend Hühner schlachtet und zwar an verschiedenen Stellen. Daß ein halbgeschlachtetes Huhn im Garten umhergelaufen sei, habe niemand gesehen, die Möglichkeit könne aber allerdings nicht bestritten werden.

„Alibi!“ lächelte Djukowski. „Und was für ein blödsinniges Alibi!“

„Hast Du mit Akuljka was zu thun gehabt?“

„Wer ist ohne Sünde . . .“

„Und der gnädige Herr hat sie Dir abspenstig gemacht?“

„Nein. Akuljka hat mir der Herr hier, Herr Psekow, Iwan Michajlitsch, abspenstig gemacht, und der gnädige Herr hat sie dann Iwan Michajlitsch abgenommen. So war die Sache . . .“

Psekow wurde verlegen und begann sich das linke Auge zu reiben.

Djukowski sog sich mit den Augen an ihm fest, bemerkte seine Verlegenheit und zuckte zusammen. Er sah, daß der Inspektor blaue Hosen anhatte, die er früher übersehen hatte. Die Hosen erinnerten ihn an die blauen Fädchen, die er am Distelstrauch gefunden.

Auch Tschubikow warf einen verdächtigen Blick auf Psekow.

„Kannst gehen!“ sagte er zu Nikolaschka. „Und jetzt gestatten Sie mir eine Frage, Herr Psekow. Sie waren natürlich den Abend von Sonnabend auf Sonntag hier?“

„Ja, um zehn Uhr aß ich mit Mark Iwanitsch zu Abend.“

„Und nachher?“

Psekow wurde verlegen und stand auf.

„Nachher . . . nachher . . . Ich weiß wirklich nicht,“ stammelte er. „Ich hatte damals viel getrunken . . . Ich erinnere mich nicht mehr, wo und wann ich eingeschlafen bin . . . Was stieren Sie mich denn alle so an? Als wenn ich ihn ermordet hätte!“

„Wo erwachten Sie denn?“

„Ich wachte auf . . . in der Gesindeküche auf der Ofenpritsche . . . Alle können das bezeugen . . . Wie ich auf den Ofen gekommen bin, weiß ich nicht . . .“

„Regen Sie sich nicht auf . . . Kannten Sie Akuljka?“

„Dabei ist nichts besonderes . . .“

„War sie von Ihnen an Kljausow übergegangen?“

„Ja . . . Jefrem, bringe noch Pilze! Wünschen Sie Thee, Jewgraf Kusjmitsch?“

Es trat ein drückendes, peinliches Schweigen ein, das ungefähr fünf Minuten währte. Djukowski schwieg und wandte nicht den stechenden Blick von dem bleichen Gesicht Psekows. Das Schweigen unterbrach der Untersuchungsrichter.

„Man wird wohl in das große Haus hinübergehen müssen, um dort mit der Schwester des Verstorbenen, Marja Iwanowna, zu sprechen. Vielleicht kann sie uns irgend einen Hinweis geben . . .“

Tschubikow und sein Gehilfe bedankten sich für das Frühstück und begaben sich nach dem herrschaftlichen Hause. Die Schwester Kljausows, Marja Iwanowna, eine fünfundvierzigjährige Jungfrau, trafen sie vor einem altertümlichen Heiligenschrein betend an. Als sie in den Händen der Gäste die Portefeuilles und Mützen mit Kokarden bemerkte, erbleichte sie.

„Ich muß vor allem um Verzeihung bitten, daß wir Sie sozusagen in Ihrer Andacht stören,“ begann mit einem Kratzfuß der galante Tschubikow. „Wir kommen zu Ihnen mit einer Bitte . . . Sie haben natürlich schon gehört . . . Es existiert der Verdacht, daß Ihr Herr Bruder gewissermaßen ermordet.. Das ist nun mal Gottes Wille . . . Dem Tode entgeht niemand, weder König noch Bauer. Können Sie uns nicht mit irgend einem Hinweis, einer Aufklärung zu Hilfe kommen? . . .“

„Ach . . . fragen Sie mich nicht!“ sagte Marja Iwanowna, noch bleicher werdend und das Gesicht mit den Händen verdeckend. „Ich kann Ihnen nichts sagen! Nichts! Ich bitte Sie! Nichts . . . Was kann ich . . . Ach, nein, nein . . . nicht ein Wort über meinen Bruder! Wenn ich auch sterbe, sage ich nichts!“

Marja Iwanowna begann zu weinen und ging ins andere Zimmer hinaus. Der Untersuchungsrichter und sein Gehilfe sahen sich an, zuckten die Achseln und retirierten sich.

„'n Teufelsfrauenzimmer!“ fluchte Djukowski, als er aus dem großen Hause trat. „Augenscheinlich weiß sie etwas und verheimlicht es . . . Und auch das Stubenmädchen machte so ein Gesicht . . . Wartet, ihr Teufel! Werden schon alles herauskriegen.“

Am Abend fuhren Tschubikow und sein Gehilfe, von dem bleichgesichtigen Monde beleuchtet, nach Hause. Sie saßen im Charabancs und zogen in Gedanken die Summe ihrer heutigen Beobachtungen. Sie waren beide ermüdet und schwiegen. Tschubikow liebte überhaupt nicht, unterwegs zu sprechen, der Schwätzer Djukowski aber schwieg dem Alten zu Gefallen. Am Ende des Weges hielt jedoch der Gehilfe das Schweigen nicht mehr aus und begann:

„Daß Nikolaschka an dieser Sache beteiligt ist – non dubitandum est. Man sieht es ihm an der Fratze an, was er für ein Kerl . . . Das Alibi verrät ihn ganz und gar. Es ist auch kein Zweifel, daß er nicht der Initiator der Sache ist. Er war nur ein dummes, gedungenes Werkzeug. Nicht wahr? Auch der bescheidene Psekow spielt dabei nicht die letzte Rolle. Die blauen Hosen, seine Verlegenheit, das sich vor Furcht auf den Ofen verkriechen nach dem Morde, das Alibi und Akuljka . . .

„Na, wieder die Schleusen geöffnet! Ihrer Ansicht nach ist also jeder, der Akuljka gekannt hat, der Mörder? So ein Hitzkopf! An der Saugflasche sollten Sie lutschen und nicht Untersuchungen führen! Sie haben ja auch der Akuljka den Hof gemacht, also sind auch Sie in die Sache verwickelt?"

„Auch bei Ihnen hat Akuljka einen Monat lang als Köchin gelebt, aber . . . ich sage nichts. In der Nacht auf Sonntag spielte ich mit Ihnen Karten, habe Sie also gesehen . . . Sonst hätte ich mich auch an Sie gemacht . . . Es handelt sich auch garnicht um das Frauenzimmer. Es handelt sich um ein niedriges, gemeines Gefühlchen . . . Dem bescheidenen jungen Manne gefiel es nicht, verstehen Sie, daß nicht er die Oberhand behielt. Eigenliebe, verstehen Sie . . . Wollte sich rächen . . . Und dann . . . Seine dicken Lippen zeugen von großer Sinnlichkeit. Erinnern Sie sich, wie er mit den Lippen schmatzte, als er die Akuljka mit Nana verglich. Daß der Kerl vor Leidenschaft vergeht – ist klar! Also: verletzte Eigenliebe und unbefriedigte Leidenschaft. Das genügt, um einen Mord zu begehen. Zweie wären also in unseren Händen; wer aber ist der dritte? Nikolaschka und Psekow hielten. Wer erdrosselte ihn? Psekow ist schüchtern, leicht verlegen, überhaupt ein Feigling. Leute aber, wie Nikolaschka, verstehen nicht, mit Kissen als Mordwerkzeug zu hantieren; sie arbeiten mit Beilen, Knüppeln . . . Das Erdrosseln hat also ein anderer besorgt, aber – wer?"

Djukowski rückte den Hut in die Stirn und verfiel in Gedanken. Er schwieg solange, bis der Charabancs vor dem Hause des Untersuchungsrichters hielt.

„Heureka!" rief er, das Haus betretend und seinen Überzieher ablegend. „Heureka, Nikolai Jermolaitsch! Ich begreife nicht, wie mir das früher nicht einfiel. Wissen Sie, wer der dritte gewesen?"

„Lassen Sie mich in Ruh! Der Tisch ist gedeckt, kommen Sie zum Abendessen!"

Der Untersuchungsrichter und Djukowski setzten sich an den Tisch. Djukowski goß sich ein Gläschen Schnaps ein, stand auf, warf sich in die Brust und sagte augenfunkelnd:

„Also hören Sie: Der dritte, der gemeinsam mit dem Schurken Psekow am Mord beteiligt ist und der Kljausow mit dem Kissen erstickt hat, – war ein Weib! Jawohl! Ich meine die Schwester des Ermordeten, Marja Iwanowna!"

Tschubikow verschluckte sich am Schnaps und stierte Djukowski verständnislos an.

„Sie . . . sind wohl . . . Sie . . . Ihr Kopf . . . schmerzt Ihnen wohl?"

„Ich bin gesund. Gut, mag ich verrückt sein, aber wie wollen Sie sich Ihre Verlegenheit bei unserem Besuch erklären? Wie wollen Sie sich Ihre Weigerung erklären, irgend eine Aussage zu machen? Nehmen wir an, daß das alles keine Bedeutung hat – gut! schön! – denken Sie aber dann an ihre gegenseitigen Beziehungen! Sie haßte ihren Bruder! Sie gehört zur Sekte der Altgläubigen, er war ein Wüstling, ein Atheist . . . Das also die Quelle des Hasses! Man erzählt sich, daß es ihm gelungen war, ihr einzureden, daß er ein Engel Satans sei! In ihrer Gegenwart pflegte er spiritistische Experimente zu machen . . ."

„Nun, und?"

„Sie begreifen noch nicht? Sie, eine Altgläubige, hat ihn aus Fanatismus ermordet. Und daß sie ihn, das Unkraut, den Wüstling getötet und so die Welt von dem Antichrist befreit hat, hält sie für ein Verdienst, für eine religiöse Heldenthat! O, Sie kennen diese altgläubigen alten Jungfern nicht! Lesen Sie mal Dostojewski! Und was schreiben Leskow, Petscherski! . . . Sie und sie war es, ich wette mein Leben darauf! Sie hat ihn erstickt! O, das geriebene Frauenzimmer! Stand sie nicht deswegen vor den Heiligenbildern, als wir eintraten, um uns zu täuschen? Werd' mich mal hinstellen und beten, dann werden sie glauben, daß ich ruhig bin und sie nicht erwartet habe! Das ist die Methode aller Verbrecherneulinge. Nikolai Jermolaitsch! Mein Lieber, mein Teurer! Übergeben Sie diese Sache mir! Lassen Sie mich dieselbe persönlich zu Ende führen! Mein Lieber! Ich habe sie begonnen, ich will sie auch zu Ende führen!"

Tschubikow machte mit dem Kopf eine abweisende Bewegung und zog die Augenbrauen zusammen.

„Wir verstehen auch selbst, schwierige Sachen zu entwirren“, sagte er. „Und Ihre Sache ist, die Nase nicht in Dinge zu stecken, die Sie nichts angehen. Schreiben Sie nach Diktat, wenn man Ihnen diktiert – das ist Ihre Sache!“

Djukowski flammte auf, ging hinaus und schlug die Thür hinter sich zu.

„Ein kluger Kopf, so 'ne Kanaille!“ murmelte Tschubikow, ihm nachblickend. „Ein sehr gescheiter Kerl! Nur zur Unzeit hitzig . . . Ich werde ihm auf dem Jahrmarkt ein Cigarrenetui als Dedikation kaufen müssen . . .“

Am anderen Morgen wurde dem Untersuchungsrichter aus dem Gute Kljausowka ein junger Bursche mit großem Kopf und einer Hasenscharte vorgeführt, der sich der Hirt Danilka nannte und eine sehr interessante Aussage machte.

„Ich war etwas angetrunken . . .“ sagte er. „Bis um Mitternacht war ich bei der Gevatterin gewesen. Auf dem Heimwege stieg ich in betrunkenem Zustande in den Fluß, um zu baden. Ich bade also . . . plötzlich gehen über den Damm zwei Menschen und tragen etwas schwarzes. „Tju!“ schreie ich sie an. Die kriegten einen Schreck und rannten was sie konnten auf die Makarjewschen Gemüsegärten zu. Gott straf mich, wenn da nicht der gnädige Herr geschleppt worden war!“

Abends am selben Tage wurden Psekow und Nikolaschka arretiert und unter Eskorte in die Bezirksstadt transportiert. In der Stadt wurden sie ins Gefängnis gesperrt.

*

Zwölf Tage waren vergangen.

Es war am Morgen. Der Untersuchungsrichter Nikolai Jermolaitsch saß bei sich zu Hause am grünen Tisch und blätterte in den Kljausowschen Akten. Djukowski schritt unruhig, wie ein Wolf im Käfig, aus einer Ecke in die andere.

„Sie sind von der Schuld Nikolaschkas und Psekows überzeugt“, sprach er, nervös an seinem jungen Bärtchen zupfend. „Warum wollen Sie sich denn nicht von der Schuld Marja Iwanownas überzeugen? Haben Sie denn noch nicht genügend Beweise?“

„Ich sage nicht, daß ich nicht überzeugt bin. Ich bin überzeugt, aber . . . ich mag nicht recht daran glauben . . . Es sind keine rechten Beweise da, sondern nur Philosophieen . . . Fanatismus u. s. w. . . .“

„Sie müssen natürlich ein Beil, blutige Betttücher haben! ... Juristen! Ich werde es Ihnen also beweisen! Sie werden dann schon aufhören, die psychische Seite der Sache so oberflächlich zu behandeln! Ihre Marja Iwanowna kommt nach Sibirien! Ich werde es beweisen! Wenn die Philosophie bei Ihnen nicht anschlägt, so habe ich auch etwas konkreteres ... Das wird Ihnen zeigen, wie recht ich mit meiner Philosophie hatte! Lassen Sie mich nur etwas herumfahren ...“

„Was meinen Sie denn damit?“

„Das schwedische Zündholz ... Das haben Sie wohl vergessen? Ich nicht! Ich werde es herausbekommen, wer das Zündholz im Zimmer des Ermordeten angezündet hat! Es ist nicht Nikolaschka, nicht Psekow gewesen, bei denen bei der Untersuchung solche Zündhölzer nicht vorgefunden wurden, sondern ein dritter, d. h. Marja Iwanowna. Und ich werde das beweisen! ... Lassen Sie mich nur im Bezirk herumfahren, nachforschen ...“

„Na, ist gut, setzen Sie sich ... Wollen wir mit dem Verhör beginnen.“

Djukowski setzte sich an den Tisch und steckte seine Nase in die Akten.

„Nikolai Tetjochow soll vorgeführt werden!“ rief der Untersuchungsrichter.

Nikolaschka wurde vorgeführt. Nikolaschka war bleich und dürr wie ein Holzspan. Er zitterte.

„Tetjochow!“ begann Tschubikow. „Im Jahre 1879 wurden Sie von dem Richter des 1. Bezirks wegen Diebstahl zu Gefängnishaft verurteilt. Im Jahre 1882 kamen Sie zum zweiten Mal wegen Diebstahl ins Gefängnis ... Wir wissen alles ...“

Das Gesicht Nikolaschkas drückte Verwunderung aus. Die Allwissenheit des Untersuchungsrichters machte ihn staunen. Aber bald ging der Ausdruck des Erstaunens in äußerste Betrübtheit über. Er begann zu schluchzen und bat um Erlaubnis, sich waschen und beruhigen zu dürfen. Er wurde abgeführt.

„Psekow soll vorgeführt werden!“ befahl der Untersuchungsrichter.

Psekow trat ein. Der junge Mann hatte sich in den letzten Tagen im Gesicht stark verändert. Er war mager und bleich geworden und die Wangen waren eingefallen. Aus seinen Augen sprach Apathie.

„Setzen Sie sich, Psekow“, sagte Tschubikow. „Ich hoffe, daß Sie heute vernünftig sein und nicht lügen werden, wie die letzten Male. An allen jenen Tagen leugneten Sie Ihre Beteiligung an der Ermordung Kljausows, trotz der

Menge von Beweisen, die gegen Sie sprachen. Das ist unvernünftig. Das Geständnis mindert die Schuld. Heute rede ich mit Ihnen zum letzten Mal. Wenn Sie heute nicht gestehen, so wird es morgen schon zu spät sein. Nun, erzählen Sie uns ..."

„Ich weiß nichts ... Und kenne auch Ihre Beweise nicht", flüsterte Psekow.

„Schade! Nun, dann gestatten Sie, daß ich es Ihnen erzähle, wie die Sache war. Am Sonnabend Abend saßen Sie im Schlafzimmer Kljausows und tranken mit ihm Schnaps und Bier." Djukowski durchbohrte Psekow mit seinem Blick, den er von ihm im Verlaufe des ganzen Monologs nicht wandte. „Nikolai bediente Sie. Bald nach zwölf Uhr äußerte Mark Iwanowitsch den Wunsch, zu Bette zu gehen. Um diese Zeit pflegte er immer schlafen zu gehen. Während er sich die Stiefel auszog und Ihnen dabei Instruktionen bezüglich der Wirtschaft erteilte, ergriffen Sie und Nikolai auf ein gegebenes Zeichen Ihren halbbetrunkenen Herrn und warfen ihn auf das Bett. Einer von Ihnen setzte sich ihm auf die Füße, der andere auf den Kopf. In diesem Augenblick trat von dem Flur aus eine Ihnen bekannte Frau im schwarzen Kleide ein, die sich mit Ihnen vorher bezüglich ihrer Teilnahme an dieser verbrecherischen That verabredet hatte. Sie ergriff ein Kissen und begann ihn damit zu drosseln. Während des Kampfes verlöschte das Licht. Die Frau nahm aus der Tasche eine Schachtel schwedischer Zündhölzer und zündete das Licht wieder an. Nicht wahr? Ich sehe es Ihnen am Gesicht an, daß ich die Wahrheit erzähle. Aber weiter ... Als er erstickt war, und Sie sich überzeugt hatten, daß er nicht mehr atme, schleppten Sie und Nikolai ihn zum Fenster hinaus und legten ihn bei dem Distelstrauch nieder. In der Furcht, daß er nicht etwa wieder auflebe, versetzten Sie ihm einen Schlag mit irgend einem scharfen Gegenstand. Dann trugen Sie ihn weiter und legten ihn für eine Zeit unter den Fliederbusch. Nachdem Sie sich ausgeruht und überlegt hatten, nahmen Sie ihn wieder auf ... Sie schleppten ihn über den Zaun hinüber ... Dann gingen Sie den Weg entlang ... Darauf kam der Damm. Bei dem Damm erschreckte sie ein Bauer. Aber was ist mit Ihnen?"

Psekow, bleich wie die Leinwand, stand auf und schwankte.

„Mir ist so schwül!" sagte er. „Gut ... meinetwegen ... Aber ich will hinaus ... bitte."

Psekow wurde hinausgeführt.

„Endlich hat er gestanden!" sagte Tschubikow, sich süß streckend. „Hat sich verraten! Habe ich's nicht geschickt angefangen? Einfach konfus gemacht ..."

„Und auch die Frau in Schwarz leugnet er nicht“, lachte Djukowski. „Aber . . . mich quält übrigens furchtbar das schwedische Zündholz! Ich kann es nicht länger aushalten. Adieu! Ich fahre.“

Djukowski setzte sich die Mütze auf und fuhr weg.

Tschubikow begann die Akuljka zu vernehmen.

Akuljka erklärte, daß sie überhaupt von nichts wisse . . .

„Ich habe nur mit Ihnen gelebt und sonst mit niemand!“ sagte sie, mit ihren buttrigen Augen schelmisch lachend.

Gegen sechs Uhr abends kehrte Djukowski zurück. Er war aufgeregt, wie noch nie. Seine Hände zitterten so stark, daß er nicht im stande war, seinen Paletot aufzuknöpfen. Seine Wangen glühten. Man sah, daß er nicht ohne eine Neuigkeit zurückgekehrt war.

„Veni, vidi, vici!“ sagte er, in Tschubikows Zimmer stürzend und ließ sich in einen Sessel fallen. „Ich schwöre Ihnen bei meiner Ehre, daß ich anfange, an meine Genialität zu glauben! Hören Sie zu, daß Sie der Teufel hole! Hören Sie zu und staunen Sie, alter Herr! Komisch und traurig! In Ihren Händen befinden sich schon drei . . . nicht wahr? Ich habe den vierten gefunden oder richtiger die vierte, denn es ist eine Frau! Und was für eine Frau! Zehn Jahre meines Lebens würde ich hingeben, um nur ihre Schultern berühren zu können! Aber . . . Hören Sie! Ich fuhr nach Kljausowka und begann um das Gut eine Spirale zu beschreiben! Unterwegs besuchte ich alle Kramläden und Dorfschänken und fragte überall noch schwedischen Zündhölzchen. Nirgends gab es welche. Ich fuhr und fuhr. Zwanzigmal verlor ich die Hoffnung und ebenso oft gewann ich sie wieder. Den ganzen Tag trieb ich mich herum und erst vor einer Stunde fand ich das Gesuchte. Drei Werst von hier. Man reicht mir ein Päckchen von zehn Schachteln. Die zehnte Schachtel aber fehlt und ist nicht zu finden . . . Ich frage gleich: „Wer hat diese Schachtel gekauft?“ Die und die . . . „Sie gefielen ihr . . . das Zischen“. Mein Herzchen! Nikolai Jermolaitsch! Was zuweilen ein Mensch, der aus dem Seminar gejagt worden ist und sich mit Kriminallitteratur vollgesogen hat, machen kann, ist kaum zu fassen! Von heute an beginne ich mich zu achten! . . . Ufff . . . Nun, fahren wir!“

„Wohin denn das?“

„Zu ihr, zu der vierten . . . Wir müssen eilen, sonst . . . sonst vergehe ich vor Ungeduld! Wissen Sie, wer es ist? Die junge Frau unseres Amtshauptmanns, des alten Jewgraf Kusjmitsch, Olga Petrowna ist es! Sie hat die Schachtel gekauft!"

„Sie . . . Du . . . Sie . . . verrückt?"

„Sehr einfach! Erstens raucht sie. Zweitens ist sie bis über die Ohren in Kljausow verliebt. Er hat ihre Liebe wegen irgend einer Akuljka zurückgewiesen. Rache! Jetzt erinnere ich mich, wie ich sie einmal beide in der Küche hinter der Scheidewand angetroffen habe. Sie überschüttete ihn mit Schwüren, während er rauchte und ihr den Rauch ins Gesicht paffte. Aber . . . fahren wir schnell, sonst wird es dunkel . . . Fahren wir!"

„Ich bin noch nicht so verrückt, um irgend einem grünen Jungen zu Liebe in der Nacht eine anständige Dame aus der Gesellschaft zu beunruhigen!"

„Anständig, Dame . . . Ein Lappen sind Sie also und kein Untersuchungsrichter! Noch nie habe ich mich unterstanden, Sie zu beleidigen, aber jetzt zwingen Sie mich dazu! Lappen, Schlafmütze! Nun, mein Herzchen! Nikolai Jermolaitsch! Ich bitte Sie!"

Der Untersuchungsrichter machte mit der Hand eine Geste und spuckte aus.

„Ich bitte Sie! Ich bitte Sie nicht um meinetwegen, sondern im Interesse der Rechtsprechung! Ich flehe Sie an! Erweisen Sie mir doch einmal im Leben einen Gefallen!"

Djukowski sank auf die Knie.

„Nikolai Jermolaitsch! Nun, seien Sie so gut! Nennen Sie mich einen Schuft, einen gemeinen Kerl, wenn ich mich in Bezug auf diese Frau irre! Denken Sie doch, was das für eine Sache ist! Was für eine Sache! Der reine Roman! Durch ganz Rußland wird Ihr Ruhm gehen! Man wird Sie zum Untersuchungsrichter für besonders wichtige Angelegenheiten ernennen! Verstehen Sie es doch, Sie unvernünftiger Alter!"

Der Untersuchungsrichter machte ein finsteres Gesicht und streckte unschlüssig die Hand nach dem Hut aus.

„Na, daß Dich der Teufel!" sagte er. „Fahren wir."

Es war schon spät, als der Charabancs des Untersuchungsrichters vor der Thür des Amtshauptmanns hielt.

„Was sind wir doch für Schweine!“ sagte Tschubikow, die Glocke ziehend. „Beunruhigen nur die Leute!“

„Schad't nichts! schad't nichts . . . Haben Sie nur keine Angst . . . Wir können ja sagen, daß uns eine Sprungfeder am Wagen gebrochen ist.“

Tschubikow und Djukowski wurden auf der Schwelle von einer großen, stattlichen Frau von etwa dreiundzwanzig Jahren, mit pechschwarzen Augenbrauen und fetten roten Lippen empfangen. Es war Olga Petrowna selbst.

„Ah . . . sehr angenehm!“ sagte sie über das ganze Gesicht lächelnd. „Sie kommen gerade zum Abendessen. Mein Jewgraf Kusjmitsch ist nicht zu Hause . . . Ist wohl bei dem Popen sitzen geblieben . . . Wir kommen aber auch ohne ihn aus . . . Setzen Sie sich! Sie kommen wohl von einer Dienstreise? . . .“

„Ja . . . Bei uns, wissen Sie, ist eine Feder gesprungen“, begann Tschubikow, in den Salon tretend und sich in einen Lehnstuhl setzend.

„Sie müssen . . . gleich überrumpeln!“ flüsterte ihm Djukowski zu. „Überrumpeln Sie sie!“

„Wagenfeder . . . Mm . . . Ja . . . Da fuhren wir denn hier an.“

„Überrumpeln Sie sie, sage ich Ihnen. Wenn Sie viel Sprünge machen, schöpft sie Verdacht.“

„Na, also machen Sie, was Sie wollen, befreien Sie nur mich davon,“ flüsterte Tschubikow aufstehend und an das Fenster tretend. „Ich kann es nicht! Sie haben die Suppe eingebrockt, löffeln Sie sie auch aus!“

„Ja, eine Wagenfeder . . .“ begann Djukowski, an die Frau Amtshauptmann herantretend und seine lange Nase runzelnd. „Wir sind eigentlich nicht dazu gekommen, um . . . aeh – aeh . . . zu Abend zu essen und auch nicht zu Jewgraf Kusjmitsch. Wir sind gekommen, um Sie, gnädige Frau, zu fragen: wo befindet sich Mark Iwanowitsch, den Sie ermordet haben?“

„Was? Was für ein Mark Iwanowitsch?“ stammelte die Frau Amtshauptmann, und ihr Gesicht überzog sich plötzlich mit dunklem Rot. „Ich . . . ich verstehe nicht.“

„Ich frage Sie im Namen des Gesetzes! Wo ist Kljausow? Wir wissen alles!“

„Durch wen?“ fragt leise die Frau Amtshauptmann, die Djukowskis Blick nicht länger ertragen konnte.

„Belieben Sie, uns zu sagen, wo er ist!“

„Aber woher wissen Sie es? Wer hat es Ihnen erzählt?“

„Wir wissen alles! Ich verlange es im Namen des Gesetzes!“

Der Untersuchungsrichter, durch die Verlegenheit der Frau Amtshauptmann ermuntert, trat an sie heran und sagte:

„Zeigen Sie ihn uns, und wir werden gehen. Sonst aber . . .“

„Wozu brauchen Sie ihn denn?“

„Wozu diese Fragen, meine Gnädige? Wir bitten Sie, ihn uns zu zeigen! Sie zittern, sind verwirrt . . . Ja, er ist ermordet und, wenn Sie es wollen, *von Ihnen ermordet!* Ihre Genossen haben Sie verraten!“

Die Frau Amtshauptmann erbleichte.

„Gehen wir“, sagte sie leise, die Hände ringend. „Er ist bei mir im Dampfbad versteckt. Aber, um Gottes Willen, sagen Sie es nicht meinem Mann! Ich flehe Sie an! Er würde es nicht überstehen!“

Die Frau Amtshauptmann nahm von der Wand einen großen Schlüssel und führte ihre Gäste durch die Küche und den Flur auf den Hof. Auf dem Hof war es dunkel. Ein feiner Regen sprühte. Die Frau Amtshauptmann ging voraus. Tschubikow und Djukowski schritten hinter ihr durch das hohe Gras einher und atmeten den Geruch wilden Hanfs und des Spülwassers ein, das unter ihren Füßen aufspritzte . . . Der Hof war sehr groß. Bald hörte das Spülwasser auf und die Füße fühlten aufgeackerte Erde. In der Dunkelheit zeigten sich die Silhouetten von Bäumen und zwischen den Bäumen hindurch ein kleines Häuschen mit schiefem Schornstein.

„Das ist das Badehaus“, sagte die Frau Amtshauptmann. „Aber ich flehe Sie an, sagen Sie niemand was davon!“

Als Tschubikow und Djukowski an das Badehaus herangetreten waren, sahen sie an der Thür ein riesiges Vorhängeschloß.

„Nehmen Sie das Lichtende und Zündhölzchen heraus!“ flüsterte der Untersuchungsrichter seinem Gehilfen zu.

Die Frau Amtshauptmann öffnete das Badehaus und ließ ihre Gäste ein.

Djukowski zog ein Zündholz auf und erleuchtete den Vorraum. Mitten in dem Raum stand ein Tisch. Auf dem Tisch, neben einem kleinen, dickbäuchigen

Ssamowar stand eine Suppenterrine mit kalt gewordener Kohlsuppe und eine Schüssel mit den Resten einer Sauce.

„Weiter!"

Man trat in das nächste Zimmer, in das Dampfbad ein. Dort stand ebenfalls ein Tisch. Auf dem Tisch befanden sich eine große Schüssel mit einem Schinken, eine Flasche Schnaps, Teller, Messer, Gabeln.

„Aber wo ist denn . . . er? Wo ist der Ermordete?" fragte der Untersuchungsrichter.

„Er ist auf der oberen Schwitzpritsche!" flüsterte die Frau Amtshauptmann, immer noch bleich und zitternd.

Djukowski nahm das Lichtende und kletterte zu der oberen Pritsche hinauf. Dort erblickte er einen langen menschlichen Körper, der regungslos auf einem großen Daunenpfühl lag. Der Körper schnarchte leise . . .

„Man hält uns zum besten, hol's der Teufel!" schrie Djukowski. „Das ist ja garnicht er! Hier liegt irgend ein lebendiger Laban. – He, wer sind Sie, daß Sie der Teufel hole?"

Der Körper zog pfeifend die Luft in sich herein und begann sich zu regen.

Djukowski stieß ihn mit dem Ellbogen.

Der Körper streckte die Hände in die Höhe, reckte sich und hob den Kopf.

„Wer kriecht da herum?" fragte ein heiserer, schwerer Baß. „Was willst Du?!"

Djukowski hielt das Lichtende an das Gesicht des Unbekannten und schrie auf. An der dunkelroten Nase, an dem zerwühlten ungekämmten Haar, an dem pechschwarzen Schnurrbart, von dem die eine Seite schneidig aufgedreht war und frech zur Decke emporstarrte, erkannte er den Kornett Kljausow.

„Sie? Mark . . . Iwanowitsch?! Unmöglich!"

Der Untersuchungsrichter sah zur Pritsche auf und erstarrte . . .

„Ja, das bin ich . . . Und das sind Sie, Djukowski! Was für einen Satan suchen Sie denn hier? Und was ist denn da unten noch für eine Fratze? Nanu, der Untersuchungsrichter! Wo kommt Ihr denn her?"

Kljausow stieg schnell herab und umarmte Tschubikow.

Olga Petrowna glitt zur Thür hinaus.

„Wo kommt Ihr denn her? Trinken wir eins drauf, hol's der Teufel! Tra-ta-ti-to-tom ... Trinken wir eins! Wer hat Euch übrigens hergebracht? Woher wußtet Ihr, daß ich hier sei? Übrigens – egal! Trinken wir!"

Kljausow zündete die Lampe an und goß drei Gläser Schnaps ein.

„Das heißt, ich verstehe Dich nicht", sagte der Untersuchungsrichter mit einer ratlosen Gebärde. „Bist Du es, oder bist Du es nicht?"

„Ist gut, ist gut ... Willst mir wohl eine Moralpredigt halten? Gieb Dir nicht die Mühe! Jüngling, Djukowski, trink Dein Glas! Gaudeamus igitur ... Was gafft Ihr? Trinkt!"

„Immerhin kann ich es nicht begreifen", sagte der Untersuchungsrichter, sein Glas mechanisch austrinkend. „Warum bist Du hier?"

„Warum soll ich denn nicht hier sein, wenn es hier gut ist?"

Kljausow trank aus und nahm ein Stück Schinken als Sakuska.

„Ich lebe bei der Frau Amtshauptmann, wie Du siehst. In der Wildnis und Einöde, wie so ein Geist. Trink! Sie that mir leid, mein Bester! Kriegte Mitleid mit ihr und lebe jetzt hier in dem verlassenen Badehause wie so ein Einsiedler ... Ernähre mich. In der nächsten Woche will ich mich nach Hause packen ... Es wird schon langweilig ..."

„Unbegreiflich!" sagte Djukowski.

„Was ist denn dabei Unbegreifliches?"

„Unbegreiflich! Um Gottes Willen, wie ist denn Ihr Stiefel in den Garten gekommen?"

„Was für ein Stiefel?"

„Wir fanden den einen Stiefel im Schlafzimmer und den andern im Garten."

„Wozu braucht Ihr denn das zu wissen? Geht Euch nichts an ... Aber trinkt doch, daß Euch der Teufel hole! Habt Ihr mich aufgeweckt, dann trinkt wenigstens! Eine nette Geschichte, mein Bester, war dies mit diesem Stiefel. Ich wollte nicht zu Olja gehen ... War nicht aufgelegt, weißt Du, etwas angeduselt ... Sie kommt zu mir unters Fenster und beginnt zu schimpfen ... Weißt Du, wie die Weiber ... überhaupt ... Ich, knall wie ich war, nehme einen Stiefel und schmeiß ihn nach ihr ... Haha ... Schimpf nicht, mein Schätzchen! Sie kletterte zum Fenster herein, zündete die Lampe an und begann mich vollen

Kerl zu kneten. Prügelte mich durch, schleppte mich hierher und schloß mich ein. Jetzt ernähre ich mich hier ... Liebe, Schnaps und Sakuska! Aber wohin wollt Ihr? Tschubikow, wohin?"

Der Untersuchungsrichter spuckte aus und ging zum Badehaus hinaus. Ihm folgte mit gesenktem Haupte Djukowski. Beide bestiegen sie schweigend den Charabancs und fuhren ab. Noch niemals war ihnen der Weg so weit und langweilig erschienen, wie diesmal. Beide schwiegen. Tschubikow zitterte den ganzen Weg vor Wut, Djukowski verbarg sein Gesicht im Kragen, als fürchtete er, daß die Dunkelheit und der Sprühregen auf seinem Gesicht die Beschämung lesen könnten.

Zu Hause angelangt, fand der Untersuchungsrichter bei sich den Doktor Tjutjujew vor. Der Arzt saß am Tisch und blätterte seufzend in der „Niwa".

„Was nicht wieder alles los ist!" sagte er, den Untersuchungsrichter mit einem trüben Lächeln begrüßend. „Wieder Österreich! ... Und auch Gladstone gewissermaßen ..."

Tschubikow warf seinen Hut unter den Tisch und erbebte.

„Teufelsskelett! Laß mich in Ruh! Tausendmal habe ich Dir gesagt, daß Du mir nicht mit Deiner Politik kommen sollst! Hab' was anderes im Kopf! – Und Dir", wandte sich Tschubikow an Djukowski, die Fäuste ballend, „Dir ... verzeihe ich das nie im Leben!"

„Aber ... das schwedische Zündholz! Wie konnt ich denn wissen!"

„Daß Du an Deinem Zündholz erstickst! Gehe und ärgere mich nicht, sonst mache ich aus Dir weiß der Teufel was! Daß ich Deinen Fuß hier nicht sehe."

Djukowski fuhr zusammen, nahm seinen Hut und ging.

„Ich geh und sauf mich voll!" beschloß er, als er zum Thor hinaus war und schlenderte betrübt dem Wirtshaus zu.

Als die Frau Amtshauptmann aus dem Badehause zurückkehrte, fand sie im Salon ihren Mann.

„Wozu war der Untersuchungsrichter hier?" fragte der Mann.

„Er war gekommen, um zu sagen, daß Kljausow gefunden sei. Er war garnicht ermordet. Im Gegenteil, er lebt und ist gesund ... Stelle Dir vor, man hat ihn bei einer fremden Frau gefunden! ..."

„Ach, Mark Iwanitsch, Mark Iwanitsch!“ seufzte der Amtshauptmann, die Augen zur Decke erhebend. „Habe ich Dir nicht gesagt, daß Liederlichkeit zu nichts Gutem führt! Nein, wolltest auf mich nicht hören!“

Der Orden

Der Lehrer am Militär-Progymnasium, Kollegienregistrator Lew Pustakow, wohnte Thür an Thür neben seinem Freunde, dem Leutnant Ledenzow. Zu ihm lenkte er am Neujahrsmorgen seine Schritt.

„Höre mal, Grischa“, sagte er ihm nach der üblichen Gratulation, „ich würde Dich nicht inkommodieren, wenn es nicht dringend nötig wäre. Leih mir, bitte, für heute Deinen Stanislaus. Ich bin nämlich beim Kaufmann Spitschkin zum Mittag eingeladen, – und Du kennst den Kerl ja, furchtbar erpicht auf Orden . . . hält, glaub' ich, jeden für einen Schuft, der nicht was am Halse oder auf der Brust baumeln hat. Nun, und er hat doch zwei Töchter . . . Du weißt, Nastja und Sina . . . Aber ich wende mich an Dich, als Freund . . . Du verstehst mich doch, mein Lieber . . . thu mir, bitte, den Gefallen.“

Bei dieser Rede errötete Pustakow und blickte ängstlich auf die Thür. Der Lieutenant schimpfte zuerst, gab dann aber nach.

Um zwei Uhr Nachmittags fuhr Pustakow in einer Droschke zu Spitschkins. Er hatte seinen Pelz vorn offen gelassen und auf seiner Brust blitzte in Gold und Emaille der fremde Stanislaus.

„Ist mir doch zu Mute, als wäre ich ein ganz anderer Mensch!“ dachte er und räusperte sich mit einem gewissen Selbstbewußtsein. „Ein kleines Ding, kostet vielleicht nicht mehr als fünf Rubel, – und welcher Effekt!“

Vor dem Hause des Herrn Spitschkin schlug er den Pelz zurück und begann langsam den Kutscher zu bezahlen. Als der Kutscher seine Achselstücke, Knöpfe und den Stanislaus erblickte, war er, so schien es wenigstens Pustakow, wie versteinert. Pustakow räusperte sich selbstbewußt und trat in das Haus ein. Den Pelz legte er im Vorzimmer ab und warf einen Blick in den Saal, wo gegen fünfzehn Personen an einem langen gedeckten Tisch saßen und schon zu essen begonnen hatten. Man hörte nur Stimmengewirr und Tellergeklapper.

„Wer hat da geklingelt?“ fragte der Hausherr und erhob sich. „Ah, Lew Nikolajewitsch! Bitte schön! Etwas spät, aber das macht nichts ... Wir haben uns eben erst gesetzt.“

Pustakow streckte seine Brust vor, warf stolz den Kopf zurück und trat, sich die Hände reibend, in den Saal. Aber da sah er etwas Fürchterliches. Am Tisch, neben Fräulein Sina, saß sein Kollege, der Lehrer der französischen Sprache, Tremblant. Wenn der Franzose den Orden sehen würde, würde er unangenehme Fragen stellen und ihn wahrscheinlich für ewig blamieren ... Sollte er den Orden abreißen oder wieder weglaufen? ... Aber der Unglücksorden saß fest am Rock und ein Rückzug war nicht mehr möglich. Er preßte schnell die rechte Hand auf den Orden und machte der Gesellschaft eine tiefe Verbeugung. Darauf setzte er sich schwerfällig, ohne jemand die Hand zu reichen, auf den einzigen Stuhl, der frei war, gerade dem französischen Kollegen gegenüber.

„Wahrscheinlich etwas angeduselt!“ dachte Spitschkin, der sich Pustakows sonderbares Benehmen nicht anders erklären konnte.

Es wurde ihm ein Teller Suppe gereicht. Er nahm den Löffel mit der linken Hand auf. Da fiel ihm ein, daß man unter wohlerzogenen Leuten doch nicht mit der linken Hand essen könne. Gar nicht essen? Ja! ... Schließlich sagte er, daß er bereits gegessen habe. „Ich machte einen Besuch bei meinem Onkel, dem Probst Elejew ... er bat mich ... aß da zu Mittag ...“

Pustakows Seele war von Ingrimm erfüllt und er litt Tantalusqualen: die Suppe war gar zu appetitlich ... Und was für ein verführerischer Duft ging von dem gedämpften Stör aus. Er dachte daran, seine rechte Hand frei zu machen und den Orden mit seiner Linken zu verdecken, aber er wagte es nicht.

„Man wird es bemerken ... Und auch, wenn man es nicht merkt: wie lange soll ich denn den Arm über die ganze Brust gestreckt halten, als wenn ich singen wollte? Mein Gott, wird denn dieses Mittagessen ewig dauern? Ich werde nachher schnell in ein Restaurant gehen!“

Nach dem dritten Gange warf er mit dem einen Auge einen verstohlenen Blick auf den Franzosen. Es kam ihm vor, als ob Tremblant aus irgend einem Grunde sehr verlegen war, ihn ängstlich ansah und auch nichts aß. Als sie einander eine Weile angesehen hatten, wurden beide noch verlegener und sahen in ihre leeren Teller. „Er hat es bemerkt, der Kerl!“ dachte Pustakow. „Ich sehe es ihm an der Fratze an, daß er es bemerkt hat! Dieser Schuft, diese Klatschbase! Morgen wird der Direktor alles wissen!“

Die Gäste kamen zum vierten Gang und dann auch glücklich zum fünften ...

Ein langer Herr mit einer gebogenen Nase, großen, haarigen Nüstern und verkniffenen Äuglein stand auf, strich sich mit der flachen Hand über den Kopf und sprach:

„Äh ... äh ... äh ... ich erlaube mir, äh, ein Hoch auf das Wohl der anwesenden Damen. äh, auszubringen!"

Geräuschvoll erhoben sich alle und ergriffen die Gläser. Ein lautes Hurrah dröhnte durch das Zimmer. Die Damen lächelten und bogen sich verbindlich hinüber, um anzustoßen. Pustakow erhob sich nun auch; er hielt sein Glas in der linken Hand. „Lew Nikolajewitsch, haben Sie bitte; die Güte, dieses Glas Nastasja Timofejewna hinüber zu reichen. Sie muß es austrinken!" Mit diesen Worten wandte sich ein Herr an ihn und reichte ihm ein volles Glas.

Pustakow mußte zu seiner Verzweiflung die rechte Hand in Aktion setzen. Der Stanislaus mit dem zerdrückten, roten Band wurde sichtbar und erstrahlte im Glanz der Lichter. Der Lehrer wurde totenbleich, ließ den Kopf auf die Brust fallen und blickte scheu nach seinem Gegenüber. Der Franzose sah ihn erstaunt und fragend an, dann verzog sich sein Mund zu einem schalkhaften Lächeln und alle Verlegenheit wich aus seinem Gesicht ...

„Julius Awgustowitsch!" rief da der Hausherr dem Franzosen zu, „reichen Sie doch, bitte, die Flasche hinüber!"

Tremblant streckte unschlüssig seine rechte Hand nach der Flasche aus, – und, o Wonne: Pustakow erblickte auch auf seinem Rockaufschlag einen Orden. Und das war kein Stanislaus, sondern sogar eine Anna! Also auch er hatte gemogelt! Pustakow lachte innerlich vor Vergnügen und fiel gemütlich auf seinen Stuhl ... Jetzt brauchte er den Stanislaus nicht mehr zu verstecken! Sie wandelten beide auf demselben verbotenen Wege und keiner brauchte zu befürchten, daß der andere ihn denunzieren oder klatschen würde.

„Ah ... ah ... ah ... so, so ...", meinte Spitschkin, als er die Orden auf der Brust beider Lehrer erblickte.

„Ja!" sagte Pustakow, „wie merkwürdig, Julius Awgustowitsch! Wie wenige wurden doch vor den Feiertagen vorgeschlagen! So viele Kollegen, – und wir allein haben etwas bekommen! Wirklich merkwürdig!"

Tremblant nickte vergnügt mit dem Kopfe und strich über den linken Rockaufschlag, auf dem die Anna dritter Klasse saß.

Nach dem Essen ging Pustakow in allen Zimmern umher und erläuterte den Damen die Bedeutung seines Ordens. Sein Herz war leicht und heiter, obgleich er großen Hunger verspürte.

„Hätte ich das gewußt“, dachte er mit einem neidischen Blick auf Tremblant, der sich mit dem Hausherrn – natürlich auch über Ordensangelegenheiten – unterhielt, „dann hätte ich mir ruhig einen Wladimir angehängt. Wirklich ärgerlich!“

Das allein quälte ihn. Im Übrigen war er vollkommen glücklich.

Die Rache

Lew Ssawwitsch Turmanow, ein braver Spießbürger, der ein kleines Vermögen, eine junge Frau und eine solide Glatze besaß, spielte einmal bei einem seiner Freunde Schraube. Nach einem kräftigen Minus, das ihm den Schweiß auf die Stirn getrieben, fiel es ihm plötzlich ein, daß er schon lange kein Schnäpschen getrunken hätte. Er stand auf und balancierte auf den Fußspitzen zwischen den Spieltischen hindurch in den Salon, wo die Jugend tanzte. Hier klopfte er mit nachsichtigem Lächeln einem jungen spindeldürren Apotheker väterlich auf die Schulter und verschwand dann in einer kleinen Thür, die in das Buffetzimmer führte. Dort standen auf einem runden Tischchen Flaschen und Karaffen mit Schnaps ... Unter der reichhaltigen Sakuska erblickte er einen schon zur Hälfte verspeisten Hering, der, mit Petersilie und Zwiebel bestreut, verlockend schimmerte. Lew Ssawwitsch goß sich ein Gläschen ein, machte mit der Hand eine Geste, als wollte er eine Rede halten, trank den Schnaps und verzog sein Gesicht zu einer schmerzlichen Grimasse. Darauf stach er mit der Gabel nach einem Stückchen Hering und ... Aber in diesem Augenblick vernahm er hinter der Wand eine Stimme.

„Gut, gut ...“ sagte heiter eine Frauenstimme. „Aber wann soll es denn sein?“

„Meine Frau“, erkannte Lew Ssawwitsch sofort das Organ seiner Gattin. „Aber mit wem mag sie da sprechen?“

„Wann Du willst, mein Schatz ...“ antwortete hinter der Wand eine tiefe, saftige Baßstimme.

„Heute geht es nicht gut, morgen bin ich den ganzen Tag beschäftigt ...“

„Das ist Degtjarjow!“ erkannte Turmanow in dem Baß einen seiner Freunde. „Also auch Du, Brutus! Hat sie wirklich auch ihn eingefangen? Was für ein unersättliches, ruheloses Frauenzimmer! Nicht einen Tag kann sie ohne einen Roman aushalten!“

„Ja, morgen bin ich beschäftigt“, fuhr der Baß fort. „Wenn Du willst, schreibe mir morgen ein paar Zeilen. Wird mich sehr freuen ... Aber wir müßten unsere Korrespondenz irgendwie regulieren. Wir müssen irgend ein Mittel ausfindig machen ... Mit der Post geht es nicht recht. Wenn ich Dir schreibe, so kann Dein Truthahn den Brief beim Briefträger abfangen; und schreibst Du mir, so erhält meine Gattin den Brief in meiner Abwesenheit und wird ihn sicher aufmachen.“

„Ja, wie machen wir's denn?“

„Wir müssen irgend ein Mittel finden. Mit den Dienstboten kann man auch nichts schicken, denn Dein Brummbär hält wohl das Mädchen und den Diener stramm ... Was macht er jetzt übrigens, spielt er Karten?“

„Ja. Und dabei verliert der Schafskopf ewig!“

„Na, da hat er wohl in der Liebe Glück!“ lachte Degtjarjow. „Da hab ich mir etwas ausgedacht, Puppchen ... Morgen, Punkt sechs, wenn ich aus dem Bureau heimkehre, gehe ich durch den Stadtgarten, wo ich den Inspektor sehen muß. Also versuch es, mein Liebchen, noch vor sechs – nicht später – ein Zettelchen in die Marmorvase zu legen, die links von der Weinlaube steht. Weißt Du?“

„Ich weiß, ich weiß ...“

„Das ist poetisch. geheimnisvoll und neu ... Und weder Dein Dickwanst, noch meine Ehehälfte erfahren davon etwas. Hast Du verstanden?“

Lew Ssawwitsch trank noch einen Schnaps und kehrte zu den Spieltischen zurück. Die Entdeckung, die er soeben gemacht, hatte ihn nicht überrascht und nicht empört. Die Zeit, wo er sich empört, Szenen gemacht, geschimpft und sogar geschlagen hatte, war lange vorbei. Er hatte schon längst alle Hoffnung aufgegeben und sah jetzt den Liebeleien seiner leichtsinnigen Frau durch die Finger.

Aber immerhin war es ihm unangenehm, und die Ausdrücke, die er gehört, wie Truthahn, Brummbär, Dickwanst u. s. w. hatten seine Eigenliebe verletzt.

„Was das übrigens für eine Kanaille ist, dieser Degtjarjow!“ dachte er, während er sich seine Minusse aufschrieb. „Wenn er mir auf der Straße begegnet, stellt er sich als guter Freund, lacht und klopft mir auf den Bauch, und jetzt, sieh doch mal einer an, was er für Stückchen macht! Ins Gesicht nennt er mich Freund, und hinterm Rücken heiß ich Truthahn und Dickwanst.“

Je mehr er sich in seine abscheulichen Minusse vertiefte, um so schwerer begann er die Kränkung zu empfinden . . .

„Milchbart . . .“ dachte er, ärgerlich die Kreide zerbröckelnd. „Dummer Junge . . . Ich möchte mich mit Dir nur nicht einlassen, sonst würde ich Dir den ‘Brummbären’ zeigen!“

Während des Abendessens konnte er Degtjarjow nicht ruhig ansehen, während dieser ihn wie absichtlich mit allen möglichen Fragen belästigte: ob er gewonnen hätte? warum er so traurig sei? u. s. w. Degtjarjow wagte es sogar, sich auf das Recht eines guten Bekannten stützend, seiner Frau laut darüber Vorwürfe zu machen, daß sie um die Gesundheit ihres Mannes zu wenig besorgt sei. Und die Frau blickte ihren Mann, als wäre nichts gewesen, mit buttrigen Augen an, lachte heiter und plauderte so unschuldig, daß selbst der Teufel es nicht gewagt hätte, sie der Untreue zu verdächtigen.

Nach Hause zurückgekehrt, fühlte sich Lew Ssawwitsch erbost und unbefriedigt, als hätte er zum Abendessen statt des Kalbsbratens einen alten Gummischuh verspeist. Er hätte es vielleicht noch überwunden und vergessen, aber das Geplapper seiner Gattin und ihr Lächeln erinnerten ihn jede Sekunde an den „Truthahn“, „Brummbär“ und „Dickwanst“.

„Ohrfeigen sollte man diesen Spitzbuben . . .“ dachte er. „Ihn öffentlich blamieren.“

Und er dachte, daß es jetzt gut wäre, Degtjarjow durchzuprügeln, ihn beim Duell wie einen Spatzen anzuschießen, ihn in seinem Dienste zu schädigen . . . Oder aber in die Marmorvase etwas Unanständiges hineinzulegen, eine krepierte Ratte zum Beispiel . . . Den Brief seiner Frau aus der Vase früher herauszunehmen und dorthin irgend ein unanständiges Gedicht mit der Unterschrift „Deine Akuljka“ zu legen, oder so was Ähnliches, wäre auch nicht übel.

Lange ging Turmanow im Schlafzimmer auf und ab und berauschte sich an ähnlichen Plänen. Plötzlich blieb er stehen und schlug sich auf die Stirn.

„Da hab ich's! Bravo!“ rief er aus und erstrahlte vor Vergnügen. „Das wird famos werden! Fam-mos!“

Nachdem seine Frau eingeschlafen war, setzte er sich an den Tisch und schrieb nach langem Grübeln, seine Handschrift entstellend, mit möglichst viel orthographischen Fehlern folgendes:

„An den Kaufmann Dulin.

Mein Herr!

Wenn Häute bis sechs Uhr abens am 12. September in die Marmor vase die in dem Stadtgarten links von der wein Laube steht von ihnen nicht Zweihundert Rubel gelegt werden werden sie tootgeschlagen und ihr Kalanteriewahren Geschäfft wird in die Luft gesprenkt.“

Nachdem er diesen Brief aufgesetzt hatte, sprang Lew Ssawwitsch vor Entzücken auf.

„Gut gemacht, nicht?“ murmelte er, sich die Hände reibend. „Vorzüglich! Eine bessere Rache könnte selbst der Satan nicht ausbrüten! Natürlich wird die Krämerseele einen Schreck kriegen und es sofort der Polizei anzeigen. Die Polizei wird sich gegen sechs Uhr im Gebüsch verstecken und den Knaben fassen, wenn er kommt, um den Brief abzuholen! . . Wird der einen Schreck kriegen! Bis die Sache sich aufklärt, wird er zum Sitzen und Zähneklappern Zeit genug haben . . . Bravo!“

Lew Ssawwitsch klebte auf den Brief eine Marke und brachte ihn selbst zur Post. Er entschlummerte mit dem seligsten Lächeln und schlief so süß, wie er lange nicht geschlafen hatte. Als er am Morgen aufwachte und sein Streich ihm einfiel, begann er heiter zu girren und faßte sein ungetreues Weib sogar am Kinn. Auf dem Wege zum Dienst und im Bureau lächelte er die ganze Zeit und malte sich den Schrecken Degtjarjows aus, wenn er in die Falle fällt . . .

Gegen sechs Uhr konnte er es nicht mehr aushalten und lief in den Stadtgarten, um sich mit eignen Augen an der verzweifelten Lage des Feindes zu weiden.

„Aha!“ dachte er, als er dort einem Schutzmann begegnete.

Er ging bis zur Weinlaube, versteckte sich in deren Nähe hinter einem Gebüsch und begann zu warten, ohne die Augen von der verhängnisvollen Vase zu wenden. Seine Ungeduld hatte keine Grenzen.

Punkt sechs Uhr zeigte sich Degtjarjow. Der junge Mann befand sich offenbar in vorzüglichster Stimmung. Sein Cylinder saß keck auf dem Hinterkopf, der Überzieher war aufgeknöpft und die Weste so offen wie sein Herz. Er pfiff etwas vor sich hin und rauchte eine Cigarre.

„Jetzt wirst Du gleich den 'Dickwanst' und 'Truthahn' kennen lernen! Wart nur!“ frohlockte Turmanow.

Degtjarjow näherte sich der Vase und steckte seine Hand nachlässig hinein ... Lew Ssawwitsch hob sich auf den Fußspitzen und verschlang ihn mit den Augen ... Der junge Mann holte aus der Vase ein kleines Packet heraus, betrachtete es von allen Seiten und zuckte verwundert die Achseln. Dann öffnete er es zögernd, zuckte wieder die Achseln und machte ein äußerst erstauntes Gesicht: im Packet befanden sich zwei Hundertrubelscheine!

Lange betrachtete Degtjarjow die Scheine. Endlich steckte er sie kopfschüttelnd in die Tasche und sagte: „Merci!“

Der unglückliche Lew Ssawwitsch hörte dieses „merci“. Am Abend stand er gegenüber dem Laden Dulins, drohte mit der Faust auf das Schild und murmelte entrüstet:

„Feigling! Krämerseele! Miserabler Pfeffersack! Feigling! Dickbäuchiger Hase ...“

Der teure Hund

Der Leutnant Dubow, ein nicht mehr junger Offizier von der Linie, und der Einjährige Knaps saßen und tranken.

„Ein prachtvoller Hund!“ sagte Dubow, dem Einjährigen seinen Hund Milka zeigend. „Ein wunderbarer Hund! Sehen Sie blos die Schnauze! Was ist die allein schon wert! Ein Kenner würde für die Schnauze allein zweihundert Rubel geben! Sie zweifeln daran? Na, dann verstehen Sie eben nichts davon ...“

„Ich verstehe schon, aber ...“

„Es ist doch ein Setter, ein englischer Vollblutsetter! Sein Anstand ist großartig, und die Witterung ... die Schnauze! Mein Gott, was für eine Witterung! Wissen Sie, wieviel ich für Milka zahlte, als sie noch ein Welf war?

Hundert Rubel! Ein wunderbarer Hund! Milka! Kanaille! Du–ummchen, Milka! Komm her, komm her, mein Hundchen, mein liebes . . .“

Dubow zog Milka an sich und küßte den Hund zwischen die Ohren. In seine Augen traten Thränen.

„An niemandem gebe ich Dich weg . . . Du mein schönes Tier, Du Kerl. Du liebst mich doch, Milka? Liebst Du mich? . . Na, pack Dich!“ rief der Leutnant plötzlich. „Kriechst mit den schmutzigen Pfoten gerade auf die Uniform! Ja, Knaps, hundertundfünfzig Rubel habe ich für den Welf gezahlt! Muß also was an ihm gewesen sein! Eines thut mir nur leid: ich habe keine Zeit zum Jagen! Der Hund verkommt ohne Arbeit, vergräbt sein Talent . . . Darum will ich ihn auch verkaufen. Kaufen Sie ihn, Knaps! Ihr ganzes Leben lang werden Sie mir dankbar sein! Nun, wenn Sie nicht viel Geld haben, gut, ich lasse ihn Ihnen für die Hälfte . . . Nehmen Sie ihn für fünfzig! Nutzen Sie mich aus!“

„Nein, mein Bester . . .“ seufzte Knaps. „Wenn Ihre Milka ein Männchen wäre, so hätte ich sie vielleicht noch gekauft, aber so . . .“

„Milka soll kein Männchen sein?“ staunte der Leutnant. „Knaps, was fehlt Ihnen? Milka – kein Männchen! Haha! Was ist er denn Ihrer Ansicht nach? Eine Hündin? Haha . . . 'n netter Knabe, kann nicht einmal einen männlichen Hund von einer Hündin unterscheiden!“

„Sie sprechen mit mir, als wäre ich blind oder ein Kind . . .“ sagte Knaps beleidigt. „Natürlich ist es eine Hündin!“

„Na hören Sie, da werden Sie vielleicht noch sagen, daß ich eine Dame sei! Ach, Knaps, Knaps! Und sind noch von der Technischen Hochschule! Nein, mein Lieber, das ist ein richtiges Vollblutmännchen, so ein Männchen, wie es kein zweites giebt! Und Sie kommen mir da mit einer Hündin! Haha . . .“

„Verzeihen Sie, Michail Iwanowitsch, aber Sie . . . Sie halten mich wohl für einen Narren . . . Das ist sogar beleidigend . . .“

„Nun gut, ist nicht nötig, hol Sie der Teufel . . . Kaufen Sie nicht . . . Ihnen kann man es nicht klar machen! Sie werden bald sagen, daß dies hier keine Rute, sondern ein Bein ist . . . Ist nicht nötig. Ich wollte Ihnen nur eine Gefälligkeit erweisen. – Wachramejew, Kognak!“

Der Bursche brachte noch Kognak. Die Freunde gossen sich ein Gläschen ein und verfielen in Gedanken. Eine halbe Stunde verging schweigend.

„Und wenn es auch ein Weibchen wäre . . ." brach der Leutnant das Schweigen, die Flasche finster anstarrend. „Komisch! Um so besser für Sie. Würde Ihnen Welfe bringen, und jedes Junge bedeutet so viel wie fünfundzwanzig Rubel . . . Ein jeder würde Ihnen die Welfe gerne abkaufen. Ich weiß nicht, warum Ihnen die Männchen so gefallen. Die Hündinnen sind tausendmal besser. Das weibliche Geschlecht ist auch treuer und anhänglicher . . . Nun, da Sie sich einmal vor dem weiblichen Geschlecht so fürchten, gut, so nehmen Sie den Hund für fünfundzwanzig."

„Nein, Verehrtester . . . Nicht einen Kopeken gebe ich. Erstens brauche ich den Hund nicht und zweitens habe ich kein Geld."

Der Bursche brachte eine Pfanne Rührei. Die Freunde machten sich daran und verzehrten schweigend das Gericht.

„Sie sind ein guter, braver Junge, Knaps . . ." sagte der Leutnant, sich den Mund wischend. „Ich möchte Sie so nicht fortlassen, hol's der Teufel! Wissen Sie was? Nehmen Sie den Hund umsonst."

„Aber, mein Bester, wohin soll ich ihn denn thun?" sagte Knaps mit einem Seufzer. „Und wer wird ihn denn bei mir pflegen?"

„Gut, ist nicht nötig, nicht nötig . . . Hol Sie der Teufel! Wenn Sie es nicht wollen, dann lassen Sie es . . . Wohin wollen Sie denn? Bleiben Sie doch sitzen!"

Knaps reckte sich, stand auf und griff nach der Mütze.

„Es ist schon Zeit. Adieu . . ." sagte er gähnend.

„Warten Sie dann, ich will Sie begleiten."

Dubow und Knaps zogen sich an und gingen hinaus. Die ersten hundert Schritte gingen sie ohne zu sprechen.

„Kennen Sie nicht jemand, an den ich den Hund weggeben könnte? Haben Sie nicht irgend so einen Bekannten? Der Hund ist, Sie sahen es ja, ein guter Racehund, aber . . . ich kann ihn durchaus nicht brauchen!"

„Ich weiß nicht, mein Bester . . . Was habe ich denn hier für Bekannte?"

Bis zu Knaps Wohnung sprachen die Freunde kein Wort mehr. Erst nachdem Knaps dem Leutnant die Hand gedrückt und seine Thür geöffnet hatte, räusperte Dubow sich und fragte mit einem sonderbaren Zögern:

„Wissen Sie nicht, nehmen die hiesigen Abdecker auch Hunde an, oder nicht?"

„Wahrscheinlich wohl . . . Genau kann ich es Ihnen nicht sagen."

„Werd' ihn morgen mit Wachramejew hinschicken . . . Hol' ihn der Teufel, mögen sie ihm das Fell über die Ohren ziehen . . . Ein abscheulicher Hund! Ein widerwärtiges Tier! Nicht nur, daß er die Zimmer verunreinigt, nein, gestern hat er noch in der Küche das ganze Fleisch aufgefressen, so'n Luder . . . Und wenn es noch eine gute Race wäre, aber so – weiß der Teufel was, eine Kreuzung von Straßenköter und Sau. Gute Nacht!"

„Adieu!" sagte Knaps.

Die Thür schlug zu und der Leutnant blieb allein.

Eine problematische Natur

Koupee erster Klasse.

Auf dem mit rotem Sammet bezogenen Diwan sitzt in halbliegender Stellung eine hübsche junge Dame. Der teure Spitzenfächer knistert in ihrer krampfhaft zusammengepreßten Hand, das Pincenez fällt immerfort von ihrem hübschen Näschen, die Brosche auf ihrer Brust hebt sich und senkt sich wie ein Nachen auf den Wellen. Sie ist erregt . . .

Ihr gegenüber auf dem Diwan sitzt ein Gouverneursattaché, ein junger Schriftsteller, der in der Gouvernementszeitung kleine Erzählungen oder, wie er sie selbst nennt, „ short stories" aus der vornehmen Welt veröffentlicht . . . Er sieht ihr ins Gesicht und betrachtet sie mit der Miene eines Kenners. Er beobachtet, studiert, erforscht diese exzentrische, problematische Natur, sucht sie zu erfassen, zu verstehen . . . Ihre Seele, ihre ganze Psychologie liegen vor ihm wie auf dem Präsentierteller.

„O, ich verstehe Sie!" sagt der Gouverneursattaché, ihre Hand in der Nähe des Armbandes küssend. „Ihre weiche, zarte Seele sucht einen Ausgang aus dem Labyrinth . . . Ja! Ein furchtbarer, grausiger Kampf, aber . . . verzweifeln Sie nicht! Sie werden Siegerin bleiben! Ja!"

„Beschreiben Sie mich, Woldemar!" sagt die Dame mit einem trüben Lächeln. „Mein Leben ist so reich, so mannigfaltig, so bunt . . . Aber die Hauptsache – ich bin unglücklich! Ich bin eine Märtyrerin im Geschmack Dostojewskis . . . Zeigen Sie der Welt meine Seele, Woldemar, zeigen Sie ihr diese arme Seele! Sie sind ein Psycholog. Es ist noch keine Stunde vergangen, seit wir im Koupee sitzen und uns unterhalten, und schon haben Sie mich ganz, ganz erfaßt!"

„Sprechen Sie! Ich flehe Sie an, sprechen Sie!"

„Hören Sie. Ich wurde in einer armen Beamtenfamilie geboren. Mein Vater war gut und klug, aber ... der Geist der Zeit, das Milieu ... vous comprenez, ich verurteile meinen armen Vater nicht. Er trank, spielte Karten ... ließ sich bestechen ... Die Mutter ... Aber was soll ich davon sprechen! Sorgen, der Kampf um das tägliche Brot, das Bewußtsein der Miserabilität ... Ach, zwingen Sie mich nicht, daran zu denken! Ich mußte mir selbst die Bahn brechen ... Die verkrüppelte Erziehung im vornehmen Pensionat, die Lektüre blöder Romane, die Fauxpas der Jugend, die erste schüchterne Liebe ... Und der Kampf mit dem Milieu? Schrecklich! Und die Zweifel? Und die Qualen der aufkeimenden Verzweiflung an sich selbst, am Leben? ... Ach, Sie sind ein Schriftsteller und kennen uns Frauen. Sie werden mich verstehen ... Unglücklicherweise bin ich eine groß angelegte Natur ... Ich erwartete das Glück, und noch was für eines! Mich dürstete, ein Mensch zu sein! Ja! Mensch sein – darin sah ich mein ganzes Glück!

„Schöne!" stammelt der Schriftsteller, ihre Hand in der Nähe des Armbandes küssend. „Wunderbare! Ich küsse nicht Sie, sondern die Leiden der Menschheit! Erinnern Sie sich Raskoljnikows? So küßte auch er."

„Woldemar! Ich brauchte Ruhm ... Lärm, Glanz, wie jeder, der mehr – wozu soll ich mich zieren? – der mehr als eine Dutzendnatur ist. Mich dürstete nach irgend etwas Außergewöhnlichem ... Nichtweiblichem! Und da ... da ... versperrte mir ein reicher alter General den Weg ... Verstehen Sie mich, Woldemar! Das war eine Selbstaufopferung, ein Resignieren ... verstehen Sie mich? Ich konnte nicht anders handeln. Ich machte dadurch meine Familie wohlhabend, begann Gutes zu thun, zu reisen ... O, wie habe ich gelitten, wie unerträglich, niedrig und gemein erschienen mir die Liebkosungen dieses Generals, obgleich er ja seinerzeit tapfer gekämpft haben soll. Es gab Augenblicke ... schreckliche Augenblicke! Mich hielt nur der Gedanke aufrecht, daß der Alte heute oder morgen sterben wird und daß ich dann leben kann, wie ich will, mich einem geliebten Manne hingeben, glücklich sein ... Und ich kenne einen solchen Mann, Woldemar! Bei Gott, ich kenne einen solchen ..."

Die Dame fächelt sich hastig zu. Ihr Gesicht nimmt einen weinerlichen Ausdruck an.

„Endlich starb der Alte ... Er hinterließ mir einiges, ich wurde frei wie ein Vogel. Jetzt hätte ich glücklich werden sollen ... Nicht wahr, Woldemar? Das Glück klopft bei mir ans Fenster. Ich brauche es nur einzulassen, aber ... nein! Woldemar, ich beschwöre Sie, hören Sie mich an! Jetzt wäre der Augenblick gekommen, sich einem geliebten Manne hinzugeben, seine Gefährtin, Gehilfin, die Trägerin seiner Ideale zu werden, glücklich zu sein ... auszuruhen ... Aber wie niedrig, gemein und dumm ist alles in dieser Welt! Wie ist doch alles so niedrig, Woldemar! Ich bin unglücklich, unglücklich, unglücklich! Mein Weg ist wieder versperrt! Wieder fühle ich, daß mein Glück fern und weit ist! O, wieviel Qualen, wenn Sie wüßten! Wieviel Qualen!"

„Aber was ist es denn? Was versperrt Ihnen den Weg zum Glück? Ich flehe Sie an, sagen Sie es mir! Was ist es?"

„Ein anderer reicher Alter ..."

Der zerknitterte Fächer verdeckt das schöne Gesichtchen.

Der Schriftsteller stützt sein gedankenschweres Haupt auf die Faust, seufzt auf und verfällt mit der Miene eines Kenners, eines erfahrenen Psychologen in Reflexionen.

Die Lokomotive pfeift und zischt, die Vorhänge an den Fenstern färben sich rot von der untergehenden Sonne ...

Ein Verhängnis

Sofja Petrowna, die Frau des Notars Lubjanzew, eine hübsche junge Frau von fünfundzwanzig Jahren schritt mit ihrem Villennachbar, dem Rechtsanwalt Iljin, langsam den Waldweg einher, Es war 5 Uhr nachmittags. Über dem Weg verdichteten sich die weißen flockigen Wolken, zwischen ihnen durch schaute hier und da das blendende Blau des Himmels. Die Wolken standen regungslos, als wären sie an den Wipfeln der hohen alten Tannen hängen geblieben. Es herrschte eine stille Schwüle.

In der Ferne wurde der Waldweg von einem nicht sehr hohen Eisenbahndamm durchschnitten, auf dem heute zu irgend einem Zweck ein Posten mit Gewehr auf und ab ging. Gleich hinterm Damm sah man eine weiße achttürmige Kirche mit verrostetem Dach ...

„Ich hatte nicht erwartet, Ihnen hier zu begegnen", sprach Sofja Petrowna, zu Boden blickend, und berührte mit der Spitze des Schirmes die vorjährigen Blätter, – „und doch freue ich mich, Sie getroffen zu haben. Ich habe Ihnen ein ernstes und endgültiges Wort zu sagen. Ich bitte Sie, Iwan Michajlowitsch, wenn Sie mich wirklich lieben und achten, so geben Sie Ihre Nachstellungen auf! Sie folgen mir wie ein Schatten, sehen mich immer mit so schlechten Augen an, schreiben mir merkwürdige Briefe und . . . und ich weiß nicht, wann das alles ein Ende nehmen wird! Wozu kann denn das alles führen, du lieber Gott?"

Iljin schwieg. Sofja Petrowna ging einige Schritte und fuhr dann fort:

„Und diese schroffe Wandlung ist mit Ihnen in zwei bis drei Wochen vor sich gegangen nach einer fünfjährigen Bekanntschaft. Ich erkenne Sie nicht wieder, Iwan Michajlowitsch!"

Sofja Petrowna warf von der Seite einen Blick auf ihren Begleiter. Er folgte aufmerksam, mit zusammengebissenen Augen, den flockigen Wolken. Der Ausdruck seines Gesichts war boshaft, eigensinnig und zerstreut, wie bei einem Menschen, der leidet und dabei verpflichtet ist, einen Unsinn anzuhören.

„Merkwürdig, wie Sie das nicht selbst begreifen!" fuhr Frau Lubjanzew. die Achseln zuckend, fort. – „Verstehen Sie denn nicht, daß Sie da ein sehr unschönes Spiel treiben. Ich bin verheiratet, liebe und achte meinen Mann . . . ich habe eine Tochter . . . Achten Sie denn das für nichts? Außerdem sind Ihnen, meinem alten Freunde, meine Ansichten über die Familie . . . über die Grundlagen der Familie überhaupt . . . bekannt."

Iljin räusperte sich ärgerlich und seufzte.

„Grundlagen der Familie . . ." murmelte er. „O mein Gott!"

„Ja, ja . . . Ich liebe meinen Mann, ich achte ihn und schätze jedenfalls die Ruhe der Familie. Ich lasse mich eher töten, als die Ursache des Unglücks von Andrej und meiner Tochter zu werden . . . Und ich bitte Sie, Iwan Michajlowitsch, um Gottes Willen, lassen Sie mich in Ruhe. Wollen wir wie früher gute Freunde sein und die Seufzer und Klagen, die Ihnen so wenig stehen, lassen Sie in Zukunft weg. Also abgemacht! Kein Wort mehr davon. Sprechen wir von etwas anderem."

Sofja Petrowna blickte Iljin wieder von der Seite an. Iljin sah in die Höhe, war bleich und biß sich ärgerlich auf die Lippen. Frau Lubjanzew begriff nicht, worüber er sich ärgerte und empörte, aber seine Blässe rührte sie.

„Also seien Sie nicht bös', wir wollen Freunde sein . . ." sagte sie freundlich. „Sind Sie einverstanden? Da haben Sie meine Hand."

Iljin nahm ihre weiche kleine Hand in die seine, drückte sie ein wenig und preßte sie an die Lippen.

„Ich bin kein Schuljunge", murmelte er. „Für mich hat ein Freundschaftsverhältnis mit der geliebten Frau keinen Reiz."

„Genug davon! Die Sache ist entschieden und abgemacht. Da steht eine Bank, setzen wir uns . . ."

Frau Lubjanzews Seele war vom süßen Gefühl der Ruhe erfüllt: das Schwierigste und Peinlichste war gesagt, die qualvolle Frage war gelöst und zwar endgültig. Jetzt konnte sie wieder leichter aufatmen und Iljin gerade ins Gesicht sehen. Sie sah ihn an, und das egoistische Gefühl der Überlegenheit der geliebten Frau dem verliebten Manne gegenüber schmeichelte ihr. Es gefiel ihr, daß dieser starke, riesige Mann mit dem wütenden Gesicht und dem großen schwarzen Bart, klug, gebildet und talentvoll wie er war, sich jetzt gehorsam neben sie setzte und den Kopf senkte. Zwei bis drei Minuten saßen sie schweigend.

„Nichts ist entschieden und abgemacht . . ." begann Iljin. „Sie kommen mir da mit Gemeinplätzen: ich achte und liebe meinen Mann . . . die Grundlagen der Familie . . . Alles das weiß ich auch selbst und könnte Ihnen noch mehr davon sagen. Ich sage Ihnen offen und ehrlich, daß ich mein Betragen für verwerflich und unmoralisch halte. Was wollen Sie mehr? Wozu aber das wiederholen, was schon allen bekannt ist? Anstatt mir Moralpredigten zu halten, sagen Sie mir doch lieber, was ich denn thun soll?"

„Ich habe Ihnen schon gesagt: fahren Sie fort von hier!"

„Ich – Sie wissen das ganz gut – war schon fünfmal weggefahren, und immer wieder bin ich auf halbem Wege umgekehrt! Ich kann Ihnen die Fahrkarten zeigen . . . Ich habe nicht die Kraft, Sie zu fliehen. Ich kämpfe, kämpfe furchtbar, aber was zum Teufel soll ich machen, wenn ich keine Energie habe und schwach und willenlos bin! Ich kann nicht gegen die Natur! Verstehen Sie mich? Ich kann es nicht! Ich will von hier fliehen, und die Natur zieht mich an den Rockschößen wieder zurück. Eine verdammte, niederträchtige Schwachheit!"

Iljin errötete, stand auf und ging einigemal um die Bank herum.

„Wütend bin ich, wie . . . wie . . .!" murmelte er, die Fäuste ballend. „Ich hasse mich selbst und verachte mich! Mein Gott, wie so ein dummer Junge mache ich einer fremden Frau den Hof, schreibe blödsinnige Briefe, erniedrige mich . . . a–ah!"

Iljin griff nach seinem Kopf, hustete und setzte sich.

„Und dazu noch Ihre Unaufrichtigkeit!" fuhr er erbittert fort. „Wenn Ihnen meine Absichten mißfallen, wozu sind Sie denn hierher gekommen? Was zog Sie hierher? In meinen Briefen bat ich Sie bloß um eine kategorische Antwort, ein einfaches ja oder nein. Sie aber, anstatt mir schlicht und einfach zu antworten, ziehen es vor, mich täglich „zufällig" zu treffen und mir Moralpredigten zu halten!"

Frau Lubjanzew erschrak und wurde rot. Sie empfand plötzlich jene Geniertheit und Beschämung, von der anständige Frauen befallen werden, wenn man sie unversehens ohne Kleider erblickt.

„Es ist, als ob Sie eine Intrigue meinerseits vermuteten . . ." stammelte sie. – „Ich habe Ihnen immer eine gerade Antwort gegeben und . . . und Sie heute sogar gebeten!"

„Ach, in solchen Sachen bittet man doch nicht! Hätten Sie gleich und direkt gesagt „geh'n Sie weg!", so wäre ich schon lange nicht mehr hier. Aber Sie sagten es nicht! Noch niemals haben Sie mir eine direkte Antwort gegeben. Eine sonderbare Unentschlossenheit! Bei Gott, entweder treiben Sie mit mir Ihr Spiel, oder . . ."

Iljin führte seine Rede nicht zu Ende und stützte seinen Kopf in die Hände. Frau Lubjanzew begann sich ihr Benehmen vom Anfang bis zum Ende ins Gedächtnis zu rufen. Sie erinnerte sich, daß sie alle diese Tage nicht nur in ihren Thaten, sondern auch in ihren geheimsten Gedanken immer gegen Iljins Hofmacherei gewesen war, fühlte aber zugleich, daß an den Worten des Advokaten dennoch etwas Wahres war. Da sie aber nicht wußte, worin diese Wahrheit bestand, so verfiel sie auch auf nichts, was sie auf Iljins Klagen hätte erwidern können. Das Schweigen wurde peinlich und so sagte sie achselzuckend:

„Ich soll also auch noch schuld sein? . . ."

„Ich will Ihnen Ihre Unaufrichtigkeit nicht als Schuld anrechnen. – Ich erwähnte das nur unter anderem . . . Ihre Unaufrichtigkeit ist natürlich und vollkommen in der Ordnung. Wenn alle Leute untereinander abmachen wollten, gegeneinander aufrichtig zu sein, so würde alles zum Teufel geh'n."

Frau Lubjanzew war es jetzt nicht um Philosophie zu thun, aber froh, das Thema wechseln zu können, fragte sie:

„Wieso denn?"

„Einfach, weil nur Wilde und Tiere aufrichtig sind. Hat einmal die Zivilisation das Bedürfnis nach einem solchem Komfort, wie die Frauentugend z. B. wachgerufen, so findet hier die Aufrichtigkeit schon keinen Platz mehr . . . Ja . . ."

Iljin stieß seinen Stock ärgerlich in den Sand. Ein Steinchen flog beiseite und fiel ins hohe Gras. Der Advokat fuhr fort. Frau Lubjanzew hörte ihm zu, verstand zwar manches nicht, fand aber an seiner Sprache Gefallen. Vor allem gefiel ihr, daß ein talentvoller Mensch mit ihr, einer gewöhnlichen Frau, über „kluge Sachen" sprach. Dann bereitete es ihr großes Vergnügen zu beobachten, wie sein junges, bleiches, lebendiges und immer noch zorniges Gesicht sich bewegte. Wenn sie auch vieles nicht begriff, so verstand sie doch diese schöne Kühnheit des modernen Menschen, mit der er ohne Zaudern und Zögern die größten Fragen löst und die gewagtesten Konsequenzen zieht.

Sie merkte plötzlich, daß sich ihre Augen an ihm weideten und erschrak darüber.

„Verzeihen Sie", sagte sie rasch, „aber ich verstehe nicht, wozu Sie über Unaufrichtigkeit sprechen? Ich wiederhole meine Bitte nochmals: sei'n Sie mir ein guter treuer Freund! Lassen Sie mir meine Ruhe! Ich bitte Sie wirklich."

„Gut, ich werde weiter kämpfen!" seufzte Iljin. „Mit Vergnügen . . . Aber ich glaube nicht, daß dabei was herauskommt. Entweder schieß ich mir eine Kugel vor den Kopf, oder – oder fange an zu trinken. Gut wird's nicht ablaufen! Alles hat seine Grenzen, auch der Kampf gegen die Natur. Sagen Sie, wie kann man gegen den Wahnsinn kämpfen? Oder wenn man Wein getrunken hat, wie kann man da die Erregung überwinden? Was kann ich denn machen, wenn Ihr Bild mir ans Herz gewachsen ist und ohne Unterlaß, Tag und Nacht mir vor Augen steht, wie jetzt diese Fichte? Nun sagen Sie doch, was für eine Heldenthat soll ich vollbringen, um mich aus diesem ekelhaften, unglücklichen Zustand zu befreien, wo alle meine Gedanken, Wünsche und Träume nicht mir, sondern irgend einem Dämon, der in mir steckt, gehören? Ich liebe Sie, liebe Sie so sehr, daß ich ganz aus dem Geleise gekommen bin, meine Geschäfte und Angehörigen, meinen Gott verlassen habe! Noch nie im Leben habe ich so geliebt!"

Frau Lubjanzew, die einen solchen Übergang nicht erwartet hatte, bog ihren Körper zurück und betrachtete erschrocken Iljins Gesicht. Die Thränen standen ihm in den Augen, seine Lippen bebten und über sein ganzes Gesicht war ein hungriger, flehender Ausdruck gegossen.

„Ich liebe Sie!" stammelte er, seine Augen ihren großen erschrockenen Augen nähernd. „Sie sind so schön! Ich leide jetzt. aber ich schwöre Ihnen, mein ganzes Leben möchte ich so sitzen, leiden und in Ihre Augen schauen. Ach ... schweigen Sie, ich bitte Sie!"

Frau Lubjanzew war gleichsam überrumpelt und suchte schnell nach Worten, um Iljin zu unterbrechen. „Ich will weggehen", beschloß sie, aber kaum hatte sie eine Bewegung gemacht, um sich zu erheben, als Iljin schon zu ihren Füßen auf den Knieen lag ... Er umarmte ihre Kniee, blickte ihr ins Gesicht und sprach leidenschaftlich, glühend und schön. Erschrocken und berauscht, hörte sie seine Worte nicht. Gerade jetzt, in diesem gefährlichen Augenblick, wo ihre Kniee angenehm zuckten, wie in einem warmen Bad, suchte sie mit gewisser Boshaftigkeit den Sinn ihrer Gefühle zu analysieren. Sie war empört, daß ihre ganze Person, anstatt von einer protestierenden Tugend, von Schwäche, Faulheit und Leere ergriffen wurde, als wäre sie trunken. Nur in der Tiefe der Seele reizte und neckte sie heimtückisch ein entferntes Etwas: „Warum gehst Du denn nicht? Das muß also so sein? Ja?"

Sich selbst analysierend, begriff sie nicht, warum sie nicht die Hand zurückzog, an der sich Iljin wie ein Blutegel festgesogen hatte, und zu welchem Zwecke schaute sie sich zugleich mit Iljin nach beiden Seiten um, ob nicht jemand hersah?

Die Fichten und Wolken standen regungslos und blickten ernst und nachdenklich drein. Auf dem Damm stand wie eine Säule der Posten und blickte, wie es schien, gerade zur Bank hinüber.

„Mag er es sehen!" dachte Frau Lubjanzew.

„Aber ... aber hören Sie!" sagte sie endlich, mit verzweifelter Stimme. „Wozu wird das führen? Was wird daraus werden?"

„Ich weiß nicht ... weiß es nicht ..." stammelte er, mit der Hand die unangenehmen Fragen abwehrend.

Man hörte den heiseren, zitternden Pfiff der Lokomotive. Dieser fremde und kalte Laut der alltäglichen Prosa zwang Frau Lubjanzew, sich aufzuraffen.

„Ich habe keine Zeit . . . ich muß!" sagte sie, sich rasch erhebend. „Der Zug kommt schon . . . Andrej ist gleich da! Er muß zu Mittag essen."

Frau Lubjanzew wandte ihr erhitztes Gesicht dem Damm zu. Zuerst kroch langsam die Lokomotive heran, dann zeigten sich die Waggons. Es war nicht, wie Frau Lubjanzew geglaubt hatte, der Vorortzug, sondern ein Güterzug. In langer Reihe, wie die Tage des Menschenlebens, zogen an dem weißen Grund der Kirche die Wagen vorüber, und es schien, als wollten sie kein Ende nehmen!

Endlich aber war der Zug vorbei und der letzte Wagen mit den Laternen und Kondukteuren verschwand hinter den Bäumen. Frau Lubjanzew wandte sich schroff und ging, ohne Iljin anzusehen, schnell den Waldweg zurück. Sie beherrschte sich wieder. Rot vor Scham und beleidigt – nicht von Iljin, nein durch ihre *eigene* Kleinmütigkeit, ihre eigene Schamlosigkeit, mit der sie, eine moralisch saubere Frau, es einem Fremden erlaubt hatte, ihre Kniee zu umfassen, – dachte sie jetzt nur daran, möglichst schnell zu ihrer Villa, zu ihrer Familie heimzukehren. Der Advokat konnte ihr kaum folgen. Als der Waldweg nach rechts einbog, kehrte sie sich so rasch nach ihm um, daß sie nur den Sand an seinen Knieen sah, und winkte ihm mit der Hand, er solle sie verlassen.

Zu Hause angekommen, stand Frau Lubjanzew einige Minuten regungslos in ihrem Zimmer, bald den Tisch, bald das Fenster anstarrend . . .

„Ein gemeines Frauenzimmer!" schalt sie sich selbst. „Ein gemeines . . ."

Wie zum Trotz entsann sie sich aller Einzelheiten, ohne sich etwas zu verbergen, daß sie zwar alle diese Tage gegen Iljins Hofmacherei gewesen war, daß sie sich aber doch zu einer Auseinandersetzung mit ihm *hingezogen* gefühlt hatte; und nicht nur das: als er zu ihren Füßen lag, da hatte sie einen ungewöhnlichen Genuß empfunden. Sie besann sich alles dessen, ohne sich zu schonen, und jetzt hätte sie sich, vor Scham erstickend, ohrfeigen mögen.

„Der arme Andrej!" dachte sie und bemühte sich, bei der Erinnerung an ihren Mann ihrem Gesicht einen besonders zärtlichen Ausdruck zu geben. – „Warja, Du mein armes Mädchen, Du weißt nicht, was Du für eine abscheuliche Mutter hast! Verzeiht mir, meine Lieben! Ich liebe Euch so sehr . . . so sehr."

Und vom Wunsche beseelt, sich selbst zu beweisen, daß sie noch eine gute Frau und Mutter sei, daß die Fäulnis jene „Grundlagen", von denen sie zu Iljin gesprochen hatte, noch nicht berührt hätte, lief Frau Lubjanzew in die Küche und überschüttete dort die Köchin mit Vorwürfen, daß sie den Tisch für den

Herrn noch nicht gedeckt habe. Sie suchte sich das ermüdete und hungrige Aussehen ihres Mannes vorzustellen, bemitleidete ihn laut und legte ihm eigenhändig sein Gedeck auf, was sie früher nie gethan hatte. Dann fand sie ihre Tochter Warja, nahm sie auf den Schoß und umarmte sie heftig. Das Mädchen kam ihr etwas kalt und schwer vor, aber sie wollte es sich nicht eingestehen und begann ihr auseinanderzusetzen, wie gut und ehrlich und brav ihr Papa wäre.

Als aber bald darauf Andrej Iljitsch selbst ankam, begrüßte sie ihn kaum. Die Flut der gemachten Empfindungen war verschwunden, ohne ihr etwas bewiesen zu haben, und hatte nur einige Gereiztheit und Erbostheit hinterlassen. Sie saß am Fenster, litt und ärgerte sich über sich selbst. Nur im Unglück kann man begreifen, wie schwer es ist, seiner Gefühle und Gedanken Herr zu werden. Frau Lubjanzew erzählte später, daß in ihr „ein Wirrwarr war, in welchem sich zurecht zu finden eben so schwer war, wie einen Schwarm vorüberfliegender Spatzen zu zählen“. Daraus zum Beispiel, daß sie die Ankunft ihres Mannes nicht freute, daß ihr seine Haltung beim Mittagessen mißfiel, schloß sie plötzlich, daß sie ihren Mann schon zu hassen beginne.

Andrej Iljitsch, erschöpft vor Hunger und Müdigkeit, hatte in Erwartung der Suppe sich über die Wurst hergemacht und aß gierig, laut mit den Kiefern arbeitend.

„Mein Gott!“ dachte Frau Lubjanzew, – „ich liebe und achte ihn, aber, warum kaut er so ekelhaft?“

In ihren Gedanken herrschte eine nicht geringere Unordnung wie in den Gefühlen. Frau Lubjanzew suchte, wie alle im Kampf mit unangenehmen Gedanken unerfahrenen Leute, nicht an ihr Unglück zu denken; und je mehr sie sich mühte, desto deutlicher erstanden in ihrer Vorstellung Iljin, der Sand an seinen Knieen, die flockigen Wolken . . .

„Wozu bin ich dummes Frauenzimmer nur heute hingegangen?“ quälte sie sich selbst. „Und bin ich denn wirklich so, daß ich nicht für mich selbst einstehen kann?“

Die Furcht vergrößert die Gefahr. Als ihr Mann beim letzten Gang war, war sie schon ganz entschlossen, ihm alles zu erzählen, um auf diese Weise der Gefahr zu entrinnen!

„Ich muß ernsthaft mit Dir sprechen, Andrej“, begann sie nach dem Mittag, als ihr Mann Rock und Stiefel ablegte, um auszuruhen.

„Nun!"

„Fahren wir fort von hier!"

„Hm . . . wohin denn? In die Stadt zu ziehen, ist es noch zu früh . . ."

„Nein, reisen, oder . . . sonst was . . ."

„Reisen . . ." brummte der Notar und streckte sich. – „Ich habe auch selbst daran gedacht, aber woher das Geld nehmen, und wem soll ich denn mein Bureau übergeben?"

Und nach einigem Nachdenken fügte er hinzu:

„Natürlich, Du langweilst Dich . . . Fahr, wenn Du willst, allein!"

Frau Lubjanzew war im ersten Augenblick damit einverstanden. Gleich darauf kam es ihr aber in den Sinn, daß Iljin die Gelegenheit benutzen würde, um mit ihr in demselben Zuge, in einem Waggon zu fahren . . ." Sie sann darüber nach und betrachtete dabei ihren satten, aber immer noch müden Mann. Zufällig blieb ihr Blick auf seinen kleinen, fast weiblichen Füßen haften und sie betrachtete seine gestreiften Socken; an den Spitzen beider Socken hing je ein Fädchen . . .

Hinter den herabgelassenen Stores summte, immerfort ans Fenster schlagend, eine große Hummel. Frau Lubjanzew blickte auf die Fädchen, hörte die Hummel und stellte sich vor, wie sie reisen würde . . . Ihr gegenüber sitzt Tag und Nacht, ohne die Augen von ihr zu wenden, Iljin, wütend über seine Schwäche und blaß vor seelischer Überwindung. Er nennt sich einen dummen Jungen, macht ihr Vorwürfe, reißt sich das Haar aus dem Kopf, aber sobald es dunkel wird, paßt er den Moment ab, wo die Passagiere einschlafen oder ins Buffet gehen, fällt vor ihr auf die Kniee und umarmt ihre Beine, wie damals auf der Bank . . .

Sie wurde gewahr, daß sie träumte . . .

„Hör mal, allein fahre ich nicht!" sagte sie. – „Du mußt mitkommen!"

„Phantasien, Sophie!" seufzte Lubjanzew. „Man muß vernünftig sein und sich nur das wünschen, was möglich ist."

„Wirst schon mitkommen, wenn Du's erfährst!" dachte Sofja Petrowna.

Nachdem sie einmal beschlossen hatte, auf jeden Fall zu verreisen, fühlte sie sich außer Gefahr. In ihre Gedanken kam allmählich Ordnung, sie wurde wieder fröhlich und erlaubte sich sogar, über alles nachzudenken: was ich auch denke, worüber ich auch phantasiere – fahren muß ich doch!

Während der Mann schlief, wurde es allmählich Abend ... Sie saß im Salon und spielte Klavier. Die Musik und hauptsächlich der Gedanke, daß sie brav gehandelt, die drohende Gefahr besiegt hatte, stimmten sie heiter. Andere Frauen, sagte ihr das beruhigte Gewissen, hätten in ihrer Lage kaum der Versuchung stand gehalten, während sie vor Scham beinahe gestorben war, gelitten hatte und jetzt vor der Gefahr, die vielleicht gar nicht existierte, floh! Ihre Tugendhaftigkeit und Entschlossenheit rührten sie so, daß sie sogar ein paarmal einen befriedigten Blick in den Spiegel warf.

Als es dunkelte, kamen Gäste. Die Herren setzten sich ins Kartenzimmer, während die Damen im Salon und auf der Veranda Platz nahmen. Als letzter kam Iljin. Er war traurig, finster und schien sich nicht wohl zu fühlen. Wie er sich in eine Ecke des Diwans gesetzt hatte, so blieb er da auch den ganzen Abend sitzen. Für gewöhnlich lustig und gesprächig, schwieg er diesmal beharrlich, runzelte die Stirn und rieb sich die Augen. Wenn er auf irgend eine Frage antworten mußte, so lächelte er angestrengt nur mit der Oberlippe und antwortete abgerissen, ärgerlich. Einigemal versuchte er es, witzig zu sein, aber seine Witze waren scharf und unverschämt. Frau Lubjanzew schien es, daß er nahe daran sei, einen hysterischen Anfall zu bekommen. Erst jetzt, am Klavier sitzend, empfand sie es zum erstenmal deutlich, wie trüb es diesem unglücklichen Menschen zu Mute war, daß er krank bis in die Seele war und nicht wußte, wohin er sollte. Ihretwegen verliert er die besten Tage seiner Jugend und seiner Karriere, giebt sein letztes Geld für die Miete der Villa aus, hat seine Mutter und seine Schwestern verlassen, und – was die Hauptsache ist – siecht im qualvollen Kampf mit sich selbst dahin. Schon aus bloßer, gewöhnlicher Menschenliebe müßte man ihm mehr Ernst und Beachtung widmen ...

Sie begriff das alles so klar, das ihr das Herz schmerzte, und wäre sie jetzt an Iljin herangetreten und hätte ihm ein „Nein“ zugerufen, so wäre eine solche Kraft in ihrer Stimme gewesen, daß man ihr unwillkürlich hätte gehorchen müssen. Aber sie stand nicht auf und sagte nichts und dachte überhaupt nicht daran. Die Kleinlichkeit und der Egoismus einer jungen Natur machten sich in ihr vielleicht nie so sehr geltend wie heute. Sie sah es ein, daß Iljin unglücklich war, daß er auf dem Diwan wie auf Kohlen saß, und er that ihr leid; zugleich aber erfüllte die Gegenwart eines Menschen, der sie bis zum Schmerz liebte, ihre Seele mit Triumph, mit dem Bewußtsein der Kraft. Sie fühlte ihre Jugend, Schönheit und

Unnahbarkeit, und – sie fuhr sowieso weg – und that sich heute abend den Willen. Sie kokettierte, lachte ohne Unterlaß und sang mit besonderer Empfindung und Begeisterung. Alles belustigte sie, alles erschien ihr lächerlich. Die Erinnerung an das Ereignis auf der Bank, an den zuschauenden Posten belustigte sie. Die Gäste und die frechen Witze Iljins schienen ihr komisch; sogar die Nadel in seiner Kravatte, die sie früher nie bemerkt hatte, machte sie lachen. Die Nadel stellte eine kleine rote Schlange mit Äuglein aus Brillanten dar; dieses Schlänglein schien ihr so komisch, daß sie es hätte küssen mögen.

Sie sang heute nervös, mit einer herausfordernden Trunkenheit und suchte, wie um den fremden Kummer zu reizen, die traurigsten und melancholischsten Lieder aus, in denen von verlorener Hoffnung, von der Vergangenheit, vom Alter die Rede war . . .

Das Alter, es kommt immer näher und näher . . .

sang sie . . . Und was kümmerte sie das Alter?

„Es scheint mit mir doch nicht ganz richtig zu sein . . .“ dachte sie zuweilen zwischen dem Lachen und Singen.

Die Gäste verabschiedeten sich gegen zwölf Uhr. Als letzter ging Iljin. Frau Lubjanzew fand noch soviel Mut, ihn bis zur letzten Stufe der Veranda zu geleiten. Sie wollte ihm erklären, daß sie mit ihrem Manne verreisen wolle und sehen, was diese Nachricht für einen Eindruck auf ihn machen würde.

Der Mond verbarg sich hinter den Wolken, aber es war dennoch so hell, daß sie sehen konnte, wie der Wind mit den Flügeln seines Radmantels und mit den Vorhängen der Veranda spielte. Sie sah auch, wie bleich Iljin war und wie er sich zu lächeln bemühte und dabei krampfhaft die Oberlippe verzog . . .

„Sonja, mein Lieb' . . . mein teures Weib“, stammelte er, ohne sie zu Worte kommen zu lassen „Meine Liebe, meine Gute!“

Im Andrang von Zärtlichkeit, mit thränenerstickter Stimme überschüttete er sie mit Kosenamen, einer zärtlicher als der andere und sagte zu ihr jetzt schon *du*, wie zu seiner Frau, seiner Geliebten. Plötzlich und ganz unerwartet für sie umfaßte er mit der einen Hand ihre Taille und ergriff mit der anderen ihren Ellenbogen.

„Meine Teure, mein Schatz ..." flüsterte er, indem er sie hinten auf den Nacken küßte, „sei aufrichtig, komm gleich jetzt zu mir!"

Sie entwand sich seiner Umarmung, um in Empörung und Entrüstung auszubrechen, aber aus der Empörung wurde nichts und ihre ganze vielgepriesene Tugend und Reinheit reichte nur dazu, eine Phrase zu stottern, die in ähnlichen Fällen die allergewöhnlichsten Frauen sagen:

„Sie sind verrückt!"

„Nein, wirklich, gehen wir!" fuhr Iljin fort. „Jetzt eben und damals bei der Bank habe ich mich überzeugt, daß Sie, Sonja, ebenso machtlos sind, wie ich ... Auch Sie sind verloren! Sie lieben mich und schachern jetzt nutzlos mit Ihrem Gewissen ..."

Als er sah, das sie sich entfernen wollte, faßte er sie am Spitzenkragen und sprach hastig zu Ende:

„Wenn nicht heute, dann morgen – nachgeben werden Sie doch! Wozu dieses Hinausschieben? Meine teuere, liebe Sonja, das Urteil ist gesprochen, wozu seine Vollstreckung aufschieben? Wozu dieser Selbstbetrug?"

Frau Lubjanzew riß sich los und verschwand in der Thür. In den Salon zurückgekehrt, schloß sie das Klavier, blickte lange auf ein Notenheft und setzte sich. Sie konnte weder stehen noch denken ... Von der Erregung und herausfordernden Stimmung waren in ihr nur Schwäche, Faulheit und Langeweile zurückgeblieben. Das Gewissen flüstert ihr zu, daß sie sich den Abend über schlecht und dumm aufgeführt hat, daß sie sich jetzt eben auf der Veranda hat umarmen lassen und noch im Augenblick in der Taille und am Ellenbogen ein gewisses Unbehagen empfindet.

Im Salon war niemand, nur ein Licht brannte, Frau Lubjanzew saß auf dem runden Taburett vor dem Klavier, ohne sich zu rühren, als erwarte sie etwas. Und, gleichsam ihre äußerste Erschöpfung und die Dunkelheit benutzend, begann sich ihrer ein dumpfes, unüberwindliches Begehren zu bemächtigen. Wie eine Riesenschlange umwand es ihre Seele und ihren Leib, wuchs mit jeder Sekunde und drohte nicht mehr wie früher, sondern stand klar, in seiner ganzen Nacktheit vor ihr ...

Eine halbe Stunde lang saß sie, ohne sich zu rühren und in Gedanken an Iljin versunken. Dann erhob sie sich faul und schleppte sich mühsam, wie ein Hund mit zerschmetterten Hinterbeinen, ins Schlafzimmer. Sie setzte sich ans offene

Fenster und gab sich ganz ihrem Wunsche hin. Einen „Wirrwarr" hatte sie nicht mehr im Kopf, alle ihre Gefühle und Gedanken drängten einmütig nach einem bestimmten, klaren Ziel. Sie machte noch den Versuch, dagegen zu kämpfen, aber gab es gleich wieder auf . . . Sie begriff jetzt, wie stark und unerbittlich der Feind war. Um mit ihm zu kämpfen brauchte man Kraft und Stärke, während ihr Geburt, Erziehung und Leben nichts gegeben hatten, worauf sie sich hätte stützen können.

„Unmoralisch! Abscheulich!" warf sie sich selbst ihre Ohnmacht vor. – „Also so eine bist Du?"

Ihre beleidigte Ehrbarkeit fühlte sich so empört durch diese Ohnmacht, daß sie sich selbst alle Schimpfwörter, die sie nur kannte, beilegte und sich viele beleidigende und erniedrigende Wahrheiten sagte. So sagte sie sich, daß sie eigentlich nie moralisch gewesen und nur deswegen nicht früher gefallen wäre, weil sich dazu keine Veranlassung geboten hätte, daß der Kampf, den sie den Tag über geführt, nur ein Spiel, eine Komödie gewesen wäre . . .

„Nehmen wir auch an, daß ich gekämpft habe", dachte sie, „aber was ist denn das für ein Kampf! Auch die, die sich verkaufen, kämpfen vorher und verkaufen sich doch! Ein schöner Kampf: wie die Milch, in einem Tage geronnen! In einem Tage!"

Sie bezichtigte sich auch dessen, daß nicht ein warmes Gefühl sie aus dem Hause locke, nicht die Persönlichkeit Iljins, sondern die Sucht nach den Empfindungen und Reizen, die ihrer in Zukunft harrten . . . Eine Sommerfrischlerin, die sich amüsieren will, wie es deren ja so viele giebt . . .

Hinterm Fenster auf der Straße hörte man einen Tenor singen.

„Wenn ich gehen soll, so ist es jetzt Zeit!" dachte Frau Lubjanzew. Das Herz klopfte ihr plötzlich mit fürchterlicher Gewalt.

„Andrej!" schrie sie beinahe. „Hör', wir . . . wir fahren doch? Ja?"

„Ja . . . Ich hab' Dir doch gesagt: fahr' allein!"

„Aber hör' . . ." sprach sie, „wenn Du nicht mit mir fährst, so riskierst Du, mich zu verlieren! Ich glaube, ich bin schon . . . verliebt!"

„In wen denn?" fragte der Notarius.

„Das muß Dir gleich sein, in wen!" antwortete die Frau.

Lubjanzew erhob sich, ließ die Beine herabhängen und betrachtete staunend die dunkle Gestalt seiner Frau.

„Phantasien!" gähnte er.

Er glaubte nicht recht daran, erschrak aber doch. Nachdem er etwas nachgedacht und der Frau einige unwesentliche Fragen gestellt hatte, sprach er seine Ansichten über die Familie, über die Untreue aus . . . sprach träge und matt einige zehn Minuten und legte sich dann wieder hin. Seine Sentenzen hatten keinen Erfolg. Es giebt in der Welt viele Ansichten, und die Hälfte von ihnen stammt von Leuten, die selbst nie eine Gefahr überwunden haben!

Trotz der vorgerückten Stunde sah man draußen immer noch Leute gehen. Frau Lubjanzew nahm einen leichten Umwurf, wartete und bedachte sich noch eine Zeit lang . . . Sie war noch entschlossen genug, dem schlafenden Manne zuzurufen:

„Du schläfst? Ich gehe etwas an die Luft. Kommst Du mit?"

Das war ihre letzte Hoffnung. Als sie keine Antwort erhielt ging sie hinaus. Es war windig und kühl. Sie empfand weder den Wind, noch die Dunkelheit und ging immerzu. Eine unüberwindliche Gewalt trieb sie vorwärts, und es schien ihr fast, wenn sie stehen geblieben wäre, so würde sie einen Stoß in den Rücken erhalten . . .

„Unmoralisch!" murmelte sie mechanisch. „Gemein!"

Sie erstickte, verging vor Scham, fühlte nicht, wie sie vorwärts kam, aber das, was sie vorwärts trieb, war stärker als ihre Scham, als der Verstand, als die Furcht . . .

Die Sirene

Nach einer Sitzung des N–schen Friedensrichterplenums hatten sich die Richter in dem Beratungszimmer versammelt, um ihre Uniformröcke abzulegen, einen Augenblick auszuruhen und dann nach Hause zum Mittag zu fahren.

Der Präsident des Plenums, ein stattlicher Herr mit pompösem Backenbart, der bei einem der soeben verhandelten Prozesse „bei besonderer Meinung" geblieben war, saß jetzt am Tisch und beeilte sich, diese seine Meinung schriftlich niederzulegen.

Der Bezirksfriedensrichter Milkin, ein junger Mann mit einem melancholischen, sehnsuchtskranken Gesicht, der für einen mit dem Milieu unzufriedenen und nach einem Lebenszweck suchenden Philosophen galt, stand am Fenster und blickte trübselig auf den Hof hinaus. Der andere Bezirksfriedensrichter und einer der beiden Ehrenfriedensrichter waren schon gegangen.

Der andere Ehrenfriedensrichter, ein schwammiger, schwer atmender dicker Herr, und der Prokureursadjunkt, ein junger Deutscher mit einem katarrhalen Gesicht, saßen auf dem kleinen Divan und warteten, bis der Präsident mit dem Schreiben fertig würde, um dann zusammen zum Essen zu fahren.

Vor ihnen stand der Sekretär des Plenums, Shilin, ein kleines Männchen mit Bartansätzen bei den Ohren und süßem Gesichtsausdruck. Mit halber Stimme und einem honigsüßen Lächeln sprach er, zum Dicken gewandt:

„Wir möchten jetzt freilich alle essen, denn wir sind müde und die Uhr geht schon auf vier, aber das, mein Herzchen, Grigori Ssawwitsch, ist doch nicht der richtige Appetit. Den richtigen Appetit, wahren Wolfshunger, wo man, glaube ich, seinen eigenen Vater auffressen könnte, hat man nur nach physischer Bewegung, zum Beispiel nach einer Parforcejagd, oder wenn man so hundert Werst ohne Unterbrechung mit Postpferden gefahren ist. Auch die Einbildungskraft macht viel aus. Wenn Sie zum Beispiel von der Jagd nach Hause fahren, so dürfen Sie niemals an etwas Kluges denken; das Kluge und Gelehrte verdirbt einem immer den Appetit. Sie wissen ja selbst: die Philosophen und Gelehrten sind, was das Essen anlangt, die allerletzten Leute und schlechter als sie essen – Sie verzeihen – fressen nicht mal die Schweine . . . Wenn man nach Hause fährt, muß man nur an die Karaffe und an die Sakuska denken. Einmal schloß ich unterwegs die Augen und stellte mir in der Phantasie ein Spanferkel mit Meerrettig vor – ich bekam vor lauter Appetit beinahe einen hysterischen Anfall. Ja, und wenn Sie zu sich in den Hof einfahren, muß es gerade nach etwas . . . nach etwas . . . so etwas riechen, wissen Sie . . .“

„Gebratene Gänse haben das Duften los“, sagte der Landfriedensrichter schwer atmend.

„Ach nein, mein verehrtester Grigori Ssawwitsch, eine Ente oder eine Bekassine ist der Gans darin bei weitem voraus. Dem Bouquet der Gans fehlt es an Zartheit und Delikatesse. Am kräftigsten riechen junge Zwiebeln, wenn sie, wissen Sie, etwas anbrennen und durch das ganze Haus zischen, die

Kanaillen . . . Nun also, wenn Sie eintreten, muß der Tisch schon gedeckt sein. Sie setzen sich, stecken gleich die Serviette hinter die Binde und langen ohne Eile nach der Schnapskaraffe. Und das Schnäpschen gießen Sie sich nicht in ein Spitzglas ein, sondern in irgend so einen vorsintflutlichen silbernen Familienbecher, oder in so ein dickwanstiges Gläschen mit der Aufschrift: „Auch ein Mönch, ein krasser, trinkt nicht immer Wasser!" Und Sie trinken nicht gleich, sondern seufzen zuerst aus, reiben sich die Hände, werfen einen gleichgiltigen Blick an die Decke, führen dann das Schnäpschen ohne Eile an die Lippen – und sofort fühlen Sie, wie Ihren ganzen Körper vom Magen aus belebende Funken durchzucken . . ."

Der Sekretär verlieh seinem süßen Gesicht den Ausdruck von Glückseligkeit.

„Funken . . ." wiederholte er, die Augen zukneifend. „Sobald Sie getrunken haben, müssen Sie sich gleich an die Sakuska machen."

„Hören Sie mal", sagt der Präsident, seine Augen zu dem Sekretär erhebend, „sprechen Sie etwas leiser! Ich verderbe Ihretwegen schon den zweiten Bogen."

„Ach, entschuldigen Sie, Pjotr Nikolaitsch! Ich werde leiser . . ." sagte der Sekretär und fuhr im Flüsterton fort: „Nun, und die Sakuska, mein verehrtester Grigori Ssawwitsch, muß man sich auch mit Verständnis auswählen. Man muß wissen, was sich dazu eignet. Die beste Sakuska ist, wenn Sie es wissen wollen, der Hering. Haben Sie davon ein Stückchen mit Zwiebeln und Senfsauce gegessen, mein Bester, so nehmen Sie gleich, solange Sie noch die Funken im Magen spüren, etwas Kaviar – allein für sich oder, wenn Sie wollen, mit Citrone – dann gewöhnlichen Rettig mit Salz, dann wieder Hering. Am besten aber, mein Liebster, sind diese rötlichen Pilze, die Brätlinge, gesalzen, ganz fein wie Kaviar geschnitten und mit Zwiebeln und Provenceröl angemacht . . . da kann man sich krank dran essen! Und nun gar Aalquappenleber – das ist schon das reine Epos!"

„Hm, ja . . ." stimmte der Ehrenfriedensrichter, die Augen zukneifend, bei. „Als Sakuska sind auch . . . hm . . . gedünstete Steinpilze gut."

„Ja, ja, ja – mit Zwiebeln, wissen Sie, mit Lorbeer und verschiedenem Gewürz. Man öffnet die Kasserolle und aus ihr steigt so ein Dampf, so ein Pilzaroma, daß einem zuweilen sogar Thränen in die Augen kommen! Nun also, sobald aus der Küche die Pastete kommt, gleich, ohne Zeit zu verlieren, den zweiten hinter die Binde."

„Iwan Jurjitsch!“ sagte mit weinerlicher Stimme der Präsident. „Ihretwegen verderbe ich jetzt den dritten Bogen!“

„Hol's der Teufel, er denkt nur ans Essen!“ brummte der Philosoph Milkin mit einer verächtlichen Grimasse. „Giebt es im Leben denn wirklich keine anderen Interessen als Pilze und Pasteten?“

„Nun, also vor der Pastete muß man eins trinken“, fuhr der Sekretär mit halber Stimme fort. Er war schon so in den Zug gekommen, daß er, wie eine schlagende Nachtigall, nichts mehr außer seiner eigenen Stimme hörte. „Die Pastete muß appetitlich und schamlos in ihrer rosigen Nacktheit sein, damit sie verführerisch wirkt. Man blinzelt ihr zu, schneidet sich ein Stück ab und macht nur so mit den Fingern vor Überfluß an Gefühl. Wenn man sie ißt, träufelt die Butter wie Thränen herunter . . . Die fette, saftige Füllung mit Ei, Gekröse, Zwiebeln . . .“

Dem Sekretär gingen die Augen über und er verzog den Mund bis an das eine Ohr.

Der Ehrenfriedensrichter räusperte sich und machte eine Geste, aus der man ersehen konnte, wie lebhaft er sich die Pastete vorstellte.

„Das ist ja weiß der Teufel was . . .“ brummte der Bezirksfriedensrichter, zu dem anderen Fenster hinübergehend.

„Zwei Stück ißt man und das dritte hebt man sich zu der Kohlsuppe auf“, fuhr der Sekretär begeistert fort. „Sobald Sie mit der Pastete fertig sind, lassen Sie gleich, ohne den Appetit einschlafen zu lassen, die Kohlsuppe auftragen . . . Kohlsuppe muß brennend heiß sein . . . Am besten aber, mein Verehrtester, ist ein Borstschok aus Beeten auf kleinrussische Art mit etwas Schinken und Wiener Würsteln. Dazu wird saure Sahne und frische Petersilie mit etwas Dill genommen. Vorzüglich ist auch eine Rassoljnik-Suppe mit Gekröse und jungen Nieren; lieben Sie dagegen Bouillonsuppen, so ist die beste die Julien-Suppe aus Gemüse und Kräutern: Karotten, Blumenkohl und ähnliche Jurisprudenz.“

„Ja, die schmeckt vorzüglich . . .“ seufzte der Präsident, den Blick vom Papier losreißend. Aber er kam sogleich wieder zur Besinnung und stöhnte: „Daß Sie sich nicht schämen! Auf diese Weise werde ich mit meiner „besonderen Meinung“ vor dem Abend nicht fertig! Den vierten Bogen muß ich wegwerfen!“

„Gut, gut, ich werde nicht mehr . . . Verzeihen Sie!“ entschuldigte sich der Sekretär und fuhr fort zu flüstern:

„Sobald Sie den Borstschok oder die Suppe gegessen haben, mein Verehrtester, lassen Sie sofort den Fisch auftragen. Von den Fischen ist der beste – in Sahne gebratene Karausche; nur muß man sie, damit sie fein wird und nicht nach dem Sumpf schmeckt, vorher vierundzwanzig Stunden lebend in Milch halten."

„Auch ein kleiner Sterlett ist nicht übel", sagte der Ehrenfriedensrichter, die Augen schließend.

Aber sofort und ganz unerwartet sprang er auf, machte ein wütendes Gesicht und brüllte, nach dem Präsidenten gewandt:

„Pjotr Nikolaitsch, sind Sie bald soweit? Ich kann nicht länger warten! Ich kann nicht!"

„Lassen Sie mich nur zu Ende schreiben!"

„Na, dann fahr ich allein! Hol' Sie der . . ."

Der Dicke machte eine ungeduldige Geste, griff nach dem Hut und lief, ohne sich zu verabschieden, zum Zimmer hinaus.

Der Sekretär seufzte auf, und fuhr, zum Ohr des Prokureursadjunkts gebeugt, mit halber Stimme fort:

„Auch Sandart oder Karpfen mit einer Tunke von Tomaten und Pilzchen ist gut. Aber Fisch macht einen nicht satt, Stepan Franzitsch; das ist kein reelles Essen, und die Hauptsache beim Mittag sind nicht der Fisch, nicht die Saucen, sondern der Braten. Welches Geflügel schätzen Sie am meisten?"

Der Prokureursadjunkt machte ein saures Gesicht und sagte mit einem Seufzer:

„Ich kann Ihre Gefühle leider nicht teilen: ich leide an einem Magenkatarrh."

„Ach was! Magenkatarrhe haben die Ärzte erfunden! Diese Krankheit kommt mehr vom Freisinn und vom Stolz. Beachten Sie sie garnicht. Sie möchten, wollen wir sagen, nicht essen, oder es ist Ihnen widerwärtig; achten Sie aber nicht darauf und essen Sie ruhig. Wenn zum Beispiel als Braten ein Pärchen Doppelschnepfen aufgetragen wird und dazu ein Rebhühnchen oder ein Pärchen fetter Wachteln, – da vergessen Sie jeden Katarrh, Ehrenwort! Und ein gebratener Truthahn? Weiß, fett, saftig, wissen Sie, wie so 'ne Nymphe . . ."

„Ja, das muß wohl gut schmecken", sagte mit einem trüben Lächeln der Prokureursadjunkt. „Truthahn würde ich vielleicht auch essen."

„Mein Gott, und Ente? Wenn Sie eine junge Ente nehmen, so um die ersten Herbstfröste, wenn die Ente vielleicht zum ersten Mal übers Eis gelaufen ist, und sie auf der Pfanne mit Kartoffeln braten und zwar so, daß die Kartoffeln fein zerschnitten sind und schön braun werden und vom Entenfett ordentlich durchzogen sind und . . .“

Der Philosoph Milkin machte ein bestialisches Gesicht und wollte offenbar etwas sagen. Aber plötzlich schmatzte er mit den Lippen, sich wahrscheinlich die gebratene Ente vorstellend, nahm, ohne ein Wort zu sagen, seinen Hut und lief davon, von einer unbekannten Kraft getrieben.

„Ja, vielleicht würde ich auch Ente essen . . .“ seufzte der Prokureursadjunkt.

Der Präsident stand auf, ging einmal durch das Zimmer und setzte sich wieder.

„Nach dem Braten beginnt der Mensch ein Gefühl von Sattigkeit zu empfinden und verfällt in einen süßen Dusel“, fuhr der Sekretär fort. „Der Körper fühlt sich dann wohl und das Gemüt schwelgt in Seligkeit. Da werden Sie etwa drei Gläschen im Ofen selbst abgezogenen Likörs nicht ohne innere Befriedigung zu sich nehmen können.“

Der Präsident räusperte sich und durchstrich einen Bogen.

„Ich verderbe den sechsten Bogen“, sagte er ärgerlich. „Das ist doch . . .“

„Schreiben Sie, schreiben Sie nur, Verehrtester“. flüsterte der Sekretär. „Ich werde nicht mehr . . . Ich mach's leise. – Ich muß Ihnen aufrichtig sagen, Stepan Franzitsch“, fuhr er in kaum hörbarem Flüsterton fort, „ein selbst abgezogenes Likörchen ist besser als jeder Champagner. Gleich nach dem ersten Gläschen geht Ihre Seele in Verzückung auf . . . so 'ne Fata Morgana . . . und es kommt Ihnen vor, als säßen Sie nicht bei sich zu Hause im Lehnstuhl, sondern irgendwo in Australien auf einem weichen, sich sanft wiegenden Straußenrücken . . .“

„Ach, fahren wir doch, Pjotr Nikolaitsch!“ sagte der Prokureursadjunkt, ungeduldig mit dem Bein zuckend.

„Jawohl“, fuhr der Sekretär fort. „Während des Likörs ist es gut, eine Zigarre zu rauchen und Ringe in die Luft zu blasen. Da kommen einem so phantastische Gedanken in den Kopf . . . als wären Sie Generalfeldmarschall, oder als hätten Sie die erste Schönheit der Welt zur Frau . . . Und diese schöne Frau schwimmt den ganzen Tag über vor Ihren Fenstern in so einem Bassin mit Goldfischen herum. Sie schwimmt so umher, und Sie sagen zu ihr nur: „Komm, Schätzchen, küß mich! „“

„Pjotr Nikolaitsch!" stöhnte der Prokureursadjunkt auf.

„Ja . . ." fuhr der Sekretär fort. „Wenn Sie ausgeraucht haben, nehmen Sie die Schöße Ihres Schlafrockes auf und – „nur auf ein Viertelstündchen"! Sie legen sich so auf den Rücken, mit dem Bauch nach oben und nehmen eine Zeitung in die Hand. Wenn die Augen einem zukleben und der ganze Körper sich schläfrig dehnt, ist es ganz angenehm, über Politik zu lesen: hier hat Österreich irgend etwas schlecht gemacht, dort ärgert sich jemand über Frankreich, oder der Pabst kommt jemandem in die Quere – man liest das alles und es wird einem ordentlich wohl dabei . . ."

Der Präsident sprang auf, warf die Feder beiseite und griff mit beiden Händen nach dem Hut.

Der Prokureursgehilfe, der seinen Katarrh vergessen hatte und vor Ungeduld verging, sprang ebenfalls auf.

„Fahren wir!" rief er.

„Pjotr Nikolaitsch! Und Ihre „besondere Meinung" rief der Sekretär erschrocken. „Wann werden Sie die denn aufsetzen? Sie müssen doch um sechs Uhr zur Stadt!"

Der Präsident machte eine abwehrende Geste, und stürzte nach der Thür.

Der Prokureursadjunkt machte ebenfalls eine abwehrende Geste, nahm sein Portefeuille und verschwand mit dem Präsidenten.

Der Sekretär seufzte auf, blickte ihnen vorwurfsvoll nach und begann die Akten zusammenzulegen.

Der Löwen- und Sonnenorden

In einer der diesseits des Urals gelegenen Städte hatte sich das Gerücht verbreitet, daß ein persischer Würdenträger namens Rachat-Chelam angekommen sei und im Hôtel „Japan" Wohnung genommen hätte. Dieses Gerücht machte auf die Einwohner keinen besonderen Eindruck, man begnügte sich damit, zu wissen, daß ein Perser da sei. Nur das Stadthaupt, Stepan Iwanowitsch Kuzin, wurde nachdenklich, als er vom Syndikus des Stadtamts von der Ankunft des Orientalen erfuhr, und fragte:

„Wohin reist er denn?"

„Ich glaube nach Paris oder London."

„Hm! . . . Also ein hohes Tier?"

„Weiß der Kuckuck."

Als das Stadthaupt aus dem Bureau nach Hause gekommen war und zu Mittag gegessen hatte, verfiel er wieder in Gedanken, und diesmal grübelte und dachte er bis zum Abend. Die Ankunft des persischen Würdenträgers beschäftigte ihn stark. Es schien ihm, daß das Schicksal selbst ihm diesen Rachat-Chelam geschickt hätte, und daß jetzt der richtige Augenblick gekommen sei, seinen sehnsüchtigen, leidenschaftlichen Wunsch zu verwirklichen. Kuzin besaß nämlich zwei Medaillen, den Stanislausorden 3. Klasse, das Abzeichen des Roten Kreuzes und das Abzeichen der Gesellschaft zur Rettung Schiffbrüchiger. Außerdem hatte er sich noch eine Berlocke anfertigen lassen – eine goldne Flinte gekreuzt mit einer Guitarre –, die er an der Uhrkette zum Knopfloch der Uniform heraushängen ließ; von weitem sah die Berlocke etwas außergewöhnlich aus und konnte recht gut für ein Ehrenzeichen gehalten werden.

Nun ist es ja bekannt, je mehr einer Orden hat, umsomehr möchte er noch welche haben, und so wünschte sich denn das Stadthaupt schon lange, den persischen Löwen- und Sonnenorden zu erhalten. Sein Wunsch war brennend und unbezwingbar. Er wußte, daß man, um diesen Orden zu bekommen, weder zu kämpfen noch eine Wohlthätigkeitsanstalt zu dotieren, noch sich im Gemeindedienste hervorzuthun brauchte, sondern daß dazu nur eine günstige Gelegenheit nötig war. Und jetzt schien es ihm, daß diese Gelegenheit gekommen sei.

Am andern Tage gegen Mittag legte er sich alle seine Ehrenzeichen an, hing sich die Amtskette um den Hals und fuhr nach dem Hôtel „Japan". Das Schicksal begünstigte ihn. Als er das Zimmer des persischen Würdenträgers betrat, war dieser allein und nicht beschäftigt. Rachat-Chelam, ein riesiger Asiate mit einer langen Bekassinennase und hervorstehenden Augen, saß im Fez auf der Diele und kramte in seinem Koffer.

„Ich bitte zu entschuldigen, wenn ich es gewagt habe, Sie zu inkommodieren", begann Kuzin lächelnd. „Ich habe die Ehre, mich vorzustellen: erblicher Ehrenbürger und Ritter hoher Orden, Stepan Iwanowitsch Kuzin, das hiesige Stadthaupt. Ich hielt es für meine Pflicht, in Ihrer werten Person sozusagen dem

Vertreter einer befreundeten und nachbarlichen Monarchie meine Ehrerbietung zu bezeugen ..."

Der Perser wandte sich um und stammelte etwas in sehr schlechtem Französisch, das wie das Klappern auf einem Holzbrette klang.

„Die Grenzen Persiens", fuhr Kuzin in seiner vorher einstudierten Begrüßungsrede fort, „befinden sich in enger Berührung mit denjenigen unseres weiten Vaterlandes, und daher veranlassen mich die gemeinsamen Sympathien, Ihnen sozusagen unsere Solidarität auszudrücken."

Der persische Würdenträger erhob sich und stammelte wieder etwas in seiner hölzernen Sprache.

Kuzin, der überhaupt keine fremden Sprachen kannte, schüttelte den Kopf zum Zeichen, daß er nicht verstehe.

„Wie soll ich nur mit ihm sprechen?" dachte er. „Man müßte eigentlich gleich nach einem Dolmetsch schicken, aber die Sache ist etwas peinlich und läßt sich in Zeugengegenwart nicht gut abmachen. Der Dolmetsch würde es dann in der ganzen Stadt herumtragen."

Und Kuzin suchte sich einige Fremdwörter ins Gedächtnis zu rufen, die er aus den Zeitungen kannte.

„Ich bin das Stadthaupt . . ." stammelte er, „das heißt Lord-Mayor ... Municipale ... Oui? Comprenez?"

Er wollte durch Worte oder mimisch seine soziale Stellung bezeichnen, wußte aber nicht, wie er es machen sollte. Ein an der Wand hängender Stich mit der deutlichen Unterschrift „Die Stadt Venedig" half ihm aus seiner Verlegenheit. Er wies mit dem Finger auf die Stadt und dann auf seinen Kopf, woraus sich seiner Meinung nach die Phrase, ergab: „Ich bin das Stadthaupt."

Der Perser begriff nichts, lächelte aber und sagte: „Gutt, musje ... Gutt ..."

Eine halbe Stunde später klopfte das Stadthaupt den Perser bald auf das Knie, bald auf die Schulter und sprach:

„Comprenez? Oui . . .? Als Lord-mayor und Municipale ... biete ich Ihnen eine kleine Promenade an ... Comprenez? Promenade ..."

Kuzin wies mit einem Finger auf Venedig und stellte mit zwei Fingern einherschreitende Beine dar.

Rachat-Chelam, der von den Medaillen des Stadthaupts nicht die Augen wandte und offenbar bereits vermutete, daß er die wichtigste Person der Stadt vor sich hatte, verstand das Wort „Promenade“ und entblößte liebenswürdig seine Zähne.

Darauf zogen beide ihre Paletots an und verließen das Zimmer. Unten an der Thür, die zu dem Restaurant „Japan“ führte, fiel es Kuzin ein, daß es nicht übel wäre, dem Perser etwas vorzusetzen. Er blieb stehen und sagte, auf die Tische weisend:

„Nach russischer Sitte könnte man jetzt mal . . . Purée . . . Entrecôte . . . Champagne und so weiter . . . Comprenez?“

Der Würdenträger begriff, und nach einer Weile saßen beide in einem der vornehmsten Chambre separées des Restaurants, tranken Champagner und aßen.

„Trinken wir auf das Wohl Persiens!“ sprach Kuzin. „Wir Russen lieben die Perser. Wenn wir auch einen verschiedenen Glauben haben, aber die gemeinsamen Interessen, die gegenseitigen Sympathien . . . der Fortschritt . . . die Asiatischen Märkte . . . die friedliche Eroberung, sozusagen . . .

Der persische Würdenträger aß und trank mit großem Appetit. Er stach mit der Gabel nach dem geräucherten Stör und sagte, den Kopf schüttelnd, mit Begeisterung:

„Gutt! Bien!“

„Schmeckt's Ihnen?“ fragte erfreut das Stadthaupt. „Bien? Na, das ist schon.“ Und an den Kellner gewandt, sagte er: „Luka, sorge mal, mein Bester, dafür, daß zu Seiner Excellenz zwei Störe aufs Zimmer gebracht werden, aber von den besseren!“

Darauf fuhren das Stadthaupt und der Perser in eine Menagerie.

Die Einwohner sahen, wie ihr Stepan Iwanowitsch, vom Champagner gerötet, heiter und sehr zufrieden, den Perser in den Hauptstraßen und auf dem Marktplatz herumführte und ihm die Sehenswürdigkeiten der Stadt zeigte. Auch auf den Turm des Feuerwehrhauses führte er ihn hinauf.

Unter anderem sahen die Einwohner auch, wie das Stadthaupt vor dem steinernen Thor mit den Löwen stehen blieb und zuerst auf einen der Löwen, dann nach oben auf die Sonne und dann auf seine eigene Brust wies, dann nochmals auf die Sonne und den Löwen, während der Perser wie zum Zeichen des Einverständnisses mit dem Kopfe nickte und lächelnd seine weißen Zähne zeigte.

Am Abend saßen sie im „Hôtel London“ und lauschten den Harfenistinnen; wo sie aber in der Nacht waren, blieb unbekannt.

Des morgens am andern Tage war das Stadthaupt im Stadtamt. Die Beamten hatten offenbar schon einiges erfahren und Verdacht geschöpft. Wenigstens trat der Syndikus an ihn heran und sagte mit einem spöttischen Lächeln:

„Bei den Persern giebt es so eine Sitte, wenn zu ihnen ein vornehmer Gast kommt, so müssen sie für ihn eigenhändig einen Hammel schlachten . . . hm, hm!“

Etwas später wurde dem Stadthaupt ein mit der Post gekommenes Paket überreicht. Er öffnete dasselbe und fand eine Karikatur darin. Vor Rachat-Chelam kniete das Stadthaupt in eigener Person und sprach mit erhobenen Händen folgende Worte zu dem Perser:

Um Rußlands Freundschaft mit dem Schach
Zu ehren und zu achten,
Würd' ich am liebsten selbst mich schlachten
Als Hammel . . . Aber ach:
Ich bin ja nur ein Eseltier,
Was kann ich armer Mann dafür!

Das Stadthaupt empfand ein unangenehmes Gefühl, als saugte ihm etwas unter der Herzgrube, aber das dauerte nicht lange. Um Mittag war er schon wieder bei dem persischen Würdenträger und traktierte ihn. Dann zeigte er ihm wieder die Sehenswürdigkeiten der Stadt und führte ihn abermals vor das steinerne Thor, wo er wieder, bald auf den Löwen, bald auf die Sonne, bald auf seine Brust wies. Zu Mittag speisten sie in „Japan“, nach dem Essen bestiegen sie wieder, beide rot und glücklich, mit Zigarren im Munde, den Feuerwehrturm. Hier wollte offenbar das Stadthaupt dem Gast ein seltenes Schauspiel darbieten und schrie von oben hinab zu dem Posten, der unten auf und ab ging:

„Läute Alarm!“

Aber aus dem Alarm wurde nichts, da die Feuerwehrleute gerade im Bade waren.

Zu Abend speisten sie in „London", nach dem Abendessen aber reiste der Perser ab.

Stepan Iwanowitsch küßte ihn, als er ihm das Geleit gab, nach russischer Sitte drei Mal und war sogar bis zu Thränen gerührt. Als der Zug sich in Bewegung setzte, rief er:

„Grüßen Sie Persien von uns. Sagen Sie Ihrem Vaterland, daß wir es lieben!"

*

Ein Jahr und vier Monate waren vergangen. Draußen war es bitterkalt, gegen 35° und dabei ein durchdringender Wind.

Stepan Iwanowitsch ging auf den Straßen umher in einem auf der Brust zurückgeschlagenen Pelz und ärgerte sich, daß niemand ihm begegnete und den Löwen- und Sonnenorden auf seiner Brust blitzen sah. So ging er bis zum Abend im offenen Pelz umher und fror fürchterlich.

In der Nacht aber warf er sich von der einen Seite auf die andere und konnte nicht einschlafen. Sein Herz war schwer und pochte unruhig, während ihn ein inneres Feuer verzehrte: er wollte jetzt den serbischen Takowa-Orden haben. Sein Wunsch war brennend und unbezwingbar . . .

In der Barbierstube

Frühmorgens. Es ist noch nicht sieben Uhr, aber die Barbierstube des Makar Kusjmitsch Bljostkin ist schon auf. Der Besitzer, ein junger Mann von etwa dreiundzwanzig Jahren, ungewaschen, schmierig, aber mit einigen Ansprüchen auf Eleganz gekleidet, ist mit dem Aufräumen beschäftigt. Zum Aufräumen ist eigentlich nichts da, aber er ist von der Arbeit doch ganz warm geworden. Hier wischt er mit einem Läppchen was ab, dort reibt er etwas mit dem Finger, oder er findet an der Wand eine Wanze und knipst sie herunter.

Die Barbierstube ist klein, schmal und schäbig. Die Balkenwände sind mit einer Tapete beklebt, die an ein verblichenes Fuhrmannshemd erinnert. Zwischen den beiden blinden, thränenden Fenstern befindet sich eine dünne, kläglich wimmernde Thür und über ihr hängt ein von Grünspan überzogenes Glöckchen, das immerfort erzittert und ohne jede Veranlassung von selbst krankhaft klingelt. Wenn man in den an der Wand hängenden Spiegel einen

Blick wirft, so wird das Gesicht in der unbarmherzigsten Weise nach allen Seiten auseinander gezerrt. Vor diesem Spiegel wird das Haarschneiden und Rasieren bewerkstelligt. Auf dem Tischchen, das ebenso ungewaschen und schmierig aussieht, wie Makar Kusjmitsch selbst, ist alles vorhanden: Kämme, Scheren, Rasiermesser, Bartwichse für einen Kopeken, Puder für einen Kopeken, stark verdünntes Eau de Cologne für einen Kopeken. Überhaupt das ganze Geschäft ist nicht viel mehr wert, als fünfzehn Kopeken.

Über der Thür erschallt der klägliche Ton der kranken Glocke und in das Geschäft tritt ein älterer Mann in einem Halbpelz ohne Überzug und Filzstiefeln. Der Kopf und der Hals sind mit einem Frauenshawl umwickelt.

Es ist Erast Iwanitsch Jagodow, der Taufpate von Makar Kusjmitsch. Früher einmal war er Bedienter am Konsistorium, jetzt lebt er in der Nähe des Roten Teiches und beschäftigt sich mit Schlosserarbeit.

„Guten Tag, Makaruschka!" begrüßt er Makar Kusjmitsch, der sich in seine Arbeit vertieft hat.

Sie küssen sich. Jagodow wickelt den Shawl auf, bekreuzigt sich und nimmt Platz.

„'n weiter Weg!" sagte er ächzend. „Kein Spaß, vom Roten Teich bis zu dem Kalushski-Thor."

„Wie geht es Ihnen?"

„Schlecht, mein Bester, Typhus gehabt."

„Nanu? Typhus!"

„Typhus. Einen Monat hab' ich gelegen und dachte schon, daß ich sterbe. Hatte schon die letzte Ölung erhalten. Jetzt fällt mir das Haar aus und der Arzt meinte, daß ich es schneiden lassen soll, damit ich neues, starkes bekomme. Da dachte ich mir denn: gehen wir mal zu Makar. Anstatt zu jemand anderem zu gehen, geht man doch lieber zu seinem Verwandten. Der macht's besser und nimmt nichts dafür. Etwas weit ist's ja, aber das thut nichts – nur ein Spaziergang."

„Mit Vergnügen. Bitte sehr!"

Makar Kusjmitsch macht einen Kratzfuß und weist auf den Stuhl.

Jagodow setzt sich, betrachtet sich im Spiegel und ist augenscheinlich sehr zufrieden: im Spiegel sieht er eine schiefe Fratze mit Kalmückenlippen, einer stumpfen, breiten Nase und in der Stirn sitzenden Augen.

Makar Kusjmitsch bedeckt die Schultern seines Klienten mit einem weißen Tuch mit gelben Flecken und beginnt mit der Schere zu klappern.

„Ich mach's glatt, bis auf die Haut!“ sagt er.

„Natürlich. Daß ich wie ein Tatare aussehe, rund wie eine Bombe. Dann wächst das Haar besser.“

„Wie geht es der Frau Tante?“

„Ganz gut, sosolala. War neulich bei der Majorin und half bei der Niederkunft. Einen Rubel bekam sie.“

„So . . . Einen Rubel . . . Halten Sie mal Ihr Ohr ein wenig!“

„Gut . . . Schneid' mich nur nicht! Ai, es schmerzt! Du reißt mir das Haar!“

„Das macht nichts. Das ist bei uns schon so. Und wie geht es denn Anna Erastowna?“

„Der Tochter? Auch gut, springt umher. In der vorigen Woche, am Mittwoch, hat sie sich mit Schejkin verlobt. Warum kamst Du nicht?“

Die Schere hört auf zu klappern. Makar Kusjmitsch läßt die Arme sinken und fragt erschrocken:

„Wer hat sich verlobt?“

„Anna.“

„Ja, wieso denn? Mit wem denn?“

„Mit Schejkin, Prokofi Petrowitsch. Seine Tante ist in der Slatoustenski-Gasse Wirtschafterin. Eine brave Frau. Wir sind natürlich alle sehr froh, Gott sei Dank! In einer Woche ist Hochzeit. Komm auch hin, da giebt's was.“

„Aber wie kann denn das sein, Erast Iwanitsch?“ fragt Makar, die Achseln zuckend, bleich und staunend. „Wie ist denn das möglich? Das . . . das ist unmöglich! Anna Erastowna ist doch . . . ich . . . ich war doch in sie verliebt und hatte Absichten auf sie. Wie ist denn das?“

„Ganz einfach. Wir nahmen und verlobten sie. Er ist ein guter Mensch.“

Auf dem Gesicht des Makar Kusjmitsch zeigt sich kalter Schweiß. Er legt die Schere auf den Tisch und beginnt, sich mit der Faust die Nase zu reiben.

„Ich hatte Absichten . . ." sagt er. „Das geht nicht, Erast Iwanitsch! Ich . . . ich war verliebt und habe ihr mein Herz offeriert . . . Und die Tante hatte es auch versprochen. Ich habe Sie immer geehrt und geachtet wie einen Vater . . . Ich schneide Ihnen das Haar immer umsonst . . . Ich war Ihnen immer gefällig, und als mein Vater starb, nahmen Sie einen Diwan und zehn Rubel Geld und haben mir nichts zurückgegeben. Erinnern Sie sich?"

„Natürlich erinnere ich mich. Aber was bist Du denn für eine Partie, Makar? Bist Du denn ein Bräutigam? Weder Geld, noch Beruf . . . ein dummes Handwerk . . ."

„Ist denn Scheijkin reich?"

„Scheijkin ist in einer Arbeitsgenossenschaft. Hat dort allein Kaution tausendfünfhundert Rubel gestellt. Jawohl, mein Lieber . . . Da ist nichts zu reden, die Sache ist perfekt und es bleibt dabei. Such Dir eine andere Braut, Makaruschka . . . Die Welt ist nicht mit Brettern vernagelt. Na, schneid' jetzt! Was stehst Du denn da?"

Makar Kusjmitsch schweigt und steht regungslos da. Dann holt er ein Tüchlein aus der Tasche und beginnt zu weinen.

„Nanu!" tröstet ihn Erast Iwanitsch. „Laß das! Na, heult wie ein Frauenzimmer! Mach' zuerst meinen Kopf fertig, dann kannst Du weinen. Nimm die Schere!"

Makar Kusjmitsch nimmt die Schere, blickt sie einen Augenblick starr an und läßt sie auf den Tisch fallen. Seine Hände zittern.

„Ich kann nicht!" sagt er. „Eben kann ich nicht, die Kraft versagt mir! Ein unglücklicher Mensch bin ich! Und auch sie ist unglücklich! Wir hatten uns beide lieb, hatten es einander versprochen, und jetzt trennen uns böse Menschen ohne alles Mitleid . . . Gehen Sie, Erast Iwanitsch! Ich kann Ihren Anblick nicht ertragen."

„Ich werde dann morgen kommen, Makaruschka. Kannst mich morgen zu Ende scheren."

„Gut."

„Beruhige Dich, und ich komme dann morgen in der Frühe zu Dir."

Erast Iwanowitsch hat einen halbgeschorenen Kopf, wie ein Sträfling. Es ist ja nicht angenehm, mit einem solchen Kopf zu bleiben, aber da ist nichts zu machen. Er umwickelt Kopf und Hals mit dem Shawl und verläßt die Barbierstube.

Nachdem Makar Kusjmitsch allein geblieben, setzt er sich und fährt fort, leise zu weinen.

*

Am andern Tag in der Frühe kommt Erast Iwanitsch wieder.

„Was wünschen Sie?" fragt ihn Makar Kusjmitsch kalt.

„Scher' mich zu Ende, Makaruschka. Der halbe Kopf ist noch übrig."

„Bitte, das Geld voraus. Umsonst schere ich nicht!"

Erast Iwanitsch geht, ohne ein Wort zu sagen, weg, und sein Kopf behält auf der einen Seite langes, auf der andern kurzes Haar. Sich das Haar für Geld schneiden zu lassen, hält Erast Iwanitsch für Luxus und zieht es vor, zu warten, bis das Haar auf der einen Seite von selbst nachwächst.

Mit dieser Frisur macht er auch die Hochzeit mit.

Ein Ereignis

Es ist Morgen. Durch die Eisblumen auf den Fensterscheiben fällt das helle Sonnenlicht in die Kinderstube.

Wanja, ein etwa sechsjähriger Junge, kurz geschoren, mit einer Nase wie ein Knopf und seine Schwester Nina, ein vierjähriges pausbäckiges, für sein Alter etwas kleines Mädchen, erwachen und schauen sich durch die Gitter ihrer Bettchen böse an. „Ja, schämt Ihr Euch denn nicht?" brummt die Wärterin, „alle braven Leute haben schon Thee getrunken, und Ihr könnt immer noch nicht die Augen aufkriegen . . ."

Die Sonnenstrahlen tanzen heiter auf dem Teppich, den Wänden und dem Kleide der Wärterin. Als lüden sie ein, mit ihnen zu spielen. Aber die Kinder bemerken es nicht; sie sind heute übler Laune beim Erwachen. Nina wirft die Lippen auf, macht ein saures Gesicht und fängt an zu greinen: „Thee–e–e! Marie! The–e!"

Wanja zieht die Stirne kraus und grübelt, ob er nicht auch einen Grund zum Heulen finden könnte; er blinzelt schon mit den Augen und öffnet den Mund, in diesem Augenblick schallt aus dem Salon die Stimme der Mutter: „Daß nicht vergessen wird, der Katze Milch zu geben! Sie hat jetzt Junge . . ."

Wanja und Nina machen lange Gesichter und sehen einander fassungslos an, dann schreien sie beide zugleich auf, springen aus den Betten und laufen mit lautem Geschrei barfuß und im bloßen Hemd in die Küche. „Die Katze hat Kinder"! rufen sie. – „Die Katze hat Kinder!"

In der Küche steht unter der Bank die kleine Kiste, in der Stephan sonst die Kohlen für den Kamin aus dem Keller heraufträgt. Aus der Kiste guckt die Katze hervor. Ihr graues Frätzchen drückt die äußerste Ermüdung aus. Die grünen Augen mit den schmalen schwarzen Pupillen blicken resigniert und sentimental. Man sieht es ihr an, daß zur Vollständigkeit ihres Glückes bloß „Er" fehlt, der Vater ihrer Kinder, dem sie so rückhaltlos ergeben ist! Sie versucht zu miauen, öffnet das Maul weit, aber aus der Kehle kommt nur ein heiserer Ton . . . Man hört das Quieken der Jungen.

Die Kinder hocken sich vor die Kiste und beobachten die Katze, ohne sich zu rühren, mit angehaltenem Atem. Sie sind erstaunt und überwältigt und hören nicht, wie die Wärterin, die ihnen nachgelaufen ist, brummt. In beider Augen glänzt die höchste, aufrichtigste Freude.

In der Erziehung und im Leben der Kinder spielen die Haustiere eine kaum bemerkbare, aber sicher sehr wohltätige Rolle. Wer von uns erinnert sich nicht der starken aber edelmütigen Riesenhunde, der parasitenartigen Schoßhündchen, der in der Gefangenschaft gestorbenen Vögel, der stumpfsinnigen aber hochfahrenden Truthähne, der sanften alten Katzen, die es uns verzeihen, wenn wir ihnen zum Spaß auf den Schwanz traten und ihnen qualvolle Leiden verursachten?

Mir scheint sogar, daß die Geduld, die Treue, die Allvergebung und Aufrichtigkeit, die unseren Haustieren eigen sind, auf den Verstand des Kindes viel stärker und positiver einwirken als die langen Moralpredigten des dürren und bleichen Hauslehrers oder die nebeligen Phrasen der Gouvernante, die sich müht, den Kindern zu beweisen, daß das Wasser aus Sauerstoff und Wasserstoff besteht.

„O, wie klein sie sind", sagt Nina, macht große Augen und lacht hell auf. „Sie sehen ja wie die Mäuschen aus!"

„Eins, zwei, drei . . ." zählt Wanja. „Drei Kätzchen! Also für mich eins. für dich eins und noch für jemand eins."

„Mrrr . . . Mrrr . . ." macht die Wöchnerin, geschmeichelt durch die Beachtung, die sie findet. „Mrrr . . ."

Als die Kinder sich die Kätzchen lange genug angesehen haben, holen sie sie aus der Kiste hervor und drücken sie in den Händen herum. Dann legen sie sie in den Schoß ihrer Hemden und laufen so in die Zimmer.

Die Mutter sitzt im Salon mit einem fremden Herrn. Als sie die Kinder erblickt, ungewaschen, unangezogen, mit aufgehobenen Hemden, wird sie verlegen und macht strenge Augen. „Wollt Ihr wohl . . ." ruft sie, „schämt Ihr euch nicht! Macht, daß ihr wegkommt, sonst giebt's Schläge."

Aber die Kinder achten weder auf die Drohungen der Mutter, noch auf die Gegenwart des fremden Herrn. Sie legen die Katzen auf den Teppich und beginnen ein ohrenzerreißendes Geschrei. Um sie herum streicht die Wöchnerin, kläglich weinend. Während hernach die Kinder in ihre Stube gebracht und angekleidet werden, während des Morgengebets und während sie ihren Thee trinken, sind sie die ganze Zeit über vom feurigen Wunsche beseelt, endlich einmal diese prosaischen Verpflichtungen abzuthun und wieder in die Küche zu laufen.

Die gewöhnlichen Beschäftigungen und Spiele werden vergessen. Die Kätzchen verdunkeln durch ihr Erscheinen auf der Welt alles und treten auf wie eine lebendige Tagesneuigkeit und ein Ereignis. Wenn man Wanja oder Nina für jedes Kätzchen einen Zentner Bonbons oder tausend Groschenstücke geboten hätte, so hätten sie diesen Tausch ohne jedes Schwanken abgelehnt. Bis zum Mittag sitzen sie, ungeachtet der energischen Proteste von Köchin und Wärterin, in der Küche vor der Kiste und machen sich mit den kleinen Kätzchen zu thun. Ihre Gesichter sind ernst, wichtig und sorgenvoll. Sie beunruhigt nicht nur die Gegenwart, sondern auch die Zukunft der Kätzchen. Schließlich entscheiden sie, ein Junges solle zu Hause bei der alten Katze bleiben, um seine Mutter zu trösten, das zweite solle mit hinaus in die Sommerfrische kommen und das dritte solle im Keller wohnen, wo es so viele Ratten gäbe. „Aber warum sehen sie nicht?" wundert sich Nina, „ihre Augen sind ja blind, wie bei den Bettlern."

Auch Wanja beunruhigt dieser Umstand. Er unternimmt es, einem Kätzchen die Augen zu öffnen, schnauft und pustet lange, aber seine Operation bleibt erfolglos. Nicht wenig beunruhigend ist auch, daß die Kätzchen sich hartnäckig weigern, das angebotene Fleisch und die Milch zu nehmen . . . Alles, was man vor ihre Schnäuzchen hinlegt, wird von der grauen Mama aufgefressen.

„Hör' doch, wir wollen den Kätzchen Häuser bauen", schlägt Wanja vor, „sie müssen jedes ein eigenes Hans haben, und die Katze muß zu ihnen zu Besuch kommen."

In den Ecken der Küche werden alte Hutkartons aufgestellt und die Kätzchen dort einquartiert. Aber diese Auflösung der Familie erweist sich als verfrüht: Die Katze geht, immer mit demselben sentimentalen und wehmütigen Gesichtsausdruck, von einer Schachtel zur andern und trägt ihre Kinder wieder an die alte Stelle zurück.

„Die Katze ist ihre Mutter", bemerkt Wanja, „aber wer ist ihr Vater?"

„Ja, wer ist ihr Vater?" wiederholt Nina.

„Ohne einen Vater können sie nicht bleiben."

Wanja und Nina beraten lange, wer der Vater der Kätzchen sein soll, und schließlich fällt ihre Wahl auf ein großes, dunkelrotes Pferd mit ausgerissenem Schweif, welches in der Kammer unter der Treppe samt anderen Spielzeugüberresten sein Dasein fristet. Es wird aus der Kammer gezogen und neben der Kiste aufgestellt.

„Hörst Du!" wird ihm befohlen, „hier bleibst Du stehen und paßt auf, daß sie artig sind."

Alles geschieht in der ernstesten Weise und mit dem Ausdruck der größten Besorgnis. Außer der Kiste mit den Katzenjungen wollen Wanja und Nina keine andere Welt mehr kennen. Ihre Freude weiß keine Grenzen. Aber auch schwere, qualvolle Augenblicke müssen durchlebt werden. Kurz vor dem Mittag sitzt Wanja im Kabinett des Vaters und sieht aufmerksam auf den Tisch. Neben der Lampe, auf dem Stempelpapier, krabbelt ein Kätzchen. Wanja beobachtet seine Bewegungen und stößt es bald mit der Bleifeder, bald mit einem Zündhölzchen . . . Plötzlich, wie aus dem Boden gewachsen, steht neben dem Tisch der Vater.

„Was ist denn das?" hört Wanja seine erzürnte Stimme.

„Das . . . das ist ein Kätzchen, Papa . . ."

„Ich werde Dir ein Kätzchen zeigen! Siehst Du, was Du unartiger Junge gemacht hast! Du hast ja all mein Papier verdorben!"

Zum großen Erstaunen Wanjas teilt Papa durchaus nicht seine Sympathien für die Kätzchen. Anstatt sich zu freuen und in Entzücken zu geraten, zieht er Wanja am Ohr und ruft:

„Stephan! schaff' dieses Ungeziefer weg."

Auch beim Essen giebt es einen Skandal ... Während des zweiten Ganges vernehmen die Speisenden plötzlich ein Gequieke und nach näherer Untersuchung findet man unter Ninas Schürze ein junges Kätzchen.

„Nina! weg vom Tisch!" ruft ärgerlich der Vater. „Den Augenblick werden die Katzen ins Wasser geworfen. Daß ich dieses Ungeziefer nicht mehr im Hause sehe!"

Wanja und Nina sind starr vor Schreck. Ganz abgesehen von seiner Schrecklichkeit droht der Tod im Wasser, die Katze und das hölzerne Pferd ihrer Kinder zu berauben und alle Pläne für die Zukunft zu zerstören, jene herrliche Zukunft, wo die eine Katze ihre alte Mutter trösten, die andere in der Sommerfrische leben und die dritte im Keller Ratten fangen soll.

Die Kinder beginnen zu weinen und um Gnade für die Katzen zu flehen. Der Vater willigt ein, aber nur unter der Bedingung, daß die Kinder nicht mehr in die Küche gehen und keine Katze mehr anrühren.

Nach dem Essen treiben sich Wanja und Nina in allen Zimmern herum und vergehen vor Sehnsucht. Das Verbot, in die Küche zu gehen, bringt sie schier zur Verzweiflung. Sie wollen nicht einmal Süßigkeiten haben und sind eigensinnig und unartig gegen die Mutter.

Als am Abend Onkel Peter kommt, ziehen sie ihn beiseite und beklagen sich bitter über ihren Vater, der die Katzen ins Wasser werfen wollte. „Onkel Peter", bitten sie, „sage Mama, sie soll die Kätzchen in die Stube bringen. Sag's ihr."

„Schön, schön!" wehrt sich Onkel Peter, „schon gut!"

Onkel Peter kommt gewöhnlich nicht allein. Mit ihm erscheint Nero, eine große dänische Dogge mit hängenden Ohren und einem Schwanz, so hart wie ein Stock. Dieser Hund ist schweigsam, finster und voller Selbstbewußtsein und Würde. Den Kindern schenkt er nicht die geringste Beachtung, und wenn er an ihnen vorbeigeht, schlägt er mit dem Schwanze auf sie los, als wären sie Stühle. Die Kinder hassen ihn von ganzer Seele, aber dieses Mal bezwingen sie ihren Widerwillen und lassen sich von gewissen praktischen Erwägungen bestimmen.

„Weißt Du was, Nina?“ sagt Wanja und reißt die Augen weit auf, „wollen wir doch lieber statt des Pferdes den Nero Vater sein lassen! Das Pferd ist doch tot, und der ist ganz lebendig!“

Den ganzen Abend erwarten sie die Zeit, wo Papa sich an den Kartentisch setzen wird und man Nero unbemerkt in die Küche bringen kann ... Jetzt endlich setzt sich Papa zum Spiel, Mama macht sich an der Theemaschine zu schaffen und giebt nicht acht auf die Kinder ... Der Augenblick ist günstig ...

„Wollen wir gehen!“ flüstert Wanja der Schwester zu.

Aber in diesem Moment kommt Stephan herein und meldet lachend:

„Gnädige Frau, der Nero hat die kleinen Katzen aufgefressen!“

Nina und Wanja erbleichen und sehen Stephan erschrocken an.

„Jawohl“, lacht der Diener, „er ging an die Kiste und fraß sie auf.“ Die Kinder glauben, daß jetzt alle Leute, soviel ihrer im Hause sind, in Aufregung geraten und sich auf den Bösewicht Nero stürzen werden. Aber die Leute sitzen ganz ruhig auf ihren Plätzen und wundern sich bloß über den Appetit des großen Hundes. Papa und Mama lachen ... Nero geht um den Tisch, wedelt mit dem Schwanze und leckt sich selbstgefällig das Maul ...

Unruhig ist nur die Katze. Mit gestrecktem Schwanze geht sie in dem Zimmer umher, schaut mißtrauisch die Menschen an und miaut wehmütig.

„Kinder, es ist schon neun! Schlafenszeit“, ruft die Mama.

Wanja und Nina legen sich zu Bett, weinen und denken noch lange an die tiefgekränkte Katze und an den grausamen, frechen und unbestraften Nero ...

Der Kuß

Am 20. Mai um acht Uhr Abends hielten alle sechs Batterien der N.schen Reserve-Artilleriebrigade, die sich auf dem Wege ins Sommerlager befanden, in dem Kirchdorf Mestetschki, um dort ihr Nachtquartier zu nehmen.

Während des größten Wirrwarrs, als ein Teil der Offiziere sich bei den Kanonen zu schaffen machte und die übrigen auf dem Platz vor der Kirche die Meldungen der Quartiermeister entgegennahmen, zeigte sich hinter der Kirche ein Reiter in Civil auf einem sonderbaren Pferde. Der kleine Falbe mit schönem

Hals und kurzem Schweif ging nicht gradaus, sondern seitwärts und machte mit den Beinen kleine Tanzschritte, als schlüge man ihm mit der Peitsche an die Füße.

Als der Reiter sich den Offizieren genähert hatte, zog er den Hut und sagte:

„Seine Excellenz Generalleutnant von Rabbeck, der hiesige Gutsherr, bittet die Herren Offiziere sofort zum Thee . . .“

Das Pferd verbeugte sich, machte einige Pas und zog sich seitwärts zurück. Der Reiter nahm noch einmal den Hut ab und verschwand gleich darauf mit seinem sonderbaren Pferde hinter der Kirche.

„Hol's der Teufel!“ murrten einige der Offiziere, nach ihren Quartieren auseinander gehend. „Schlafen möchte man, und da kommt hier so ein von Rabbeck mit seinem Thee! Wir kennen diese Thees!“

Den Offizieren aller sechs Batterien kam sofort ein Fall aus dem vorigen Jahre ins Gedächtnis, wo sie und mit ihnen die Offiziere eines Kosackenregiments, während der Manöver auf ganz ebensolche Weise von einem Gutsbesitzer, einem Grafen und verabschiedeten Militär, zum Thee geladen worden waren. Der gastfreundliche und joviale Graf hatte sie liebenswürdig aufgenommen, bestens regaliert und sie nicht mehr ins Dorf in ihre Quartiere gelassen, sondern bis zur Nacht bei sich behalten. Alles das war ja sehr schön und sie hätten sich nichts besseres wünschen können, das Schlimme war nur, daß der gewesene Militär vor Freude über die Gesellschaft der jungen Leute ganz außer Rand und Band geriet. Bis zur Morgenröte erzählte er den Offizieren Episoden aus seiner schönen Vergangenheit, führte sie in den Zimmern herum, zeigte ihnen kostbare Gemälde, alte Gravüren, seltene Waffen und las ihnen die Originalbriefe hoher Persönlichkeiten vor, während die übermüdeten und schläfrigen Offiziere zuhörten, zusahen, sich nach den Betten sehnten und vorsichtig in den Ärmel gähnten. Als der Hausherr sie endlich entließ, war es zum Schlafen schon zu spät.

War dieser von Rabbeck nicht am Ende auch so ein Herr? Ob er nun so oder anders war, da half nun mal nichts! Die Offiziere machten Toilette und begaben sich alle zusammen auf die Suche nach dem Herrenhaus. Auf dem Platz vor der Kirche sagte man ihnen, daß man zur Herrschaft entweder von unten aus gelangen könne – gleich von der Kirche zum Fluß hinunter und dann den Fluß entlang bis zum Garten, von wo aus die Alleen schon weiter führen würden –, oder aber von oben aus – direkt von der Kirche, auf dem Wege, der in einer

Entfernung von einer halben Werst vom Dorfe, an die herrschaftlichen Speicher stieße. Die Offiziere wählten den oberen Weg.

„Was ist denn das für ein Rabbeck?" unterhielten sie sich unterwegs. „Ist es nicht derselbe, der bei Plewna die N.sche Kavallerie-Division kommandiert hat?"

„Nein, der hieß nicht von Rabbeck, sondern einfach Rabbe und ohne von."

„Was für ein prachtvolles Wetter!"

Bei dem ersten herrschaftlichen Speicher teilte sich der Weg: der eine Zweig ging gradeaus und verschwand in der Abenddämmerung, der andere führte nach rechts zum herrschaftlichen Hause. Die Offiziere bogen rechts ein und begannen leiser zu sprechen ... Zu beiden Seiten des Weges zogen sich schwere und finstere steinerne Speicher mit roten Dächern hin, die den Kasernen einer Kreisstadt sehr ähnlich sahen. Vorn leuchteten die Fenster des Gutshauses.

„Meine Herren, ein gutes Vorzeichen!" sagte jemand unter den Offizieren, „unser Setter geht voraus; er wittert also gute Beute! ..."

Der Oberleutnant Lobitko, ein großer und starker, aber völlig bartloser Mann (er war schon über fünfundzwanzig, auf seinem runden, satten Gesicht zeigte sich jedoch sonderbarer Weise noch kein Haarwuchs), der in der Brigade bekannt war wegen seiner Fähigkeit, die Anwesenheit von Frauen selbst auf die Entfernung zu erraten und gleichsam zu wittern, ging allen voran. Er wandte sich um und sagte:

„Ja, hier müssen Frauen sein. – Das fühle ich instinktiv ..."

An der Schwelle des Hauses empfing die Offiziere Herr von Rabbeck selbst, ein repräsentabler Sechziger in Civil. Während er den Gästen die Hände drückte, sagte er, daß er sehr erfreut und glücklich sei, die Herren Offiziere aber inständigst bitte, es ihm um Gottes Willen nicht übel zu nehmen, daß er sie nicht zum übernachten aufgefordert habe; bei ihm seien zwei seiner Schwestern mit Kindern, seine Brüder und Nachbarn zu Besuch, sodaß er nicht ein einziges Zimmer übrig habe.

Der General drückte allen die Hände, entschuldigte sich und lächelte, aber seinem Gesicht sah man es an, daß er über die Gäste bei weitem nicht so erfreut war, wie der vorjährige Graf, und daß er die Offiziere blos darum aufgefordert hatte, weil das seiner Meinung nach der Anstand verlangte.

Auch die Offiziere selbst empfanden, während sie die weiche Treppe hinaufstiegen und dem Hausherrn zuhörten, daß sie in dieses Haus nur darum geladen waren, weil es peinlich gewesen wäre, sie nicht einzuladen. Und als sie die Lakaien sahen, die sich beeilten, unten am Eingang und oben im Vorzimmer die Lichter anzuzünden, da kam es ihnen vor, als hätten sie in dieses Haus Unruhe und Aufregung gebracht. Dort, wo wahrscheinlich wegen irgend eines Familienereignisses oder einer Festlichkeit zwei Schwestern mit Kindern, Brüder und Nachbarn zusammengekommen waren, wie konnte dort die Anwesenheit von neunzehn unbekannten Offizieren angenehm sein?

Oben beim Eingang in den Saal wurden die Gäste von einer hohen und schlanken alten Dame empfangen, die mit ihrem schmalen Gesicht und den schwarzen Augenbrauen der Kaiserin Eugenie sehr ähnlich sah. Mit einem freundlichen und majestätischen Lächeln sagte sie, daß sie froh und glücklich sei, die Gäste zu sehen, und entschuldigte sich, daß sie und ihr Mann für dieses Mal leider der Möglichkeit beraubt seien, die Herren Offiziere zum nächtigen zu bitten. Ihrem schönen majestätischen Lächeln, das jedesmal, wenn sie sich von den Gästen aus irgend einer Veranlassung abwandte, augenblicklich verschwand, sah man es an, daß sie in ihrem Leben schon viele der Herren Offiziere gesehen hatte, daß sie augenblicklich nichts weniger als diese Herren Offiziere brauchte und wenn sie sich dieselben ins Haus geladen hatte und sich jetzt vor ihnen entschuldigte, dieses nur darum that, weil das ihre Erziehung und gesellschaftliche Stellung erforderte.

In dem großen Speisesaal, welchen die Offiziere betreten hatten, saßen an dem einen Ende des langen Tisches etwa zehn Herren und Damen, ältere und jüngere, beim Thee. Hinter ihnen bemerkte man eine von leichtem Zigarrenrauch verhüllte Gruppe von Herren; in ihrer Mitte stand ein hagerer junger Mann mit rotem Backenbart und sprach über irgend etwas auf Englisch, laut und mit schnarrender Aussprache. An der Gruppe vorbei blickte man durch die Thür in ein helles Zimmer mit blauen Möbeln.

„Meine Herren, Sie sind so zahlreich, daß eine Vorstellung ganz und gar unmöglich ist!“ sagte der General laut, indem er sich Mühe gab, sehr lustig zu erscheinen. „Machen Sie sich, meine Herren, selbst und zwanglos miteinander bekannt!“

Die Offiziere thaten das, so gut es ging, – die einen mit sehr ernsten und sogar strengen Gesichtern, die andern mit einem gezwungenen Lächeln, alle aber in einer sehr unbehaglichen Stimmung – und setzten sich an den Theetisch.

Am gezwungensten fühlte sich der Stabs-Kapitain Rjabowitsch, ein kleiner, gedrungener Offizier mit einer Brille und einem Backenbart wie ein Luchs. Während die einen seiner Kameraden ernste Gesichter machten und die andern gezwungen lächelten, schienen sein Gesicht, sein Luchsbart und seine Brille gleichsam zu sagen: „Ich bin der schüchternste, bescheidenste und farbloseste Offizier der ganzen Brigade!"

Anfangs, als er ins Speisezimmer trat und dann, als er am Theetisch saß, konnte er seine Aufmerksamkeit durchaus nicht auf irgend eine bestimmte Person oder einen Gegenstand heften. Die Gesichter, die Kleider, die geschliffenen Kognakkaraffen, der Dampf von den Gläsern, das Stuckgesims – alles das floß zu einem allgemeinen riesenhaften Eindruck zusammen, der in Rjabowitsch Unruhe und den Wunsch erweckte, seinen Kopf zu verbergen. Wie ein Deklamator oder Redner, der zum ersten Mal vor dem Publikum auftritt, sah er alles, was sich vor seinen Augen befand, nur wurde das Gesehene seltsam schwer erfaßt. (Bei den Physiologen wird ein solcher Zustand, wo eine Person sieht, aber nicht versteht, „psychische Blindheit" genannt).

Etwas später, nachdem er sich eingelebt hatte, erlangte Rjabowitsch auch das psychische Gesicht und begann zu beobachten. Ihm, als einem schüchternen und gesellschaftsscheuen Menschen, fiel vor allem das auf, was ihm immer gemangelt hatte, nämlich die außerordentliche Kourage der neuen Bekannten. Von Rabbeck, seine Frau, zwei ältere Damen, ein junges Mädchen im fliederfarbenen Kleid und der junge Mann mit dem roten Backenbart, der sich als Rabbecks jüngster Sohn erwies, verteilten sich sehr geschickt, als hätten sie vorher eine Probe gehabt, unter den Offizieren und begannen sofort eine heiße Debatte, in die sich einzumischen die Gäste nicht umhin konnten. Das fliederfarbene junge Mädchen begann energisch zu beweisen, daß die Artilleristen es viel besser hätten, als die Kavallerie und Infanterie, während Rabbeck und die älteren Damen das Gegenteil behaupteten. Das Gespräch nahm den Charakter eines Kreuzfeuers an. Rjabowitsch betrachtete das fliederfarbene junge Mädchen, das sehr heftig über diesen Gegenstand, der ihr fremd und durchaus uninteressant war, stritt, und verfolgte, wie auf ihrem Gesicht das unaufrichtige Lächeln bald auftauchte, bald wieder verschwand.

Herr von Rabbeck und seine Familie verwickelten die Offiziere geschickt in den Streit, während sie selbst unausgesetzt die Gläser und Münder ihrer Gäste beobachteten: ob auch alle tränken, ob sie genug Zucker hätten, warum der und der kein Gebäck nähme oder keinen Kognak zugieße.

Und je mehr Rjabowitsch sah und hörte, um so mehr gefiel ihm diese unaufrichtige aber vorzüglich disziplinierte Familie.

Nach dem Thee begaben sich die Offiziere in den Saal. Die Witterung des Oberleutnants Lobitko hatte nicht versagt: im Saal befanden sich viele junge Mädchen und junge Frauen. Der Setter-Leutnant stand schon in einer schneidigen Pose, als stütze er sich auf einen unsichtbaren Säbel neben einer sehr jungen Blondine in schwarzem Kleide, lächelte und spielte kokett mit den Schultern. Er erzählte wahrscheinlich irgend einen sehr wenig interessanten Unsinn, denn die Blondine blickte nachsichtig auf sein sattes Gesicht und fragte gleichgiltig: „Wirklich?“ Und aus diesem leidenschaftslosen „wirklich“ hätte der Setter, wenn er klug gewesen wäre, schließen können, daß ihm kaum ein „Pill!“ zugerufen werden würde.

Das Klavier ertönte; ein melancholischer Walzer schwebte aus dem Saal zu den offenen Fenstern hinaus, und allen kam es unwillkürlich in den Sinn, daß da draußen jetzt Frühling und ein Maiabend sei. Alle fühlten, daß die Luft nach jungem Pappellaub, nach Rosen und Flieder dufte.

Der Walzer und der Frühling sind aufrichtig.

Rjabowitsch, bei dem unter dem Eindruck der Musik der genossene Kognak zur Geltung kam, warf einen scheuen Blick nach dem Fenster, lächelte und begann die Bewegungen der Frauen zu verfolgen. Und es schien ihm, als käme der Duft der Rosen, der Pappeln und des Flieders nicht aus dem Garten, sondern von den Gesichtern und Kleidern der Frauen.

Rabbecks Sohn forderte ein hageres Fräulein auf und machte mit ihr zwei Touren. Lobitko flog, über das Parkett gleitend, auf das fliederfarbene junge Mädchen zu und raste mit ihr durch den Saal. Der Tanz hatte begonnen . . .

Rjabowitsch stand an der Thür unter den Nichttanzenden und beobachtete. In seinem ganzen Leben hatte er noch nie getanzt und in seinem ganzen Leben hatte er nicht ein einziges Mal Gelegenheit gehabt, die Taille einer anständigen Frau zu umfangen. Es gefiel ihm außerordentlich, wenn ein Mann vor aller Augen ein unbekanntes junges Mädchen um die Taille faßte und seine Schulter ihrer Hand zur Stütze bot, aber sich selbst in der Lage eines solchen Menschen zu denken, vermochte er unmöglich. Es hatte eine Zeit gegeben, da er den Mut und die Schneidigkeit seiner Kameraden beneidete und sich darum kränkte; das Bewußtsein, daß er schüchtern, ungeschickt und farblos sei, eine lange Taille und einen Luchsbart habe, demütigte ihn tief. Aber mit den Jahren wurde dieses Bewußtsein zur Gewohnheit, und wenn er jetzt tanzende oder sich laut unterhaltende Menschen sah, empfand er keinen Neid mehr, sondern nur eine gewisse trübe Rührung.

Als die Française begann, kam der junge von Rabbeck auf die Nichttanzenden zu und forderte zwei Offiziere zu einer Partie Billard auf. Die Offiziere waren damit einverstanden und verließen mit ihm den Saal. Rjabowitsch, da er nichts besseres zu thun hatte und wenigstens irgendwie an der allgemeinen Bewegung teilnehmen wollte, folgte ihnen. Aus dem Saal gingen sie in einen Salon, dann in einen schmalen Glaskorridor, von da in ein Zimmer, wo bei ihrem Erscheinen verschlafene Lakaien schnell von den Sophas sprangen. Endlich, nachdem sie eine ganze Amphilada von Zimmern hinter sich gelassen hatten, betraten der junge Rabbeck und die Offiziere einen mittelgroßen Raum, in welchem ein Billard stand. Das Spiel begann.

Rjabowitsch, der nie etwas anderes als Karten spielte, stand neben dem Billard und sah den Spielenden gleichgiltig zu, während sie mit aufgeknöpften Röcken und die Queues in den Händen einherschritten, Witze machten und ihm unverständliche technische Worte ausriefen. Die Spielenden beachteten ihn nicht und nur zuweilen kehrte sich jemand von ihnen um, wenn er ihn mit dem Ellenbogen gestoßen oder aus Versehen mit dem Queue berührt hatte und sagte „pardon!“ Die erste Partie war noch nicht zu Ende, als Rjabowitsch schon anfing sich zu langweilen und die Empfindung hatte, als sei er überflüssig und als störe er nur . . . Es zog ihn zurück in den Saal und er ging.

Auf dem Rückwege mußte er ein kleines Abenteuer überstehen. Auf halbem Wege bemerkte er, daß er nicht dahin ging, wohin er mußte. Er entsann sich sehr gut, daß er unterwegs drei verschlafenen Lakaien begegnen mußte, aber er war bereits durch fünf bis sechs Zimmer gegangen, und die Lakaien waren in die Erde gesunken. Als er sein Versehen bemerkte, ging er wieder etwas zurück, bog nach rechts ein und befand sich in einem halbdunklen Kabinett, wie er ein solches auf dem Wege zum Billardzimmer nicht gesehen hatte; nachdem er hier etwa eine halbe Minute gestanden, öffnete er entschlossen die erste beste Thür und trat in ein vollständig dunkles Zimmer. Geradeaus sah man eine Thürspalte, durch die helles Licht fiel; durch die Thür drangen die gedämpften Klänge einer schwermütigen Mazurka. Hier standen. ebenso wie im Saal, die Fenster weit offen und es roch nach Pappeln, Flieder und Rosen . . .

Rjabowitsch blieb, in Gedanken versunken, stehen . . . In diesem Augenblick erschallten, ganz unerwartet für ihn, eilige Schritte und das Rauschen eines Kleides; eine gedämpfte Frauenstimme flüsterte: „endlich!“ und zwei weiche, duftende Arme, unzweifelhaft Frauenarme, umfingen seinen Hals; an seine Wange preßte sich eine warme Wange und gleichzeitig erschallte der Laut eines Kusses. Aber im selben Augenblick schrie die Küssende leicht auf und prallte, wie es Rjabowitsch schien – voll Abscheu, von ihm zurück . . . Er hätte beinahe ebenfalls aufgeschrien und stürzte zu der erleuchteten Thürspalte . . .

Als er in den Saal zurückkehrte, klopfte sein Herz und seine Hände zitterten so bemerkbar, daß er sich beeilte, sie hinter dem Rücken zu verstecken. Anfangs quälten ihn Schande und Furcht, daß der ganze Saal es wisse, daß ihn soeben eine Frau umarmt und geküßt hätte. Er zog sich zusammen und sah sich unruhig nach allen Seiten um, aber nachdem er sich überzeugt hatte, daß im Saal ruhig weitergetanzt und geplaudert wurde, gab er sich ganz einem neuen, bisher noch nie im Leben empfundenen Gefühl hin. Es ging etwas sonderbares mit ihm vor . . . Sein Hals, den soeben die weichen duftenden Arme umfangen hatten, war, wie es ihm schien, wie mit Öl eingerieben; auf der Wange neben der linken Schnurrbartspitze, wo ihn die Unbekannte geküßt hatte, zitterte eine leichte, angenehme Kühle, wie von Pfefferminztropfen, und je mehr er diese Stelle rieb, um so stärker empfand er die Kühle; er selbst aber war vom Kopf bis zu den Füßen von einer neuen, seltsamen Empfindung erfüllt, die immer wuchs und wuchs . . .

Ihm kam das Bedürfnis zu tanzen, zu sprechen, in den Garten hinauszulaufen, laut zu lachen . . . Er hatte ganz vergessen, daß er schlecht gebaut und farblos war, daß er einen Luchsbart und ein „unbestimmtes Äußeres“ hatte (so war einmal in einem Damengespräch, das er belauscht hatte, sein Äußeres genannt worden).

Als Rabbecks Frau an ihm vorbeiging, lächelte er ihr so breit und freundlich zu, daß sie stehen blieb und ihn fragend ansah . . .

„Ihr Haus gefällt mir furchtbar! . . .“ sagte er, seine Brille zurechtrückend.

Die Generalin lächelte und erzählte, daß dieses Haus schon ihrem Vater gehört habe, dann fragte sie ihn, ob seine Eltern noch am Leben seien, ob er schon lange diene, warum er so mager sei u. s. w. . . .

Nachdem sie die Antworten auf ihre Fragen erhalten hatte, ging sie weiter. Er aber begann nach dem Gespräch mit ihr noch freundlicher zu lächeln und dachte, daß die Leute um ihn her doch die prächtigsten von der Welt seien . . .

Während des Abendessens aß Rjabowitsch mechanisch alles, was ihm vorgesetzt wurde, trank und mühte sich, ohne irgend etwas zu hören, eine Erklärung für sein kürzliches Abenteuer zu finden . . .

Dieses Abenteuer trug den Stempel des Geheimnisvollen und Romantischen, war aber nicht schwer zu erklären. Wahrscheinlich hatte irgend ein junges Mädchen oder eine Frau irgend jemandem in dem dunklen Zimmer ein Rendezvous geben wollen, hatte dort lange gewartet und in nervöser Überreizung Rjabowitsch für ihren Helden gehalten. Dieses war um so wahrscheinlicher, da Rjabowitsch, als er durch das dunkle Zimmer ging, in Gedanken stehen geblieben war, also den Eindruck eines Menschen machte, der ebenfalls auf etwas wartet . . .

So erklärte sich auch Rjabowitsch den empfangenen Kuß.

„Wer mag sie nur sein?“ dachte er, die Gesichter der Damen betrachtend. „Sie muß jung sein, denn alte Leute geben sich keine Rendezvous. Dann, daß sie intelligent ist, fühlte man an dem Rauschen der Kleider, an dem Parfüm, an der Stimme . . .“

Er ließ seinen Blick auf dem fliederfarbenen jungen Mädchen haften, und sie gefiel ihm sehr; sie hatte schöne Schultern und Arme, ein kluges Gesicht und eine wundervolle Stimme . . . Rjabowitsch wünschte es, während er sie ansah, daß gerade sie und niemand anders jene Unbekannte sein möge . . . Aber sie begann auf eine gewisse unaufrichtige Weise zu lachen und runzelte dabei ihre lange Nase, die ihm ältlich erschien; und er wandte den Blick von ihr auf die Blondine im schwarzen Kleide. Diese war jünger, schlichter und aufrichtiger, hatte wunderbare Schläfen und trank auf eine reizende Art aus dem Glase. Jetzt wünschte Rjabowitsch, daß sie es sein möge . . . Aber bald fand er, daß ihr Gesicht flach sei, und wandte den Blick auf ihre Nachbarin . . .

„Es ist schwer zu erraten“, dachte er sinnend. „Wenn man von der Fliederfarbenen nur die Schultern und Arme nehmen könnte, dazu die Schläfen der Blonden und die Augen von jener, die links von Lobitko sitzt, dann . . .“

Er machte im Kopfe eine Addition und erhielt das Bild des Mädchens, das ihn geküßt hatte, jenes Bild, das er am Tisch suchte, aber nicht finden konnte . . .

Nach dem Essen begannen die Gäste, gesättigt und durch den genossenen Alkohol in gute Stimmung versetzt, sich zu verabschieden und zu bedanken.

Der Hausherr und die Hausfrau entschuldigten sich wieder, daß sie die Herren nicht auch für die Nacht beherbergen könnten.

„Sehr gefreut, sehr gefreut, meine Herren!“ sprach der General und diesesmal aufrichtig, wahrscheinlich weil die Menschen, wenn sie ihre Gäste begleiten, immer bedeutend aufrichtiger und wohlwollender zu sein pflegen, als wenn sie sie empfangen. „Sehr gefreut! Bitte sehr, auf dem Rückwege . . . ungeniert . . . Aber wohin denn? Wollen sie den oberen Weg gehen? Nein, gehen Sie durch den Garten – unten, da ist's näher.“

Die Offiziere gingen durch den Garten. Nach dem grellen Licht und dem Geräusch erschien ihnen der Garten sehr dunkel und still. Bis zur kleinen Pforte gingen sie schweigend. Sie waren zwar halb angetrunken, heiter und zufrieden, aber die Finsternis und die Stille veranlaßten sie zum Nachsinnen. Jedem von ihnen kam wohl derselbe Gedanken, wie Rjabowitsch: ob wohl auch für sie einmal eine Zeit kommen würde, wo sie, wie der General von Rabbeck, ein großes Haus, Familie, einen Garten und dazu die Möglichkeit haben werden, ihre Gäste, wenn auch eben so unaufrichtig, zu umschmeicheln, sie satt, betrunken und zufrieden zu machen?

Als sie aus der Gartenpforte getreten waren, begannen sie alle auf einmal zu sprechen und ohne jede Veranlassung laut zu lachen. Sie gingen jetzt auf dem Fußwege, der zum Fluß hinabführte, dann dicht neben dem Wasser einherlief und sich zwischen dem überhängenden Weidengebüsch hindurchwand. Das Ufer und der Fußweg waren kaum sichtbar, während das jenseitige Ufer ganz im Dunkeln verschwand. Hier und da blinkten im Wasser die Sterne; sie zitterten und verschwammen, und nur daran konnte man erkennen, daß der Fluß eine starke Strömung hatte. Es war still. Vom anderen Ufer her hörte man das Pfeifen der schläfrigen Schnepfen, während auf dem diesseitigen in einem der Sträucher laut eine Nachtigall schluchzte, ohne auch nur im Geringsten die Offiziere zu beachten. Die Offiziere blieben eine Weile an dem Gebüsch stehen, rührten daran, die Nachtigall fuhr aber fort zu singen.

„So einer!“ hörte man beifällig murmeln. „Wir stehen hart daneben und er ignoriert uns überhaupt. So'n Kerl!“

Gegen das Ende zu ging der Fußweg nach oben und mündete in der Nähe der Kirche in die große Straße ein. Hier setzten sich die Offiziere, ermüdet vom Steigen, und rauchten ein wenig. Auf der anderen Seite des Flusses wurde ein mattrotes Feuer sichtbar, und in Ermangelung eines anderen Stoffes, begannen die Offiziere darüber zu disputieren, ob es ein Herdfeuer, ein erleuchtetes Fenster, oder was anderes sei . . .

Rjabowitsch blickte ebenfalls nach dem Feuer hin und es schien ihm, daß das Feuer ihm zulächele und zublinzele, als wüßte es von dem Kuß.

In seiner Wohnung angelangt, kleidete Rjabowitsch sich schnell aus und legte sich zu Bett. In demselben Bauernhause mit ihm wohnten Lobitko und der Leutnant Mersljakow, ein stiller, schweigsamer Mensch, der in seinem Kreise für einen gebildeten Offizier galt und wo nur irgend möglich den „Europäischen Boten“ las, den er stets mit sich führte.

Lobitko kleidete sich aus, schritt lange aus einer Ecke in die andere mit dem Aussehen eines Menschen, der noch nicht befriedigt ist, und schickte endlich den Burschen nach Bier.

Mersljakow legte sich zu Bett, stellte sich ans Kopfende ein Licht hin und vertiefte sich in die Lektüre des „Europäischen Boten“.

„Wer mag sie nur gewesen sein?“ dachte Rjabowitsch, die rußige Decke betrachtend.

Sein Hals schien ihm noch immer wie mit Öl geschmiert und in der Mundgegend fühlte er eine Kühle. wie von Pfefferminztropfen . . . In seiner Phantasie flimmerten die Schultern und Arme des fliederfarbenen jungen Mädchens, die Schläfen der Blondine in Schwarz, Taillen, Kleider, Broschen. Er suchte seine Aufmerksamkeit bei diesen Gebilden zu bannen, sie aber tanzten auf und ab, zerflossen, verschwammen. Wenn auf dem breiten dunklen Fond, den jeder Mensch sieht, wenn er die Augen schließt, diese Gebilde ganz verschwanden, begann Rjabowitsch eilige Schritte, das Rauschen der Röcke, den Laut eines Kusses zu vernehmen, und eine heftige, grundlose Freudigkeit bemächtigte sich seiner . . .

Während er sich dieser Freudigkeit hingab, hörte er, wie der Bursche zurückkehrte und meldete, daß kein Bier zu haben sei.

Lobitko war furchtbar empört und begann wieder auf und ab zu gehen.

„Na, ist das nicht ein Idiot?“ sprach er, bald vor Rjabowitsch, bald vor Mersljakow stehen bleibend. „Was für ein Esel und Schafskopf muß man sein, um kein Bier zu finden! Nicht? Ist das nicht eine Kanaille?“

„Natürlich kann man hier kein Bier finden“, sagte Mersljakow, die Augen nicht vom „Europäischen Boten „ wendend.

„Ja? Sie glauben es?“ ließ Lobitko nicht nach. „Herrgott, versetzen Sie mich auf den Mond, und ich werde Ihnen sofort Weiber und Bier finden! Gleich gehe ich und ich werde es finden . . . Nennen Sie mich einen Schuft, wenn ich es nicht finde!“

Er kleidete sich lange an, zog die großen Stiefel an, rauchte dann schweigend seine Zigarette aus und ging.

„Rabbeck, Grabbeck, Labbeck“, murmelte er, auf dem Flur stehen bleibend. „Langweilig, allein zu gehen, hol's der Teufel. – Rjabowitsch, wollen Sie nicht einen Spaziergang machen? Nicht?“

Da er keine Antwort erhielt, kehrte er um, kleidete sich langsam aus und legte sich hin.

Mersljakow seufzte aus, schob den „Europäischen Boten“ beiseite und löschte das Licht.

„N– ja . . .“ murmelte Lobitko, sich im Dunkeln eine Cigarette anzündend.

Rjabowitsch zog den Kopf unter die Decke, wickelte sich wie ein Knäuel ein und begann, in seiner Phantasie die flimmernden Gebilde zu sammeln und sie zu einem Ganzen zu vereinen. Aber er erhielt nichts. Bald schlief er ein, und sein letzter Gedanke war, daß ihn jemand erfreut und gehätschelt hatte, daß in seinem Leben etwas Ungewöhnliches passiert sei, etwas dummes, aber außerordentlich freudiges und gutes. Dieser Gedanke verließ ihn auch im Schlaf nicht.

Als er erwachte, empfand er das Öl auf dem Nacken und die Pfefferminzkühle um die Lippen nicht mehr, aber die Freude ging in seiner Brust, wie gestern, wellenförmig auf und ab. Voll Entzücken blickte er auf das von der aufgehenden Sonne vergoldete Fenster und horchte auf die auf der Straße entstehende

Bewegung. Gerade vor dem Fenster wurde laut gesprochen. Rjabowitschs Batteriechef, Lebedezki, der die Brigade eben erst eingeholt hatte, sprach sehr laut, wie er gewohnt war, mit seinem Feldwebel.

„Und was noch?“ schrie der Batteriechef.

„Bei dem gestrigen Hufbeschlag, Ew. Hochwohlgeboren, ist Golubtschik verschlagen worden. Der Feldscher hat ihm Lehm mit Essig umgelegt. Man führt ihn jetzt am Gängelband nebenher. Auch hat sich gestern, Ew. Hochwohlgeboren, der Handwerker Artemjew betrunken und der Herr Leutnant hatten befohlen, ihn auf die Protze der Reservelaffete zu setzen.“

Der Feldwebel meldete noch, daß Karpow die neuen Schnüre zu den Trompeten und die Pflöcke zu den Zelten vergessen hätte und daß die Herren Offiziere gestern Abend bei dem General von Rabbeck zu Besuch gewesen seien.

Während des Gesprächs zeigte sich im Fenster der rotbärtige Kopf Lebedezkis. Er kniff seine kurzsichtigen Augen zu, sah sich die verschlafenen Gesichter der Offiziere an und grüßte.

„Alles in Ordnung?“ fragte er.

„Das Deichselsattelpferd hat sich den Rist geschunden“, antwortete gähnend Lobitko, „mit dem neuen Kummet . . .“

Der Batteriechef seufzte auf, überlegte etwas und sagte laut: „Und ich denke noch zu Alexandra Jewgrafowna zu fahren. Muß sie mal besuchen. Na, adieu. Gegen Abend hole ich Sie ein.“

Eine viertel Stunde später brach die Brigade auf. Als sie an den herrschaftlichen Scheunen vorbeizog, blickte Rjabowitsch nach rechts nach dem Hause hin. An den Fenstern waren die Jalousien heruntergelassen. Offenbar schlief im Hause noch alles. Es schlief auch sie, die Rjabowitsch gestern geküßt hatte. Er wollte sie sich schlafend vorstellen. Das offene Fenster des Schlafzimmers, die grünen Zweige, die zum Fenster hineinsehen, die Morgenfrische, den Duft der Pappeln, des Flieders und der Rosen, das Bett, den Stuhl, auf dem das Kleid liegt, das gestern gerauscht hatte, die kleinen Pantoffeln, die Uhr auf dem Tischchen – alles das malte er sich klar und deutlich aus, aber die Züge des Gesichts, das süße schlaftrunkene Lächeln, eben das, was wichtig und charakteristisch war, entglitt seiner Phantasie, wie das Quecksilber, welches man fassen will.

Nach einer halben Werst sah er sich um: die gelbe Kirche, das Haus, der Fluß und die Gärten waren vom Licht überflutet; der Fluß mit den grellgrünen Ufern spiegelte den blauen Himmel wieder, blinkte in der Sonne hier und da wie Silber und war sehr schön. Rjabowitsch warf auf das Gut einen letzten Blick und es wurde ihm traurig zu Mut, als trennte er sich von etwas sehr nahem und heimatlichem.

Und auf dem Wege vor den Augen lagen nur längst bekannte und wenig interessante Bilder: Rechts und links grüne Roggen- und Buchweizenfelder mit munter hüpfenden Saatkrähen; blickt man nach vorn – sieht man nur Staub und Nacken, kehrt man sich um – sieht man denselben Staub und Gesichter ... Allen voran schreiten vier Menschen mit Säbeln – die Avantgarde ... Hinter ihnen geht der Sängerchor, dann folgen die reitenden Trompeter. Die Avantgarde und die Sänger vergessen immerwährend wie die Fackelträger bei den Leichenprozessionen, den vorschriftsmäßigen Abstand und gehen zu weit voraus ... Rjabowitsch befindet sich bei dem ersten Geschütz der fünften Batterie. Er sieht alle vier Batterien, die sich vor ihm her bewegen. Für einen Nichtmilitair mag diese lange, schwere Kette, die sich vorwärtsbewegende Brigade, als ein seltsamer und wenig verständlicher Wirrwarr erscheinen; man versteht nicht, warum sich bei einer Kanone soviel Menschen befinden und warum sie von soviel mit einem seltsamen Geschirr behangenen Pferden gezogen wird, als wäre sie in der That so schrecklich und schwer. Rjabowitsch ist aber alles sehr verständlich und daher sehr uninteressant. Er weiß schon lange, warum vor jeder Batterie neben dem Offizier ein solider Feuerwerker reitet und warum dieser Feuerwerker der Riemenfeuerwerker heißt; hinterm Rücken dieses Feuerwerkers sieht man die Führer des ersten und dann des mittleren Paares. Rjabowitsch weiß, daß die linken Pferde, auf denen sie sitzen, Sattelpferde, die rechten aber Hilfspferde heißen – das ist sehr uninteressant. Hinter dem Fahrer kommen zwei Deichselpferde. Auf dem einen von ihnen sitzt ein Fahrer mit dem gestrigen Staube auf dem Rücken und mit einem plumpen, sehr komischen Holzstück am rechten Fuß; Rjabowitsch kennt die Bestimmung dieses Holzstückes und es erscheint ihm nicht komisch. Die Fahrer, soviel ihrer sind, heben alle automatenhaft ihre kurzen Peitschen und schreien die Pferde ab und zu an. Das Geschütz selbst ist nicht schön. Auf der Protze liegen Säcke mit Hafer, mit Segeltuch bedeckt und das ganze Geschütz ist mit Theekannen und Soldatensäcken behangen und hat das Aussehen eines kleinen unschädlichen Tieres, welches die Menschen und Pferde, Gott weiß wozu, umzingelt haben. Neben dem Geschütz, auf der Windseite, schreiten mit den Händen fuchtelnd, sechs Mann Bedienung einher. Hinter dem Geschütz beginnen wieder neue

Riemenfeuerwerker, Fahrer, Deichselpferde und dann schleppt sich wieder ein neues Geschütz hin, ebenso häßlich und wenig imposant, wie das erste. Auf das zweite folgt das dritte, das vierte; neben dem vierten befindet sich ein Offizier u. s. w. In der ganzen Brigade giebt es sechs Batterien und jede Batterie besteht aus vier Geschützen. Die Kette dehnt sich auf eine halbe Werst aus. Geschlossen wird sie durch den Train, neben welchem, gedankenvoll sein langohriges Haupt gesenkt, ein höchst sympathischer Kerl einherschreitet – der Esel Magar, den einer der Batteriechefs aus der Türkei mitgebracht hat.

Rjabowitsch blickte gleichgültig nach vorn und nach hinten, auf die Nacken und auf die Gesichter; zu einer anderen Zeit wäre er in ein kleines Schläfchen verfallen, jetzt aber hat er sich ganz in seine neuen, angenehmen Gedanken versenkt. Anfangs, als die Brigade eben erst aufgebrochen war, suchte er sich zu überzeugen, daß die Geschichte mit dem Kuß nur als ein kleines geheimnisvolles Ereignis Interesse haben könne, daß sie ihrem Wesen nach nichtig sei und daß an sie im Ernst zu denken, zum mindesten dumm wäre; aber bald pfiff er auf die Logik und gab sich seinen Träumen hin . . . Bald stellte er sich den Salon Rabecks vor, sich selbst auf einem Doppelfauteuil neben einem jungen Mädchen sitzend, das sowohl mit der Fliederfarbenen als auch mit der Blondine in Schwarz Ähnlichkeit hatte; bald schloß er die Augen und sah sich neben einem anderen durchaus fremden Mädchen mit sehr unbestimmten Gesichtszügen; in seiner Phantasie sprach er mit ihr, hätschelte sie, beugte sich zu ihrer Schulter nieder; er stellte sich Krieg und Trennung vor, dann die Wiederkehr, das Abendessen mit der Frau, die Kinder . . .

„An die Stränge!“ ertönte jedesmal, wenn es bergab ging, das Kommando.

Er schrie ebenfalls „An die Stränge!“ und fürchtete, daß dieser Schrei seine Phantasien vielleicht unterbrechen und ihn zur Wirklichkeit zurückrufen möge . . .

Als sie an irgend einem Rittergut vorüberzogen, sah Rjabowitsch über den Zaun in den Garten. Er erblickte eine lange, wie ein Lineal gerade Allee, die mit gelbem Sand bestreut war und aus jungen Birkenbäumchen bestand . . . Mit der Gier eines von der Phantasie hingerissenen Menschen stellte er sich kleine Frauenfüße vor, die über den gelben Sand schritten und ganz unerwartet erstand in seiner Einbildung das Bild derjenigen, die ihn geküßt hatte und die er sich noch gestern während des Abendessens hatte vorstellen können. Dieses Bild blieb in seinem Gehirn zurück und verließ es jetzt nicht mehr.

Gegen Mittag ertönte hinten beim Train der Ruf:

„Achtung! Augen links! Herren Offiziere!“

In einem mit zwei weißen Pferden bespannten Wagen fuhr der Brigadegeneral vorüber. Er hielt bei der zweiten Batterie und schrie irgend etwas, das niemand verstehen konnte. Einige Offiziere sprengten zu ihm heran, darunter auch Rjabowitsch.

„Nun, wie steht es? Was?“ fragte der General, mit den roten Augenlidern blinzelnd. „Giebt's Kranke?“

Nachdem er die Antworten erhalten hatte, kaute der kleine hagere General etwas, dachte nach und sagte, sich an einen der Offiziere wendend:

„Bei Ihnen hat der Deichselfahrer des dritten Geschützes den Kniebügel abgenommen und ihn an die Protze gehängt, so 'ne Kanaille! Ziehen Sie ihn zur Verantwortung . . .“

Er erhob die Augen zu Rjabowitsch und fuhr fort:

„Und bei Ihnen scheinen die Schwanzriemen zu lang zu sein . . .“

Nachdem er noch einige langweilige Bemerkungen gemacht, ließ der General den Blick auf Lobitko ruhen und lächelte.

„Und Sie, Leutnant Lobitko, haben heute ein sehr trübseliges Aussehen“, sagte er. „Haben Sie Sehnsucht nach der Lopuchowa? He? – Meine Herren, sehnt er sich nach der Lopuchowa?“

Die Lopuchowa war eine sehr starke und große Dame, die schon weit über vierzig zählte. Der General, der für starke Frauen, welchen Alters sie auch sein mochten, eine besondere Schwäche empfand, hatte auch seine Offiziere in Verdacht einer ebensolchen Neigung.

Die Offiziere lächelten ehrfurchtsvoll.

Der General, zufrieden damit, daß er etwas sehr komisches und giftiges gesagt hatte, lachte laut auf, berührte den Rücken des Kutschers und grüßte. Der Wagen rollte weiter . . .

„Alles, wovon ich jetzt träume und was mir jetzt als unmöglich und überirdisch erscheint, ist im Grunde etwas sehr gewöhnliches“, dachte Rjabowitsch, die Staubwolken betrachtend, die dem Wagen des Generals nacheilten. „Alles das ist sehr gewöhnlich und wird von allen durchlebt . . . Dieser General, zum

Beispiel, hat zu seiner Zeit geliebt, ist jetzt verheiratet und hat Kinder. Der Hauptmann Wachter ist ebenfalls verheiratet und geliebt, obgleich er einen sehr häßlichen roten Nacken hat und gar keine Taille. Soaljinanow ist roh und zu sehr Tatare, aber auch er hat einen Roman gehabt, der mit der Ehe endete . . . Ich bin ebenso, wie alle anderen, und werde auch früher oder später dasselbe erleben, wie alle . . .

Und der Gedanke, daß er ein gewöhnlicher Mensch sei und daß sein Leben ein gewöhnliches wäre, erfreute und ermunterte ihn . . . So begann er denn keck und nach Belieben sie und sein Glück sich auszumalen und legte seiner Phantasie keine Zügel mehr an . . .

Als die Brigade am Abend am Ziele angelangt war und die Offiziere unter den Zelten ausruhten, saßen Rjabowitsch, Mersljakow und Lobitko um einen Koffer und aßen zu Abend. Mersljakow aß ohne zu eilen und las, langsam kauend, den „Europäischen Boten“, den er auf den Knieen hielt. Lobitko sprach ohne Unterbrechung und goß sich immerfort Bier ein, während Rjabowitsch, dessen Kopf von dem Phantasieren während des ganzen Tages wie benebelt war, schwieg und trank. Nach drei Gläsern fühlte er schon die Wirkung des Bieres, eine gewisse Schwäche und ein unwiderstehliches Verlangen, sich über seine neuen Empfindungen mit den Kameraden auszusprechen.

„Eine komische Sache ist mir bei diesen Rabbecks passiert . . .“ begann er, indem er sich Mühe gab, einer Stimme einen gleichgültigen und überlegen lächelnden Ton zu verleihen. „Ich ging, wissen Sie, in das Billardzimmer . . .“

Er begann die Geschichte mit dem Kuß sehr ausführlich zu erzählen und verstummte nach einer Minute . . . In einer Minute hatte er alles erzählt und es verwunderte ihn außerordentlich, daß dazu so wenig Zeit nötig gewesen war. Er hatte geglaubt, von dem Kuß bis zum Morgen erzählen zu können.

Lobitko, der selbst viel log und daher niemand traute, sah ihn, als die Erzählung beendet war, ungläubig an und lächelte.

Mersljakow zog die Brauen zusammen und sagte ruhig, ohne die Augen vom „Europäischen Boten“ zu wenden:

„So etwas! . . . Wirft sich jemanden an den Hals, ohne einen anzurufen . . . Wahrscheinlich so ein psychopathisches Frauenzimmer . . .“

„Ja, wahrscheinlich psychopathisch . . .“ stimmte Rjabowitsch bei.

„Ein ähnlicher Fall ist auch mir einmal passiert“, sagte Lobitko, indem er erschrockene Augen machte. „Ich reiste im vorigen Jahr nach Kowno ... Ich nehme ein Billet zweiter Klasse ... Der Waggon ist vollgepfropft – an Schlafen nicht zu denken. Ich gebe dem Schaffner einen halben Rubel ... Er nimmt mein Gepäck und führt mich in ein Koupee ... Ich lege mich hin und decke mich mit dem Plaid zu ... Es ist dunkel ... Plötzlich fühle ich, wie mich jemand an der Schulter berührt und mir ins Gesicht atmet. Ich machte so eine Bewegung mit der Hand und fühle einen Ellbogen ... Ich öffne die Augen und, können Sie sich 's vorstellen, – eine Frau! Schwarze Augen, die Lippen rot, wie guter Lachs, die Nüstern beben vor Leidenschaft, die Brust schwillt nur so ...“

„Verzeihung“, unterbrach ihn ruhig Mersljakow, „bezüglich der Brust verstehe ich es, aber wie konnten Sie die Lippen sehen, wenn es dunkel war?“

Lobitko begann sich herauszubeißen und spottete über die Schwerfälligkeit Mersljakows. Rjabowitsch verletzte es. Er ging weg, legte sich hin und gab sich das Wort, niemals zu offenherzig zu sein.

Ein Biwakleben begann nunmehr ... Die Tage flossen dahin, einer dem anderen sehr ähnlich. Während aller dieser Tage fühlte, dachte und gebärdete sich Rjabowitsch wie ein Verliebter. Jeden Morgen, wenn ihm der Bursche das Waschwasser reichte, ruft er sich in Erinnerung, während er sich den Kopf mit dem kalten Wasser übergießt, daß es in seinem Leben etwas gutes und wohliges giebt.

Des Abends, wenn die Kameraden von der Liebe und von den Frauen zu sprechen beginnen, horcht er hin, tritt näher und nimmt eine Miene an, wie sie Soldaten machen, die von einer Schlacht erzählen hören, an der sie selbst teilgenommen haben. Wenn aber die angeheiterten jüngeren Offiziere mit dem Setter Lobitko an der Spitze Don Juan-Raubzüge nach dem Vorort machten, war Rjabowitsch, der an diesen Zügen regelmäßig teilnahm, traurig, fühlte sich tief schuldig und bat sie in Gedanken um Verzeihung ... In den Mußestunden oder in den schlaflosen Nächten, wenn er an die Kindheit, an Vater und Mutter und überhaupt an alles Heimatliche und Nahe dachte, dachte er auch unerläßlich an Mestetschki, an das komische Pferd, an Rabbeck, an seine Frau, die der Kaiserin Eugenie ähnlich sah, an das dunkle Zimmer und au den hellen Spalt in der Thür ...

Am 31. August kehrte er aus dem Biwak zurück, aber nicht mit der ganzen Brigade, sondern nur mit zwei Batterien. Während des ganzen Weges träumte er und war erregt, als kehrte er in seine Heimat zurück. Er sehnte sich leidenschaftlich, das komische Pferd, die Kirche, die unaufrichtige Rabbecksche Familie, das dunkle Zimmer wieder zu sehen; die „innere Stimme", die so oft die Verliebten betrügt, flüsterte ihm zu, daß er auch sie wieder sehen würde . . . Und es quälten ihn die Fragen: wie wird er ihr begegnen? wovon wird er mit ihr sprechen? ob sie nicht den Kuß vergessen hat? Im schlimmsten Falle, dachte er, selbst wenn er ihr auch nicht begegnete, würde es ihm schon allein angenehm sein, daß er durch das dunkle Zimmer gehen könnte und daran denken, daß . . .

Gegen Abend zeigten sich am Horizont die bekannte Kirche und die weißen Scheunen . . . Rjabowitsch klopfte das Herz . . . Er hörte nicht den Offizier, der neben ihm ritt und ihm irgend etwas erzählte, vergaß alles und starrte gierig auf den in der Ferne blinkenden Fluß, auf das Dach des Hauses, auf den Taubenschlag, über welchem die Tauben kreisten, beleuchtet von der untergehenden Sonne.

Als er sich der Kirche näherte und dann später, als er den Quartiermeister anhörte, erwartete er jede Sekunde, daß sich hinter dem Zaun hervor der Reiter mit dem komischen Pferde zeigen und die Offiziere zum Thee bitten würde. Aber . . . Die Meldungen der Quartiermeister waren erledigt, die Offiziere stiegen von den Pferden und schritten auf das Dorf zu, der Reiter aber zeigte sich nicht . . .

„Gleich wird Rabbeck von den Bauern erfahren, daß wir da sind und wird nach uns schicken", dachte Rjabowitsch, und betrat das Bauernhaus, wo er nicht begreifen konnte, wozu sein Kamerad das Licht anzündete und wozu die Burschen sich beeilten, die Samowars anzufeuern . . .

Eine schwere Unruhe bemächtigte sich seiner. Er legte sich hin, stand dann wieder auf und blickte zum Fenster hinaus, ob der Reiter nicht käme? Aber der Reiter zeigte sich nicht. Er legte sich wieder nieder, stand nach einer halben Stunde auf, ging auf die Straße hinaus, da er es vor Unruhe nicht länger aushielt, und schritt auf die Kirche zu . . . Auf dem Platz vor der Kirche war es dunkel und öde . . . Drei Soldaten standen neben einander hart am Abhang und schwiegen. Als sie Rjabowitsch erblickten, warfen sie sich schnell in Positur und grüßten. Er dankte und begann den bekannten Fußweg hinabzusteigen.

Über dem andern Ufer war der ganze Himmel mit blutroter Farbe übergossen: Der Mond ging auf; zwei Weiber gingen laut sprechend im Gemüsegarten herum und pflückten Kohlblätter; hinter den Gemüsegärten sah man im Dunkeln einige Bauernhäuser …

Auf diesem Ufer war aber alles wie damals im Mai: der Fußweg, die Gebüsche, die über dem Wasser hingen – den Weiden … Nur hörte man nicht die tapfere Nachtigall und es duftete nicht mehr nach Pappeln und jungem Grase …

Als er beim Garten angelangt war, blickte Rjabowitsch zur Pforte hinein … Im Garten war es dunkel und still … Man sah nur die weißen Stämme der nächsten Birken und ein Stückchen von der Allee, alles übrige verwischte sich zu einer dunklen Masse … Gierig horchte und spähte Rjabowitsch umher. Nachdem er aber eine Viertelstunde gestanden, ohne einen Laut zu hören oder einen Lichtschein zu erblicken, kehrte er um und ging langsam zurück …

Er trat an den Fluß. Vor ihm schimmerten weiß die Badekabine und die Tücher, die am Brückengeländer hingen … Er betrat die Brücke, stand dort eine Weile und rührte ohne jede Veranlassung etwas an einem der Tücher. Das Tuch erwies sich als rauh und kalt. Er blickte nach unten auf das Wasser … Der Fluß strömte schnell dahin und murmelte kaum hörbar an den Pfählen der Badekabine. Der rote Mond spiegelte sich unter dem linken Ufer; kleine Wellen liefen über sein Spiegelbild hin, verzerrten es, rissen es in Stücke und wollten es scheinbar wie einen Span forttragen …

„Wie dumm! Wie dumm!“ dachte Rjabowitsch, auf das fließende Wasser blickend. „Wie wenig klug ist das alles!“

Jetzt, wo er schon nichts mehr erwartete, erschienen ihm die Geschichte mit dem Kuß, seine Ungeduld, seine unklaren Hoffnungen und seine Enttäuschung im richtigen Licht … Es erschien ihm schon nicht mehr seltsam, daß der Reiter des Generals nicht gekommen war und daß er diejenige, die ihm zufällig statt eines anderen geküßt hatte, nie mehr sehen würde; im Gegenteil, es wäre seltsam gewesen, wenn er sie wiedergesehen hätte …

Das Wasser lief Gott weiß wohin und wozu. Es war auch ebenso im Mai gelaufen; aus dem Bach war es im Mai in einen großen Fluß geflossen, aus dem Fluß in das Meer; dann war es verdunstet – zu Regen geworden, und vielleicht läuft jetzt dasselbe Wasser wieder unter den Augen Rjabowitsch's vorbei … Wozu? Warum?

Und die ganze Welt, das ganze Leben erschienen Rjabowitsch als eine unverständliche, zwecklose Mystifikation …

Als er aber die Augen von dem Wasser abwandte und auf den Himmel blickte, fiel es ihm wieder ein, wie das Schicksal in der Person einer unbekannten Frau ihn aus Versehen beglückt hatte; er dachte wieder an die Träume und Gebilde des Sommers, und das Leben erschien ihm außergewöhnlich spärlich, arm und farblos . . .

Als er in sein Quartier zurückkehrte, fand er dort keinen der Kameraden. Der Bursche meldete ihm, daß sie alle zu dem General von Rabbeck gegangen seien, der einen Reiter nach ihnen geschickt hätte . . .

Für einen Augenblick flammte in der Brust Rjabowitschs die Freude auf, aber er löschte sie sofort wieder, legte sich zu Bett und ging, seinem Schicksal zum Trotz, als wollte er es damit ärgern, nicht zu dem General . . .

In den Chambregarnies

„Hören Sie mal, Verehrtester!" stürzte sich die puterrote und schäumende Mieterin aus Nr. 47, die Frau Oberst Naschatirina, auf den Wirt. „Entweder geben Sie mir andere Zimmer, oder ich ziehe überhaupt aus Ihren verdammten Garnies aus! Das ist ja eine Spelunke! Begreifen Sie doch, ich habe erwachsene Töchter, und hier hört man Tag und Nacht nichts anderes als Gemeinheiten! Das ist ja garnicht zum aushalten . . . Tag und Nacht! Zuweilen läßt er so etwas vom Stapel, daß es einem einfach übel wird! Wie ein Droschkenkutscher! Es ist noch ein Glück, daß meine armen Mädchen nichts davon verstehen, sonst müßte man einfach auf die Straße hinauslaufen . . . Da redet er ja eben wieder! Hören Sie nur!"

„Ich kenne, mein Bester, noch einen ganz anderen Fall," ließ sich aus dem Nebenzimmer ein heiserer Baß vernehmen. „Erinnerst Du Dich des Leutnants Drushkow? Also dieser selbe Drushkow jagt einmal den Gelben in die Ecke und hebt, weißt Du, wie gewöhnlich das eine Bein dabei in die Höhe . . . Plötzlich geht etwas: trach! Zuerst glaubte man, daß er das Billardtuch eingerissen habe, als man aber näher hinschaute, da war bei ihm das Kleidungsstück, das Adam noch nicht kannte, in allen Nähten geplatzt! So'ne Kanaille, hatte mit dem Bein so stark nach hinten ausgeschlagen, daß nicht eine Naht heil blieb . . . Ha-ha-ha. Nun waren aber dabei Damen zugegen . . . unter anderen die Frau dieser Schlafmütze, des Sekondeleutnants Okurin . . . Okurin wurde wütend . . . Wie dürfe er sich in Gegenwart seiner Frau so unanständig betragen? Ein Wort gab das andere ... Du kennst ja unsere Leute! ... Okurin schickt zu Drushkow seine Sekundanten, Drushkow aber ist nicht dumm und sagt ... ha-ha-ha ... und sagt: „Er soll seine Sekundanten nicht zu mir, sondern zu dem Schneider schicken, der diese Hosen genäht hat, denn dieser ist doch daran schuld!“ Ha-ha-ha ... Ha-ha-ha!“

Lilja und Mila, die Töchter der Frau Oberst, die am Fenster saßen, die drallen Wangen auf die Fäuste stützend, wurden rot und sahen mit ihren verschwommenen Äuglein zu Boden.

„Haben Sie jetzt gehört?“ fuhr Frau Naschatirina fort, sich an den Wirt wendend. „Und das ist, Ihrer Ansicht nach, nichts? Ich bin die Frau eines Obersten, mein Herr! Mein Mann ist Bezirkskommandeur! Ich werde es nicht dulden, daß fast in meiner Gegenwart so ein Droschkenkutscher derartige Gemeinheiten spricht!“

„Er ist kein Droschkenkutscher, gnädige Frau, sondern Stabskapitän, Stabskapitän Kikin ... Vom Adel ...“

„Wenn er seinen Adel so vergessen hat, daß er sich wie ein Droschkenkutscher ausdrückt, so muß man ihn um so mehr verachten! Mit einem Wort, reden Sie nicht, sondern ergreifen Sie gefälligst Maßregeln!“

„Aber was kann ich denn thun, gnädige Frau? Nicht Sie allein klagen, alle klagen – aber was kann ich denn mit ihm anfangen? Komme ich zu ihm ins Zimmer und will ihm ins Gewissen reden: „Gannibal Iwanitsch! Das ist doch peinlich!“ rennt er gleich mit den Fäusten auf mich los mit so allerlei Worten: „willst Du was schmecken?“ u. s. w. Ein Skandal. Wenn er am Morgen aufsteht, fängt er an, auf dem Korridor, verzeihen Sie, blos in der Leibwäsche umherzuspazieren. Oder er nimmt in betrunkenem Zustande einen Revolver und pfeffert eine Kugel nach der andern in die Wand. Am Tage säuft er und in der Nacht spielt er Karten ... Und nach den Karten giebt's Keilerei ... Man schämt sich geradezu vor den Mietern!“

„Warum kündigen Sie denn diesem Scheusal nicht?“

„Ja, so einen räuchert man nicht so leicht aus ... Für drei Monate schuldet er uns, wir wollen schon garnicht das Geld haben und bitten nur, daß er uns die Gnade erweist und auszieht ... Der Friedensrichter hat ihn zur Räumung des Zimmers verurteilt, er reichte aber Kassations- und Appellationsklagen ein und zieht es so in die Länge ... So ein Malheur! Ja, und was für ein Mensch dabei!

Jung, schön, gebildet ... Wenn er nicht angeheitert ist, kann man sich einen besseren Menschen garnicht wünschen. Neulich war er mal nüchtern und schrieb den ganzen Tag Briefe an seine Eltern."

„Die armen Eltern!" seufzte die Frau Oberst.

„Natürlich! Es ist doch kein Vergnügen, so einen verlotterten Sohn zu haben? Aus den Garnies wird er gejagt und kein Tag vergeht, ohne daß er wegen irgend eines Skandals vor Gericht müßte. Ein Malheur!"

„Die arme, unglückliche Frau!" seufzte die Frau Oberst.

„Er ist nicht verheiratet, gnädige Frau. Wie soll er's denn auch! Er kann Gott danken, wenn sein Kopf allein heil bleibt ..."

Die Frau Oberst ging aus einer Ecke in die andere und zurück.

„Also nicht verheiratet, sagen Sie?" fragte sie.

„Nein, gnädige Frau."

Die Frau Oberst machte wieder dieselbe Tour und überlegte sich etwas.

„Hm! ... Nicht verheiratet ..." sprach sie nachdenklich. „Hm! ... Lilja und Mila, sitzt nicht am Fenster – es zieht! Wie schade! Ein junger Mensch und so verkommen. Und woher kommt das alles? Es fehlt ihm ein guter Einfluß, eine Mutter, die ihn ... Nicht verheiratet? Na ja ... natürlich ... Also bitte, seien Sie so freundlich", fuhr die Frau Oberst nach einigem Nachdenken milder fort, „gehen Sie zu ihm hin und bitten Sie ihn in meinem Namen, daß er ... sich der Ausdrücke enthalten soll ... Sagen Sie ihm: die Frau Oberst Naschatirina bittet darum ... Sie lebt mit ihren Töchtern, sagen Sie ihm, in N. 47 ... ist von ihrem Landgut zur Stadt gekommen ..."

„Jawohl."

„Also sagen Sie nur so: die Frau Oberst mit Fräulein Töchtern. Er soll sich doch wenigstens entschuldigen ... Wir sind am Nachmittag immer zu Hause. Ach, Mila, schließe doch das Fenster!"

„Nun, sagen Sie doch, Mama, wozu brauchen Sie diesen Radaubruder?" sagte Lilja gedehnt, als der Wirt gegangen war. „So einen einzuladen! Ein Trunkenbold, Skandalist und Lump!"

„Ach, sprich doch nicht, ma chère! ... Ihr redet immer so und ... und bleibt eben sitzen! Was ist denn dabei? Mag er sein, wie er ist, aber er ist immerhin nicht zu verachten ... Jedes Ding kann seinen Nutzen haben. Wer weiß?" seufzte die Frau Oberst, ihre Töchter mit einem sorgenvollen Blick streifend. „Vielleicht ist das Euer Schicksal. Kleidet Euch also für alle Fälle etwas an ..."

Ohne Auslagen

Bei dem Zugführer Stitschkin saß an einem seiner dienstfreien Tage Ljubowj Grigorjewna, eine solide, etwas schwammige Dame von etwa vierzig Jahren, die sich mit Heiratsvermittelung und vielen anderen Geschäften befaßte, von denen man nur im Flüstertone zu sprechen pflegt. Stitschkin, etwas verlegen, aber ernst, gemessen und streng wie immer, ging im Zimmer auf und ab, rauchte eine Zigarre und sprach:

„Freut mich sehr, Ihre Bekanntschaft zu machen. Ssemjon Iwanowitsch hatte Sie mir empfohlen, da Sie mir in einer sehr peinlichen und wichtigen Sache, die das Glück meines Lebens betrifft, helfen könnten. Ljubowj Grigorjewna, ich bin jetzt zwei und fünfzig Jahre alt, also in einer Epoche, in welcher sehr viele schon erwachsene Kinder haben. Meine Stellung ist eine solide. Mein Vermögen ist zwar nicht groß, aber ich könnte doch ein geliebtes Wesen und ein paar Kinder gut ernähren. Ich kann Ihnen unter uns sagen, daß ich außer dem Gehalt auch Geld auf der Bank liegen habe, welches ich dank meiner Lebensweise mir ersparen konnte. Ich bin ein solider und nüchterner Mensch, führe einen gesetzten und praktischen Lebenswandel, so daß ich manchem als Beispiel dienen könnte. Nur eins fehlt mir – ein eigener häuslicher Herd und eine Gefährtin. Ich lebe jetzt wie so ein wandernder Zigeuner, schweife von Ort zu Ort, ohne alle Freude, kann mich mit niemandem beraten, und wenn ich krank bin, ist niemand da, der mir Wasser u. s. w. reichen könnte. Außerdem wiegt ein Verheirateter in der Gesellschaft immer mehr, als ein Unverheirateter ... Ich gehöre zu den gebildeten Klassen, habe Vermögen, aber wenn man mich von dem Standpunkt aus betrachtet, was bin ich? Ein Junggesell, wie so ein katholischer Pfarrer. Und daher möchte ich mich sehr gerne in Hymens Bande begeben, d. h. in den heiligen Stand der Ehe mit irgend einer würdigen Person ..."

„Das ist recht!" seufzte die Heiratsvermittlerin.

„Ich bin ein einsamer Mensch und kenne in der hiesigen Stadt niemand. Wohin soll ich gehen und an wen mich wenden, wenn für mich hier alle incognito sind? Eben daher riet mir Ssemjon Iwanowitsch, mich an eine Person zu wenden, die in diesem Fach eine Spezialistin ist und das Glück der Menschen als Profession betreibt. Und darum ersuche ich Sie höflichst, Ljubowj Grigorjewna, mein Schicksal unter Ihrer gefälligen Mitwirkung betreiben zu wollen. Sie kennen alle Bräute in der Stadt und können mich leicht anbringen."

„Ja, das kann man . . ."

„Ich bitte, trinken Sie . . ."

Die Heiratsvermittlerin führte das Glas mit gewohnter Geste an den Mund und leerte es, ohne sich zu räuspern.

„Das kann man", wiederholte sie. „Und was für eine Braut wünschen Sie sich, Nikolaj Nikolaitsch?"

„Ich? Was das Schicksal mir schickt."

„Natürlich, das ist ja Schicksalssache, aber es hat doch jeder seinen Geschmack. Der eine liebt blonde, der andere brünette . . ."

„Sehen Sie mal, Ljubowj Grigorjewna . . ." unterbrach sie Stitschkin mit einem soliden Seufzer. „Ich bin ein gesetzter Mann und charaktervoll. Für mich spielt die Schönheit und überhaupt die Äußerlichkeit nur eine *zweite* Rolle, denn, wie Sie selbst wissen, Schönheit vergeht, und mit einer hübschen Frau kann man viel Kummer haben. Ich hab' es mir so überlegt, daß an einer Frau die Hauptsache nicht das ist, was äußerlich, sondern das, was drinnen ist, d. h. daß sie Seele und überhaupt alle Eigenschaften hat. Trinken Sie, bitte . . . Es ist natürlich angenehm, wenn die Frau eine volle Figur hat, aber notwendig ist es für die beiderseitige Fortuna nicht; die Hauptsache bleibt der Verstand. Eigentlich braucht ja die Frau auch keinen Verstand zu haben, denn durch den Verstand bekommt sie leicht einen hohen Begriff von sich und denkt dann an alle möglichen Ideale. Ohne Bildung geht es freilich heutzutage nicht, aber es giebt doch verschiedene Bildung. Es ist sehr nett, wenn sie Französisch und Deutsch und alles mögliche kann, natürlich sehr angenehm; aber was hat man davon, wenn sie dabei nicht versteht, einem einen Knopf anzunähen? Ich gehöre selbst zu den gebildeten Klassen, spreche mit dem Fürsten Kanitelin z. B., ich darf es wohl sagen, so wie jetzt mit Ihnen, aber ich habe einen schlichten Charakter. Ich brauche ein einfaches Mädchen. Die Hauptsache ist, daß sie mich achtet und fühlt, daß ich sie beglückt habe."

„Natürlich."

„Nun, jetzt in Bezug auf das Materielle . . . Eine Reiche brauche ich nicht. Zu einer Gemeinheit, wie eine Geldheirat, bin ich nicht fähig. Ich will nicht das Brot meiner Frau essen, sondern sie soll das meinige essen und wissen, daß sie das meinige ißt. Aber eine Arme will ich auch nicht haben. Ich bin zwar nicht ohne Mittel und heirate nicht aus materiellen Interessen, sondern aus Liebe, aber eine Arme kann ich doch nicht nehmen, denn Sie wissen ja, wie jetzt alles teuer geworden ist, und wenn dann die Kinder kommen . . ."

„Mau kann ja auch eine mit Mitgift finden", sagte die Heiratsvermittlerin.

„Trinken Sie, bitte . . ."

Sie schwiegen etwa fünf Minuten. Die Heiratsvermittlerin seufzte auf, sah den Zugführer von der Seite an und fragte:

„Nun, wie wäre es denn . . . brauchten Sie nicht vielleicht etwas für die linke Seite? Da hätte ich jetzt gerade gute Ware. Eine Französin, eine andere – eine Griechin. Sehr preiswert."

Der Zugführer überlegte sich's und sagte:

„Nein, ich danke. Da ich von Ihrer Seite ein solches Wohlwollen sehe, so gestatten Sie mir jetzt die Frage: wieviel würden Sie für Ihre Mühen bezüglich der Braut nehmen?"

„Ich bekomme nicht viel. Wenn Sie mir fünf und zwanzig Rubel geben und etwa Stoff zu einem Kleide, wie es nun einmal üblich ist, so wäre ich zufrieden . . . Für die Mitgift oder Aussteuer natürlich apart, das macht eine besondere Rechnung."

Stitschkin legte die Hände auf dem Magen zusammen und überlegte schweigend. Nach einigem Nachdenken seufzte er auf und sagte:

„Das ist teuer . . ."

„Aber garnicht teuer, Nikolaj Nikolaitsch! Früher, als es noch viel Hochzeiten gab, that man es ja auch billiger, aber in den jetzigen Zeiten – was haben wir denn für einen Verdienst? Wenn man in einem guten Monat zwei Fünfundzwanzigrubelscheine verdient, kann man noch Gott danken. Und auch so verdient man das meiste nicht an den Ehen, sondern . . ."

Stitschkin sah die Heiratsvermittlerin verblüfft an und zuckte die Achseln.

„Hm! . . Ist denn das wenig, fünfzig Rubel?" fragte er.

„Natürlich wenig! In früheren Zeiten kam es vor, daß man mehr als hundert einnahm."

„Hm! . . Das hätte ich nicht geglaubt, daß man mit einem solchen Geschäft derartige Summen verdienen kann. Fünfzig Rubel! Nicht jeder Mann erhält soviel! Trinken Sie, bitte . . ."

Die Heiratsvermittlerin trank aus, ohne das Gesicht zu verziehen.

Stitschkin betrachtete sie schweigend vom Kopf bis zu den Füßen und sagte:

„Fünfzig Rubel . . . Das sind also sechshundert Rubel jährlich . . . Wissen Sie, Ljubowj Grigorjewna, mit solchen Dividenden wäre es für Sie nicht schwer, eine gute Partie zu machen . . ."

„Ich?" lachte die Heiratsvermittlerin. „Ich bin doch schon alt . . ."

„Bitte, durchaus nicht . . . Und Ihre Körperformen sind auch so . . . Das Gesicht voll und weiß . . . und auch alles übrige . . ."

Die Heiratsvermittlerin wurde verlegen.

Auch Stitschkin machte ein verlegenes Gesicht und setzte sich neben sie hin.

„Sie könnten noch sehr viel Beifall haben", sagte er. „Wenn Sie einen soliden, gesetzten und sparsamen Mann bekämen, so könnten Sie ihm bei seinem Gehalt und Ihrem Einkommen sogar sehr gefallen und es könnte geradezu eine ideale Ehe werden . . ."

„Ach, wie können Sie nur so etwas sagen, Nikolaj Nikolaitsch . . ."

„Wieso? Ich . . ."

Es trat Schweigen ein. Stitschkin begann sich laut zu schnauben, während die Heiratsvermittlerin errötete und ihn dann mit einem verschämten Blick fragte:

„Und wieviel bekommen Sie denn, Nikolaj Nikolaitsch?"

„Ich? Fünfundsiebzig Rubel, außer den Gratifikationen . . . Außerdem haben wir auch von den Stearinkerzen und von den Hasen einige Einnahmen."

„Sie beschäftigen sich also auch mit Jagd?"

„Nein, Hasen heißen bei uns die Passagiere, die keine Fahrkarten haben, blinde Passagiere."

Es verging eine Minute, während welcher beide schwiegen. Stitschkin stand auf und begann erregt im Zimmer auf und ab zugehen.

„Ich brauche keine junge Gattin“, sagte er. „Ich bin selbst nicht mehr jung, und ich brauche so eine, die ... in der Art wie Sie ... gesetzt und solid und so von Ihren Körperformen u. s. w. ...“

„Sie reden Gott weiß was ...“ kicherte die Heiratsvermittlerin, ihr knallrotes Gesicht in einem Tuch verbergend.

„Was soll man denn da lange fabeln? Sie sind mir nach dem Sinn und Ihren Eigenschaften nach für mich geeignet. Ich bin ein solider, nüchterner Mann, und wenn ich Ihnen gefalle, so ... worauf sollen wir denn warten? Gestatten Sie also, daß ich Ihnen hiermit einen Heiratsantrag mache!“

Die Heiratsvermittlerin war zu Thränen gerührt. Sie lachte und stieß zum Zeichen ihrer Zustimmung mit Stitschkin an.

„Nun“, sagte der glückliche Zugführer, „jetzt gestatten Sie mir also, daß ich Ihnen erkläre, welche Ideale und Lebensziele ich von Ihnen erwarte ... Ich bin ein strenger, solider, gesetzter Mann, habe über alles gebildete Anschauungen und wünsche, daß auch meine Frau solid sei und wohl verstehe, daß ich Ihr Wohlthäter und der erste Mensch für sie bin ...“

Er setzte sich, seufzte tief auf und begann seiner Braut seine Ansichten über die Ehe und über die Pflichten des Weibes auseinanderzusetzen.

Der böse Knabe

Iwan Iwanitsch Lapkin, ein junger Mann von angenehmem Äußeren und Anna Ssemjonowna Samblizkaja, ein junges Mädchen mit einem Stumpfnäschen, gingen das steile Ufer hinab und ließen sich auf einer Bank nieder. Die Bank stand hart am Wasser zwischen dichtem Weidengebüsch. Ein prächtiges Plätzchen! Man sitzt hier verborgen vor aller Welt, und nur die Fische und die Wasserspinnen, die wie Blitze hin und her schießen, sehen einen. Die jungen Leute waren mit Angelruten, einem Handnetz, Behältern für Würmer und allen möglichen anderen Angelgerätschaften ausgestattet. Kaum hatten sie sich gesetzt, als sie sich auch gleich an die Arbeit machten.

„Ich bin froh, daß wir endlich allein sind“, begann Lapkin, nachdem er sich umgeschaut hatte. „Ich habe Ihnen sehr vieles zu sagen, Anna Ssemjonowna ... Sehr vieles ... Als ich Sie das erste Mal gesehen ... Bei Ihnen beißt einer an!.. Da begriff ich erst, wozu ich lebe, da sah ich erst, wer die Göttin ist, der ich mein ehrliches Arbeitsleben weihen muß . . . Es scheint ein großer anzubeißen! . . Als ich Sie sah, lernte ich zum ersten Mal lieben, leidenschaftlich lieben! Ziehen Sie noch nicht . . . lassen Sie ihn ordentlich anbeißen . . . Sagen Sie mir, mein Alles, ich beschwöre Sie, sagen Sie mir – nicht ob ich auf Gegenseitigkeit, nein! dessen bin ich nicht wert und darf daran nicht einmal denken – sagen Sie mir, ob ich darauf rechnen kann, daß . . . Ziehen Sie!"

Anna Ssemjonowna zog die Hand mit der Angelrute mit einem Ruck in die Höhe und schrie auf. Ein silbergrüner Barsch zappelte und flimmerte in der Luft.

„Ach Gott, ein Barsch! Ai, ach . . . Schnell! Er macht sich los!"

Der Barsch riß sich vom Haken los, begann auf dem Grase umher zu springen und fiel endlich mit einem Platsch in sein heimatliches Element zurück.

Während der Jagd nach dem Fische hatte Lapkin ganz in Versehen, statt des Fisches, Anna Ssemjonownas Hand ergriffen und sie unversehens an die Lippen geführt . . . Das junge Mädchen zog die Hand zwar zurück, aber es war schon zu spät: die Lippen hatten sich in Versehen zu einem Kusse vereinigt. Alles war so ganz unversehens gekommen. Auf den ersten Kuß folgte ein zweiter, dann kamen Schwüre, Beteuerungen . . . Glückliche Augenblicke!

Übrigens ein absolutes Glück giebt es hier auf der Erde nicht. Jedes Glück trägt entweder den Giftkeim in sich selbst, oder wird durch irgend etwas von außen Kommendes vergiftet. So war es auch hier. Während die jungen Leute sich noch küßten, erscholl plötzlich ein Gelächter. Sie sahen nach dem Fluß und erstarrten: dort stand bis zu den Hüften im Wasser ein nackter Knabe. Es war der Gymnasiast Kostja, Anna Ssemjonownas Bruder. Er stand im Wasser, blickte die jungen Leute an und lächelte diabolisch.

„A–a–a . . . Ihr küßt Euch?" sagte er. „Gut! Ich werde es Mama sagen."

„Ich hoffe, daß Sie als anständiger Mensch . . ." begann Lapkin zu stammeln. „Das Spionieren ist gemein und das Klatschen ist niedrig, niederträchtig . . . Ich hoffe, daß Sie als ein anständiger Mensch, als ein Mann von Ehre . . ."

„Geben Sie mir einen Rubel, dann werde ich es nicht sagen!" antwortete der Mann von Ehre. „Sonst sag' ich's!"

Lapkin holte aus der Tasche einen Rubel und reichte ihn Kolja. Dieser knillte den Rubel in der nassen Faust zusammen, pfiff und schwamm weg. Und dieses Mal küßten die jungen Leute sich nicht mehr.

Am nächsten Tage brachte Lapkin Kolja aus der Stadt einen Malkasten und einen Ball mit, die Schwester aber schenkte ihm alle ihre hübschen Medizinschachteln. Hernach mußte sie ihm auch die Manschettenknöpfe mit den Hundeköpfen schenken.

Dem bösen Knaben gefiel alles das offenbar sehr, und um noch mehr zu erhalten, begann er zu beobachten. Wo Lapkin und Anna Ssemjonowna waren, war auch er. Nicht einen Augenblick ließ er sie aus den Augen.

„Ein Schuft!" knirschte Lapkin mit den Zähnen. „Noch so klein und schon ein so bedeutender Schuft! Was wird aus ihm erst später werden?!"

Den ganzen Juni über ließ Kolja den armen Verliebten keine Ruhe. Er drohte mit Verrat, beobachtete sie und erpreßte von ihnen Geschenke; seine Ansprüche wurden immer unbescheidener und schließlich begann er schon von einer Taschenuhr zu reden. Und was geschah? Die Taschenuhr mußte ihm bewilligt werden.

Einmal während des Mittagessens, als die Waffeln eben serviert waren, fing er plötzlich an zu lachen, blinzelte Lapkin mit dem einen Auge zu und sagte:

„Soll ich's sagen? Ja?"

Lapkin wurde furchtbar rot und begann anstatt der Waffel die Serviette zu kauen. Anna Ssemjonowna sprang vom Tisch auf und lief ins Nebenzimmer.

In dieser Lage befanden sich die jungen Leute bis Ende August, bis zu dem Tage, wo Lapkin endlich Anna Ssemjonowna einen Heiratsantrag machte. O, was war das für ein glücklicher Tag! Nachdem Lapkin mit den Eltern der Braut gesprochen und ihre Einwilligung erhalten hatte, lief er sofort in den Garten und begann Kolja zu suchen. Als er ihn gefunden, schluchzte er vor Entzücken beinahe auf und packte den bösen Knaben am Ohr. Anna Ssemjonowna, die sich ebenfalls auf der Suche nach Kolja befunden hatte, kam herbei und faßte ihn am andern Ohr. Und man hätte es sehen müssen, welches Entzücken sich auf den Gesichtern der Verliebten malte, als Kolja weinte und flehte:

„Liebe! Teurer! Ich werd' nie mehr . . . Ai, ai, ai, verzeiht!"

Und hernach gestanden sie beide, daß während der ganzen Zeit ihres Verliebtseins sie niemals ein solches Glück, eine solche überströmende Seligkeit empfunden hatten, als in den Augenblicken, während sie den bösen Knaben an den Ohren rissen.

Auf der Post

Nachdem wir die junge und hübsche Frau unseres alten Postmeisters Sladkoperzew beerdigt hatten, begaben wir uns in das Postgebäude, um dort nach der Sitte unserer Altvordern das Leichenmahl zu begehen.

Als die traditionellen Pfannkuchen serviert waren, begann der alte Witwer bitter zu weinen und sagte:

„Die Pfannkuchen sind ebenso rotbackig, wie meine Selige es war. Ganz so schön, wie sie . . ."

„Ja", stimmten die Gäste bei, „sie war wirklich eine Schönheit ersten Ranges, eine Frau . . ."

„Ja . . . Sie wurde von allen bewundert . . . Aber, meine Herren, nicht wegen ihrer Schönheit und ihres sanften Charakters liebte ich sie. Diese beiden Eigenschaften sind mehr oder weniger dem ganzen weiblichen Geschlecht eigentümlich, und man begegnet ihnen nicht so selten unter dem Monde. Ich liebte sie wegen einer anderen Seeleneigenschaft. Und zwar: ich liebte die Entschlafene, Gott habe sie selig, dafür, daß sie, trotz der Heiterkeit und Lebhaftigkeit ihres Temperaments, ihrem Manne treu war. Sie war mir treu, obgleich sie erst zwanzig Jahre zählte, während ich bald schon in die Sechziger komme! Sie war mir altem Manne treu!"

Der Djakon, der mit uns speiste, gab durch ein vielsagendes Räuspern und Husten seinem Zweifel Ausdruck.

„Sie glauben es also nicht?" wandte sich der Witwer an ihn.

„Nein, nicht daß ich es nicht glaube . . ." stammelte der Djakon verlegen. „Aber . . . Ich meinte nur überhaupt, die jungen Frauen seien heutzutage etwas zu . . . Rendez-vous, Chambres séparées . . ."

„Sie zweifeln daran, und ich will es Ihnen beweisen! Ich unterhielt in ihr die Treue durch verschiedene Mittel, sozusagen durch Fortifikations- und strategische Künste. Bei meinen Maßregeln und bei meiner Schlauheit konnte meine Frau mich in keinem Fall betrügen. Ich benutzte zur Sicherung meines ehelichen Lagers die List. Ich kenne so einige Worte, gewissermaßen Parolen . . . Ich brauche diese Worte nur zu sagen und kann dann unbesorgt um die eheliche Treue schlafen . . ."

„Was sind denn das für Worte?"

„Die allereinfachsten . . . Ich verbreitete in der Stadt ein böses Gerücht. Sie werden dieses Gerücht recht gut kennen. Ich erzählte jedem: „Meine Frau Aljona lebt mit unserem Polizeimeister Iwan Alexejewitsch Salichwatskij“. Diese Worte genügten. Kein Mensch wagte es, Aljona den Hof zu machen, denn jeder fürchtete den Zorn des Polizeimeisters. Ja . . . Sobald sie nur in Sicht war, liefen die Leute davon, damit nur ja nicht Salichwatskij irgend einen Verdacht schöpfe. He-he-he . . . Mit diesem schnauzbärtigen Teufel braucht man ja nur anzubinden, um seines Lebens nicht froh zu werden, fünf Protokolle setzt er einem auf, wegen antisanitärer Vergehen und was nicht noch . . . Sieht zum Beispiel Deine Katze auf der Straße, und setzt Dir ein Protokoll auf, als wäre es sich ohne Aufsicht umhertreibendes Vieh . . .“

„Also Ihre Frau lebte garnicht mit Iwan Alexejewitsch?“ gaben wir unserer Verwunderung in etwas gedehnter Weise Ausdruck.

„Nein . . . Das war nur meine List . . . He-he-he . . . Na, hatte ich Euch nicht gut genasführt, Ihr jungen Herren? Das war's eben . . .“

Es vergingen etwa drei Minuten in Schweigen. Wir saßen da und sprachen kein Wort. Wir waren gekränkt und schämten uns, daß uns dieser dicke, rotnasige Alte auf so schlaue Weise hintergangen hatte.

„Na, wenn's Gott giebt, können Sie ja noch einmal heiraten!“ brummte der Djakon.

Der Repetitor

Der Sekundaner Jegor Siberow reicht Petja Udodow gnädig die Hand. Petja, ein zwölfjähriger Junge in einem grauen Anzug, dick und rotwangig, mit einer niedrigen Stirn und kurzgeschorenem Haar, macht einen Kratzfuß und holt aus dem Schrank die Hefte. Die Stunde beginnt.

Nach der mit dem Vater Udodow getroffenen Vereinbarung ist Siberow verpflichtet, Petja zwei Stunden täglich zu geben, wofür er monatlich sechs Rubel zu erhalten hat. Er bereitet ihn für die Septima des Gymnasiums vor. Im vorigen Jahr bereitete er ihn für die Oktava vor, aber Petja fiel beim Examen durch.

„Nun“, beginnt Siberow, sich eine Cigarette anzündend. „Sie haben die vierte Deklination auf. Deklinieren Sie fructus!“

Petja beginnt zu deklinieren.

„Wieder haben Sie nicht gelernt!“ sagt Siberow aufstehend. „Zum sechsten Mal gebe ich Ihnen die vierte Deklination auf, und Sie wissen nicht die Bohne! Wann werden Sie denn eigentlich anfangen, sich zu den Stunden zu präparieren?“

„Wieder nicht gelernt?“ ertönt hinter der Thür eine hustende Stimme, und ins Zimmer tritt Petjas Papa, der pensionierte Gouvernements-Sekretär Udodow. „Schon wieder? Warum hast Du denn nicht gelernt? Ach, Du Kerl! Was glauben Sie, Jegor Alexejitsch? Erst gestern hat er seine Tracht gekriegt!“

Und mit einem schweren Seufzer setzt sich Udodow neben seinen Sohn hin und blickt in den zerfetzten KühnerLateinische Schulgrammatikhinein.

Siberow beginnt, Petja vor dem Vater zu examinieren. Mag der dumme Vater es sehen, wie dumm sein Sohn ist! Der Sekundaner wird allmählich von der Examinatorenwut befallen, haßt und verachtet den kleinen rotwangigen Dummkopf und möchte ihn am liebsten durchprügeln. Er ärgert sich sogar, wenn der Junge es einmal richtig trifft, so widerwärtig ist ihm dieser Petja.

„Sie können ja nicht mal die zweite Deklination! Auch die erste können Sie nicht! So also lernen Sie! Nun, sagen Sie mir, wie der Vokativ von meus filius lautet?“

„Von meus filius? Meus filius hat . . . hat . . .“

Petja blickt lange zur Decke empor, bewegt lange die Lippen, bleibt aber die Antwort schuldig.

„Und wie ist der Dativ pluralis von dea?“

„Deabus . . . filiabus! – schießt Petja wie aus der Kanone heraus.

Der alte Udodow nickt beifällig mit dem Kopf. Der Sekundaner, der eine richtige Antwort nicht erwartet hatte, macht ein verdrossenes Gesicht.

„Und welches Substantiv hat noch im Dativ abus fragt er.

Es erweist sich, daß noch „ anima – die Seele“ im Dativ abus hat, was im Kühner übrigens nicht steht.

„Eine klangvolle Sprache, das Lateinische!“ bemerkt Udodow. Alon . . . tron . . . bonus . . . anthropos . . . Ja, was es nicht alles giebt! Und alles das muß man wissen!“ sagt er mit einem Seufzer.

„So ein Kameel, stört mich nur ...“ denkt Siberow. „Sitzt hier wie so ein Aufseher. Ich leide keine Kontrolle!“

„Nun“, wendet er sich an Petja, „zum nächsten Mal nehmen Sie im Lateinischen dasselbe. Jetzt – Arithmetik ... Nehmen Sie die Tafel. Welches ist die folgende Aufgabe?“

Petja spuckt auf die Tafel und wischt sie mit dem Aermel ab. Der Lehrer nimmt das Buch und diktiert:

„Ein Kaufmann kaufte für fünfhundert und vierzig Rubel hundert und achtunddreißig Arschin schwarzen und blauen Tuches. Es wird gefragt, wieviel Arschin er von diesem und jenem gekauft hat, wenn das blaue Tuch fünf Rubel der Arschin und das schwarze drei Rubel kostete?“

„Wiederholen Sie die Aufgabe.“

Petja wiederholt die Aufgabe und beginnt sofort, ohne ein Wort zu sagen, 540 durch 138 zu dividieren.

„Wozu machen Sie denn das? Warten Sie! Übrigens gut ... fahren Sie fort. Es bleibt ein Rest? Hier kann kein Rest bleiben. Geben Sie her!“

Siberow beginnt selbst zu dividieren, erhält 3 als Rest und löscht die Division schleunigst aus.

„Komisch ...“ denkt er, sich verlegen durch das Haar fahrend. „Wie wird sie denn gelöst? Hm! .. Das ist ja eine unbestimmte Gleichung und gar keine arithmetische Aufgabe ...“

Der Lehrer sieht nach den Lösungen und findet dort 75 und 63.

„Hm! .. sonderbar ... 5 und 3 addieren, und dann 540 durch 8 dividieren? So vielleicht? Nein.“

„Nun, rechnen Sie doch!“ sagt er zu Petja.

„Na, was denkst Du denn? Die Aufgabe ist doch ein Strunt!“ sagt Udodow seinem Sohne. „Was Du für ein Schafskopf bist, mein Lieber! Lösen Sie sie ihm schon selbst, Jegor Alexejitsch.“

Jegor Alexejitsch nimmt den Griffel und beginnt zu rechnen. Er stottert und wird bald rot, bald blaß.

„Diese Aufgabe ist eigentlich eine algebraische,“ sagt er. „Man kann sie mit dem x und dem y lösen. Übrigens kann man sie auch so lösen. Ich habe also dividiert . . . verstehen Sie? Jetzt muß man also subtrahieren . . . ist es Ihnen klar? Oder, wissen Sie was . . . Machen Sie mir die Aufgabe selbst zu morgen . . . Denken Sie nach . . ."

Petja lächelt diabolisch. Udodow lächelt ebenfalls. Beide verstehen sie die Verlegenheit des Lehrers. Der Sekundaner wird noch verlegener, erhebt sich und beginnt auf und ab zu gehen.

„Das kann man auch ohne Algebra lösen," sagt Udodow mit einem Seufzer, die Hand nach dem russischen Rechenbrett ausstreckend. „Hier, bitte . . ."

Er läßt die Steinchen hin und her gleiten und erhält 75 und 63, wie es verlangt wurde.

„Hier . . . nach unserer unwissenschaftlichen Art."

Dem Lehrer wird es unerträglich zu Mute. Mit stockendem Herzen blickt er nach der Uhr und sieht, daß bis zum Schluß noch eine und eine viertel Stunde übrig ist – eine ganze Ewigkeit.

„Jetzt – Diktat."

Nach dem Diktat kommt Geographie, nach der Geographie Religion, dann Russisch – es giebt Wissenschaften genug in dieser Welt! Aber endlich sind die zwei Stunden um. Siberow nimmt seine Mütze, reicht Petja gnädig die Hand und verabschiedet sich von Udodow.

„Können Sie mir nicht heute etwas Geld geben?" fragt er schüchtern. „Morgen muß ich im Gymnasium bezahlen . . . Sie schulden mir für sechs Monate."

„Ich? Ach, ja, ja . . ." stammelt Udodow, ohne Siberow anzublicken. „Mit Vergnügen! Aber eben habe ich gerade nichts, ich werde Ihnen nach einer Woche . . . oder nach zwei . . ."

Siberow ist einverstanden, zieht sich seine schweren, schmutzigen Galoschen an und geht zur nächsten Stunde.

Die Dame mit dem Hündchen

I.

Man erzählte sich, daß am Strande ein neuer Kurgast aufgetaucht sei: eine Dame mit einem Spitz. Dmitrij Dmitrijewitsch Gurow, der schon seit vierzehn Tagen in Jalta war und sich an das Badeleben gewöhnt hatte, interessierte sich bereits wie die andern für jeden neuen Menschen. Als er im Erfrischungspavillon von Vernet am Strande saß, sah er eine junge Dame in einem Barett über den Strand gehen; sie war klein und blond, und ein weißer Spitz folgte ihr.

Später traf er sie einige Male im Stadtpark und in den Anlagen. Sie ging immer allein, immer im gleichen Barett und immer von ihrem weißen Spitz begleitet; niemand wußte, wer sie war, und man nannte sie einfach: die Dame mit dem Spitz.

„Wenn sie hier ohne ihren Mann und ohne Bekannte ist," sagte sich Gurow, „so sollte ich eigentlich ihre Bekanntschaft machen."

Er war noch nicht vierzig Jahre alt, hatte aber bereits eine zwölfjährige Tochter und zwei Söhne im Gymnasium. Er wurde jung verheiratet, als er noch Student in den ersten Semestern war, und seine Frau sah jetzt eineinhalb Mal so alt aus wie er. Sie war groß, solid und würdevoll, hielt sich stets kerzengerade, hatte dunkle Augenbrauen und zählte sich selbst zu den „denkenden Frauen". Sie las sehr viel, schrieb die vereinfachte Reformorthographie und redete ihren Mann statt mit Dmitrij mit der veralteten Form Dimitrij an. Er hielt sie aber für unklug, beschränkt, unschön, hatte vor ihr eine gewisse Scheu und mied nach Möglichkeit ihre Gesellschaft. Er nahm es mit der ehelichen Treue seit vielen Jahren nicht mehr genau, hinterging sie sehr oft und hatte wohl deswegen eine schlechte Meinung von den Frauen im allgemeinen; wenn in seiner Gegenwart von ihnen gesprochen wurde, so sagte er verächtlich:

„Eine niedere Rasse!"

Er glaubte, daß ihm die vielen schlechten Erfahrungen, die er mit den Frauen gemacht hatte, das Recht dazu gaben, sie wie es ihm gerade paßte, zu nennen; und doch könnte er ohne diese „niedere Rasse" auch keine zwei Tage auskommen. In Männergesellschaft langweilte er sich und war wortkarg und kühl; aber wenn er sich unter Frauen befand, fühlte er sich ungezwungen und wußte, worüber mit ihnen zu sprechen und wie sich zu benehmen; selbst das

Schweigen fiel ihm unter ihnen sehr leicht. In seinem Äußern und Charakter, in seinem ganzen Wesen war etwas undefinierbar Anziehendes, was die Frauen reizte und lockte; er war sich dessen bewußt und fühlte sich auch selbst von einer rätselhaften Macht zu den Frauen hingezogen.

Die vielfältige und tatsächlich bittere Erfahrung hatte ihn längst gelehrt, daß jede Annäherung, die anfangs eine angenehme Abwechslung ins Leben bringt und als ein reizvolles, flüchtiges Abenteuer erscheint, bei anständigen Menschen, und ganz besonders bei den schwerfälligen und unentschlossenen Moskauern, unvermeidlich zu einer ungemein komplizierten Aufgabe anwächst, so daß die Situation schließlich unerträglich wird. Aber so oft er einer neuen interessanten Frau begegnete, entglitt diese Erfahrung seinem Gedächtnisse; er fühlte nur Lebenslust, und alles erschien ihm einfach und amüsant.

Als er eines Abends im Stadtparke zu Mittag aß, kam die Dame im Barett langsam zum Nebentisch und nahm Platz. Ihr Gesichtsausdruck, Gang, Toilette und Frisur ließen darauf schließen, daß sie der anständigen Gesellschaft angehörte, verheiratet war, sich zum erstenmal in Jalta aufhielt und sich hier langweilte . . . In all den Erzählungen über die in Jalta herrschenden laxen Sitten ist ja vieles übertrieben und erlogen; Gurow kannte diese Erzählungen und verachtete sie, weil er wußte, daß sie von Menschen erfunden werden, die selbst gerne sündigten, wenn sie es könnten; aber als die Dame sich am Nebentische, kaum drei Schritte von ihm entfernt, niederließ, kamen ihm doch diese Geschichten von leichten Eroberungen und den berüchtigten Ausflügen ins Gebirge wieder in den Sinn, und seiner Phantasie bemächtigte sich der verführerische Gedanke an ein flüchtiges Verhältnis, an ein galantes Abenteuer mit einer unbekannten Dame, deren Namen er nicht einmal kannte.

Er lockte den Spitz zu sich heran und drohte ihm mit dem Finger. Der Spitz knurrte. Gurow neckte ihn wieder.

Die Dame sah ihn an und senkte gleich darauf ihre Augen.

„Er beißt nicht," sagte sie errötend.

„Darf ich ihm einen Knochen geben?" Als sie darauf bejahend nickte, fragte er höflich: „Sind Sie schon lange in Jalta?"

„Seit fünf Tagen."

„Und ich sitze schon die zweite Woche hier."

Beide schwiegen eine Weile.

„Die Zeit vergeht so schnell, und doch ist es hier so langweilig!“ sagte sie, ohne ihn anzublicken.

„Es ist eigentlich nur eine Redensart, daß es hier langweilig ist. Der gute Bürger lebt irgendwo in der tiefsten Provinz, in Bjelew oder Shisdra, und langweilt sich nicht; kaum ist er aber hier, so jammert er gleich: Ach, diese Langeweile! Ach, dieser Staub! Man könnte meinen, daß er aus Granada kommt.“

Beide lachten. Dann aßen sie weiter und schwiegen, als ob sie miteinander gar nicht bekannt wären; aber nach dem Essen gingen sie Seite an Seite fort, und zwischen ihnen entspann sich ein scherzhaftes, leichtes Gespräch, wie es müßige und satte Menschen führen, denen es ganz gleich ist, wohin sie gehen und worüber sie sprechen. Sie spazierten und sprachen davon, wie sonderbar das Meer an diesem Abend beleuchtet sei: das Wasser hatte einen weichen und warmen fliederfarbenen Ton, und der Mond spiegelte sich darin als ein goldener Streifen. Sie sprachen, wie schwül es nach dem heißen Tage sei. Gurow erzählte ihr, daß er aus Moskau stamme, Philologie studiert habe, aber an einer Bank angestellt sei; er hätte früher einmal die Absicht gehabt, zur Oper zu gehen, hätte es aber aufgegeben; nun besitze er in Moskau zwei Häuser . . . Von ihr erfuhr er, daß sie in Petersburg aufgewachsen sei, aber nach S. geheiratet habe, wo sie bereits seit zwei Jahren lebe, daß sie in Jalta noch einen Monat zu bleiben beabsichtige und daß ihr Mann einen Erholungsurlaub zu nehmen und sie abzuholen gedenke. Sie konnte nicht genau angeben, wo ihr Mann eigentlich angestellt war: ob bei der Gouvernementsverwaltung oder bei der Gouvernements-Semstwoverwaltung, und das kam ihr selbst sehr komisch vor. Schließlich erfuhr Gurow, daß sie Anna Ssergejewna hieß.

Später in seinem Hotelzimmer dachte er an sie und daß er sie auch morgen bestimmt wiedersehen würde. So mußte es sein. Als er zu Bett ging, fiel ihm ein, daß sie noch vor so kurzer Zeit Institutsschülerin gewesen sei, wie es jetzt seine Tochter war, und daß ihre Art zu lachen und mit einem Unbekannten zu sprechen von großer Schüchternheit und Unbeholfenheit zeuge: sie war wohl zum erstenmal in ihrem Leben allein in dieser Situation, wo man ihr mit einer ganz bestimmten Nebenabsicht nachging, sie anschaute und ansprach, mit einer Nebenabsicht, die sie doch ganz bestimmt ahnen mußte. Und dann dachte er noch an ihren feinen zarten Hals und ihre schönen grauen Augen.

„Es ist doch etwas Rührendes an ihr,“ sagte er sich vor dem Einschlafen.

II.

Nun waren sie schon seit acht Tagen bekannt. Es war ein Feiertag. In den Zimmern war es schwül, und in den Straßen hob der Wind Staubwolken empor und riß die Hüte von den Köpfen. Man hatte den ganzen Tag Durst, und Gurow ging jeden Augenblick zum Pavillon und bot Anna Ssergejewna bald Fruchtwasser, bald Gefrorenes an. Man wußte nicht, wohin man sich vor der Hitze retten sollte.

Abends, als der Wind sich etwas gelegt hatte, gingen sie auf die Mole hinaus, um die Ankunft des Dampfers zu sehen. Im Hafen waren viele Spaziergänger; jemand wurde erwartet, viele hatten Blumensträuße in der Hand. Zwei Eigentümlichkeiten der eleganten Jaltaer Gesellschaft fielen hier besonders auf: die älteren Damen waren viel zu jugendlich gekleidet, und es gab eine Menge Generäle.

Da die See sehr bewegt war, kam der Dampfer mit einer Verspätung, erst nach Sonnenuntergang; ehe er anlegte, manövrierte er lange hin und her. Anna Ssergejewna betrachtete durch ihr Lorgnon das Schiff und die Passagiere, als ob sie unter diesen einen Bekannten suchte, und wenn sie sich an Gurow wandte, leuchteten ihre Augen. Sie sprach sehr viel und stellte kurze, abgerissene Fragen, die sie gleich wieder vergaß; später verlor sie im Gedränge ihr Lorgnon.

Das elegante Publikum verließ allmählich den Hafen; die Gesichter waren im Dunkeln nicht mehr zu erkennen; der Wind hatte sich gänzlich gelegt; aber Gurow und Anna Ssergejewna standen noch immer auf der Mole, als erwarteten sie, daß noch jemand vom Schiffe käme. Anna Ssergejewna sprach nicht mehr und roch an ihrem Blumenstrauß, ohne Gurow anzublicken.

„Das Wetter ist am Abend doch noch besser geworden," sagte er. „Wo wollen wir nun hin? Sollen wir vielleicht noch irgendwo hinausfahren?"

Sie gab keine Antwort.

Dann sah er sie durchdringend an, umarmte sie plötzlich und küßte sie auf den Mund; der Duft und die feuchte Kühle ihrer Blumen schlugen ihm entgegen. Er blickte gleich darauf ängstlich um sich, ob es nicht jemand gesehen hätte.

„Wollen wir zu Ihnen gehen . . ." sagte er leise.

Und sie gingen mit raschen Schritten der Stadt zu.

In ihrem Hotelzimmer war es schwül und roch nach dem Parfüm, das sie im Japanbazar gekauft hatte. Gurow sah sie an und dachte: was es doch nicht für Begegnungen im Leben gibt! Aus seiner Vergangenheit bewahrte er die Erinnerung an sorglose, gutmütige Frauen, die von ihrer Liebe berauscht und ihm für das kurze Glück, das er ihnen schenkte, dankbar waren; an solche, die, wie zum Beispiel seine Frau, ohne aufrichtige Hingebung, mit viel zu viel Redensarten, manieriert und hysterisch liebten und immer so taten, als ob es keine Liebe oder Leidenschaft, sondern etwas viel Wichtigeres wäre; auch an die wenigen sehr schönen und kalten Frauen, deren Gesichtszüge oft einen raubgierigen Ausdruck annahmen und das trotzige Verlangen zeigten, dem Leben mehr abzuringen, als es zu geben vermag; diese Frauen waren launisch, nicht mehr jung, unklug, und herrschsüchtig, und wenn Gurows Leidenschaft sich abkühlte, so erregte ihre Schönheit in ihm nur Haß, und die Spitzen an ihrer Wäsche gemahnten ihn an Fischschuppen.

Aber jetzt hatte er ein unerfahrenes, unbeholfenes junges Wesen vor sich, und das machte ihn verlegen; er hatte plötzlich das Gefühl, als ob jemand an die Tür geklopft hätte. Anna Ssergejewna, diese „Dame mit dem Spitz“ faßte das Geschehene sehr eigentümlich und sehr ernst auf, als ob sie nun rettungslos gesunken wäre; jedenfalls hatte er diesen Eindruck, und das machte ihn noch verlegener. Ihre Gesichtszüge wurden plötzlich welk, das lange Haar fiel traurig zu beiden Seiten des Gesichts herab; sie erstarrte wie grambeladen, wie eine büßende Sünderin auf einem alten Gemälde.

„Es ist nicht gut,“ sagte sie. „Sie werden mich jetzt selbst verachten.“

Auf dem Tische lag eine Wassermelone. Gurow schnitt sich eine Scheibe ab und begann, sie langsam zu verzehren. Mindestens eine halbe Stunde verging in Schweigen.

Anna Ssergejewna war rührend; sie atmete die Keuschheit einer anständigen, naiven Frau, die noch wenig vom Leben gehabt hat; die einsame Kerze, die auf dem Tische brannte, beleuchtete nur schwach ihr Gesicht, aber Gurow konnte erkennen, wie trüb es ihr zumute war.

„Warum sollte ich dich verachten?“ fragte er. „Du weißt selbst nicht, was du sprichst.“

„Gott verzeih mir!“ sagte sie mit Tränen in den Augen. „Es ist furchtbar!“

„Es klingt, als ob du dich rechtfertigen wolltest.“

„Womit könnte ich mich rechtfertigen? Ich bin ein schlechtes, gemeines Weib, ich verachte mich selbst und denke nicht an Rechtfertigung. Nicht meinen Mann habe ich betrogen, sondern mich selbst. Und nicht nur jetzt, ich betrüge mich seit Jahren. Mein Mann mag ja ein anständiger und guter Mensch sein, aber er ist ein Lakai! Ich weiß nicht, was er treibt und wo er angestellt ist, aber ich weiß, daß er ein Lakai ist. Als ich ihn heiratete, war ich erst zwanzig. Mich verzehrte die Neugierde, ich wollte etwas Besseres; es muß doch ein anderes, besseres Leben geben, sagte ich mir. Ich wollte leben! Ja, leben, leben . . . Die Neugierde verzehrte mich . . . Sie können es nicht verstehen, aber ich schwöre Ihnen bei Gott, mit mir war etwas los, ich konnte mich nicht länger beherrschen und ich sagte meinem Mann, ich sei krank, und reiste nach Jalta . . . Und auch hier ging ich wie im Rausche, wie verrückt herum . . . Und nun bin ich ein gemeines, schlechtes Weib, das ein jeder verachten darf."

Gurow konnte nicht länger zuhören; ihre Worte langweilten ihn, ihn ärgerte dieser naive Ton, diese unerwartete und deplacierte Beichte; hätte er nicht die Tränen in ihren Augen gesehen, so würde er glauben, daß sie scherze oder Komödie spiele.

„Ich verstehe dich nicht," sagte er leise. „Was willst du eigentlich?" Sie barg das Gesicht an seiner Brust und schmiegte sich an ihn.

„Glauben Sie mir, glauben Sie mir, ich beschwöre Sie . . ." sagte sie. „Ich liebe das reine, keusche Leben, und die Sünde ist mir verhaßt, ich weiß selbst nicht, was ich tue. Einfache Leute sagen: der Böse hat mich verführt. Auch ich kann jetzt von mir sagen, daß mich der Böse verführt hat."

„Genug, genug . . ." flüsterte er.

Er sah ihr in die unbeweglichen, erschrockenen Augen, küßte sie, sprach ihr leise und zärtlich zu, und sie beruhigte sich allmählich und wurde wieder lustig; nun lachten sie beide.

Als sie später hinausgingen, war der Strand menschenleer, und die Stadt mit ihren Zypressen sah wie tot aus; aber das Meer brauste, und die Wellen zerschellten am Ufer; eine Barke schaukelte in den Wellen, und auf ihr flackerte wie verschlafen ein mattes Flämmchen.

Sie nahmen eine Droschke und fuhren nach Oreanda.

„Ich habe soeben unten deinen Familiennamen gelesen: auf der Tafel steht „von Diederitz"," sagte Gurow. „Ist dein Mann Deutscher?"

„Nein, ich glaube, sein Großvater war Deutscher; er ist griechisch-orthodox."

In Oreanda saßen sie auf einer Bank in der Nähe der Kirche, blickten auf das Meer hinab und schwiegen. Jalta war im Morgennebel kaum zu sehen, auf den Bergspitzen lagerten unbeweglich weiße Wolken. Das Laub rührte sich nicht, die Zikaden, und das eintönige, dumpfe Brausen des Meeres sprach vom ewigen Schlafe, der uns alle erwartet. So brauste es hier, als es weder ein Jalta noch ein Oreanda gab, so braust es jetzt, und es wird ebenso gleichgültig und dumpf brausen, wenn wir nicht mehr sind. In dieser Beständigkeit, in dieser Gleichgültigkeit unserm Leben und Sterben gegenüber liegt vielleicht das Pfand der ewigen Erlösung, des ewigen Fortschreitens des irdischen Lebens und seiner ewigen Vervollkommnung. Während er an der Seite der jungen Frau, die im Morgengrauen so schön schien, saß und von der märchenhaften Szenerie des Meeres, der Berge, der Wolken und des unendlichen Himmels beruhigt und bezaubert war, dachte er daran, wie schön doch alles in dieser Welt sei, alles, mit Ausnahme dessen, was wir selbst tun und denken, wenn wir die höchsten Ziele des Seins und unsere eigene Menschenwürde vergessen.

Irgendein Mann, wahrscheinlich ein Wächter, kam auf sie zu, sah sie an und ging wieder fort. Auch dies erschien ihnen geheimnisvoll und schön. Dann sahen sie das Morgenschiff aus Feodosia kommen; es war von der Morgenröte beleuchtet und hatte keine Signallichter.

„Das Gras ist voller Tau," sagte Anna Ssergejewna nach langem Schweigen.

„Ja. Wollen wir nach Hause."

Sie kehrten in die Stadt zurück.

Später trafen sie sich jeden Mittag auf dem Strande, aßen zusammen zu Mittag und zu Abend, gingen spazieren und bewunderten das Meer. Sie klagte, daß sie schlecht schlafe und an heftigem Herzklopfen leide. Sie stellte immer die gleichen Fragen und verzehrte sich bald in Eifersucht, bald in Angst, daß er sie nicht genügend achte. In den Anlagen oder im Park, wenn gerade niemand in der Nähe war, zog er sie oft in seine Arme und küßte sie leidenschaftlich. Das ewige Nichtstun, diese Küsse am hellichten Tage unter fortwährender Angst, daß es jemand sehen könnte, diese Hitze, die Seeluft und die ihn umgebende Gesellschaft von eleganten, faulenzenden und satten Menschen machten ihn gleichsam zu einem andern Menschen; er sagte Anna Ssergejewna immer wieder, wie schön und wie verführerisch sie sei, er war ungeduldig und leidenschaftlich und wich nie von ihrer Seite. Sie wurde aber oft nachdenklich und sagte ihm immer wieder, er möchte doch gestehen, daß er sie verachte, daß er sie gar nicht liebe und in ihr nur ein gemeines Weib sähe. Fast jeden Abend machten sie zur späten Stunde einen Ausflug nach Oreanda oder zum Wasserfall: diese Ausflüge waren immer schön, und die Eindrücke wunderbar und gewaltig.

Ihr Mann sollte kommen. Aber eines Tages schrieb er ihr, daß er Augenschmerzen bekommen habe; sie möchte so bald wie möglich heimkehren. Anna Ssergejewna machte nun eilige Vorbereitungen zur Abreise.

„Es ist gut, daß ich verreise,“ sagte sie zu Gurow. „So will es das Schicksal.“

Sie reiste von Jalta nach Sewastopol mit dem Wagen, und er begleitete sie. Sie fuhren den ganzen Tag. Als sie schon im Schnellzuge saß und das zweite Glockenzeichen gegeben war, sagte sie:

„Lassen Sie mich noch einmal Ihr Gesicht sehen . . . Noch ein einziges Mal . . . So . . .“

Sie weinte nicht, war aber traurig, wie krank, und ihr Gesicht zitterte.

„Ich werde an Sie denken . . . immer denken . . .“ sagte sie. „Gott sei mit Ihnen. Denken Sie nicht schlecht von mir. Wir nehmen für immer Abschied. So muß es sein, es wäre besser, wir wären uns nie begegnet. Gott beschütze Sie.“

Der Zug sauste davon, seine Lichter verschwanden, und in einer Minute war auch das letzte Geräusch verhallt. Es war, als hätte sich das mit Absicht so rasch abgespielt, um diesem süßen Traum, diesem Wahnsinn ein möglichst schnelles Ende zu machen. Als Gurow allein auf dem Perron zurückgeblieben war und das Zirpen der Grillen und das Summen der Telegraphendrähte hörte, war es ihm zumute, als erwachte er eben aus einem Traum. Und er dachte daran, daß er wieder einmal ein Abenteuer gehabt hatte, und daß es nun erledigt sei und nur noch in der Erinnerung lebe . . . Er war gerührt und traurig und spürte etwas wie Reue. Diese junge Frau, die er nie wiedersehen sollte, war ja mit ihm nicht glücklich gewesen; er war zwar immer herzlich und freundlich zu ihr, und doch lag in seinem Benehmen ihr gegenüber, in seinem Ton und in seinen Liebkosungen ein leiser Anflug von Hohn, von rohem Hochmut des glücklichen Eroberers, der dazu beinahe doppelt so alt war wie sie. Sie sprach von ihm während der ganzen Zeit als von einem gutmütigen, ungewöhnlichen, großen Menschen; er erschien ihr offenbar anders, als er in Wirklichkeit war; folglich hatte er sie unwillkürlich belogen . . .

Auf der Bahnstation war schon ein herbstlicher Hauch zu spüren, der Abend war kühl.

„Nun muß auch ich nordwärts ziehen," sagte sich Gurow, als er den Perron verließ. „Es ist Zeit!"

III.

Daheim in Moskau sah es schon ganz winterlich aus: man heizte bereits, und in den frühen Morgenstunden, wenn die Kinder, bevor sie zur Schule gingen, Tee tranken, war es so finster, daß die Kinderfrau für kurze Zeit die Lampe anstecken mußte. Die ersten Fröste hatten sich schon eingestellt. Wenn es zum erstenmal schneit und die ersten Schlitten erscheinen, ist es immer angenehm, die weißen Straßen und die weißen Dächer zu sehen; man atmet so leicht und angenehm und man denkt unwillkürlich an seine Kindheit. Die alten Linden und Birken haben, wenn sie mit Reif bedeckt sind, ein so gutmütiges Aussehen und erfreuen uns mehr als alle Zypressen und Palmen; in ihrer Nähe hat man gar nicht den Wunsch, an das Meer und die Berge zu denken.

Gurow war ein geborener Moskauer; er kam nach Moskau an einem heiteren Frosttage, und so bald er in Pelz und warmen Handschuhen einen kleinen Spaziergang über die Petrowka gemacht und am Samstagabend die Kirchenglocken gehört hatte, verloren für ihn seine Reise und die Landschaften, die er gesehen, jeden Reiz. Allmählich tauchte er ganz im Moskauer Leben unter, las mit Heißhunger drei Zeitungen täglich und behauptete hinterher, daß er prinzipiell keine Moskauer Zeitungen lese. Es zog ihn in die Restaurants und Klubs, zu Gesellschaften und Festessen, und es schmeichelte ihm, daß in seinem Hause berühmte Rechtsanwälte und Schauspieler verkehrten und daß er im Ärzteklub einen Professor zum Partner beim Kartenspiel hatte. Er war wieder imstande, eine ganze Portion vom Moskauer Fischgericht – Sseljanka – zu verzehren . . . .

Er glaubte, daß die Erinnerung an Anna Ssergejewna nach drei, vier Wochen in einem Nebel verschwinden würde; daß sie ihm mit ihrem rührenden Lächeln nur ab und zu im Traume erscheinen würde, wie ihm auch alle die andern erschienen. Es vergingen aber vier Wochen und mehr, man war tief im Winter, aber die Erinnerung an sie war noch immer so klar und stark, als ob er Anna Ssergejewna erst gestern verlassen hätte. Und die Erinnerung wurde immer glühender und leuchtender. Wenn in der Abendstille zu ihm ins Arbeitszimmer die Stimmen seiner Kinder, die ihre Lektionen machten, drangen, wenn er irgendein Lied singen oder das Orchestrion in einem Restaurant spielen hörte oder wenn im Kamin der Sturm heulte, so lebte in seiner Erinnerung sofort alles wieder auf: die Mole, der Morgen, der Nebel in den Bergen, das Schiff aus Feodosia, alle ihre Küsse und Umarmungen; er ging in seinem Zimmer auf und ab und erinnerte sich an jede Kleinigkeit, und lächelte vor sich hin, und die Erinnerungen wurden zu Wünschen, und das Vergangene vermengte sich in seiner Vorstellung mit dem Kommenden. Anna Ssergejewna erschien ihm nicht nur im Traume; sie verfolgte ihn überall wie ein Schatten und beobachtete ihn auf Schritt und Tritt. Wenn er die Augen schloß, sah er sie wie lebendig vor sich, und sie erschien ihm schöner, jünger und zarter als sie war; auch er selbst gefiel sich viel besser als damals in Jalta. Abends blickte sie ihn aus dem Bücherschrank, aus dem Kamin, aus der Zimmerecke an, und er hörte ihren Atem und das liebe Rascheln ihres Kleides. Auf der Straße verfolgte er die Frauen mit den Augen und suchte, ob nicht eine Ähnliche darunter wäre . . .

Er spürte bereits ein starkes Verlangen, jemanden in seine Erinnerungen einzuweihen. Aber zu Hause konnte er doch nicht von seiner Liebe sprechen, und außer dem Hause hatte er niemand. Er konnte doch nicht mit seinen Mietern oder seinen Bankkollegen davon sprechen! Und was konnte er auch erzählen? Hatte er sie damals wirklich geliebt? War denn etwas Schönes, Poetisches, oder Lehrreiches, oder einfach Interessantes in seinen Beziehungen zu Anna Ssergejewna? So mußte er ganz allgemein von den Frauen und von der Liebe sprechen, und niemand ahnte, was er damit meinte. Nur seine Frau bewegte zuweilen ihre dunklen Brauen und sagte:

„Die Rolle eines Schwerenöters steht dir wirklich nicht gut, Dimitrij."

Als er eines Nachts mit einem seiner Partner, einem Beamten, den Ärzteklub verließ, konnte er sich nicht länger beherrschen und sagte:

„Wenn Sie wüßten, was für eine reizende Dame ich in Jalta kennen gelernt habe!"

Der Beamte setzte sich in den Schlitten, und als er schon eine Strecke weit gefahren war, wandte er sich plötzlich um und rief:

„Dmitrj Dmitrijewitsch!"

„Was denn?"

„Sie hatten vorhin recht: der Stör war wirklich nicht ganz frisch!"

Diese so gewöhnlichen Worte brachten Gurow, er wußte selbst nicht warum, aus der Fassung; sie erschienen ihm erniedrigend und schmutzig. Was für wilde Sitten, was für Gesichter! Diese unsinnigen Nächte, diese uninteressanten, leeren Tage! Nichts als Hazardspiel, Völlerei, Trunksucht und ewige Gespräche über das immer gleiche Thema. Die unnötigen Geschäfte und die ewigen Gespräche nehmen einem die besten Stunden und die besten Kräfte, und was davon zurückbleibt, ist ein beschnittenes, flügellahmes Leben, ein Unsinn und ein Durcheinander, dem man nicht entrinnen kann, als ob man in einem Irrenhause oder in einem Zuchthause säße.

Die ganze Nacht konnte Gurow vor Empörung nicht einschlafen, und den nächsten Tag hatte er Kopfschmerzen. Auch in den folgenden Nächten schlief er schlecht; er saß im Bette oder ging auf und ab. Die Kinder machten ihm keine Freude mehr, ebenso die Bank; er hatte weder Lust mit jemandem zu sprechen, noch auszugehen.

Im Dezember vor den Feiertagen machte er sich reisefertig und erklärte seiner Frau, daß er nach Petersburg müsse, um sich für einen jungen Mann zu verwenden; er reiste aber nach S. Wozu? Das wußte er selbst nicht recht. Er wollte Anna Ssergejewna sehen und sprechen und mit ihr, wenn möglich, eine Zusammenkunft verabreden.

Er kam nach S. am frühen Morgen und nahm sich das beste Zimmer im Hotel; der Fußboden war mit grauem Soldatentuch belegt, und auf dem Tische stand ein verstaubtes Schreibzeug mit einem Reiter, der einen Arm mit dem Hut in die Höhe hob, während der Kopf fehlte. Vom Portier erfuhr er alles, was er brauchte: von Diederitz wohne in der Alten Töpfergasse, im eigenen Hause; es sei gar nicht weit vom Hotel; er lebe auf großem Fuße, halte sich Pferde und sei in der ganzen Stadt bekannt. Der Portier sprach den Namen „Drideritz“ aus.

Gurow begab sich nun nicht zu schnell in die Alte Töpfergasse und fand das Haus. Dem Hause gegen überzog sich ein langer, grauer, mit Nägeln bespickter Bretterzaun hin.

„Vor einem solchen Zaun kann man wirklich davonlaufen,“ sagte sich Gurow, bald auf die Fenster und bald auf den Zaun blickend.

Er sagte sich: heute ist Feiertag, und der Mann ist wohl zu Hause. Das ist übrigens ganz gleich: es wäre auch sonst taktlos, zu ihr ins Haus hineinzuschneien und sie aufzuregen. Ein Brief könnte leicht dem Gatten in die Hände fallen, und dann wäre alles verdorben. Das beste ist, sich auf einen Zufall zu verlassen. Und nun ging er auf der Straße längs des Zaunes auf und ab und wartete auf einen solchen Zufall. Er sah, wie in den Hof ein Bettler kam und wie über ihn die Hunde herfielen; eine Stunde später hörte er Klavierspiel, und die Töne klangen schwach und undeutlich. Wahrscheinlich spielte Anna Ssergejewna selbst. Das Herrschaftsentrée ging plötzlich auf, und aus dem Hause kam eine alte Frau, der der bekannte weiße Spitz nachlief. Gurow wollte schon den Hund anrufen, aber er bekam plötzlich Herzklopfen und konnte sich in seiner Aufregung nicht mehr erinnern, wie der Hund hieß.

Er ging immer auf und ab und haßte immer mehr und mehr den grauen Zaun; er dachte mit Erbitterung, daß Anna Ssergejewna ihn wohl vergessen und vielleicht sogar bei einem andern Trost gefunden habe; das wäre doch bei einer jungen Frau, die den ganzen lieben Tag diesen verfluchten Zaun sehen müsse, durchaus natürlich. Er kehrte in sein Hotelzimmer zurück, saß lange auf dem Sofa und wußte nicht, was anzufangen. Dann aß er zu Mittag und schlief den ganzen Nachmittag durch.

„So dumm ist das alles, so überflüssig diese ganze Unruhe!" sagte er sich, als er erwachte und die dunklen Fenster sah; der Abend war schon angebrochen. „Jetzt habe ich ausgeschlafen. Was werde ich nun nachts tun?"

Er saß auf dem Bette, das mit einer billigen grauen Decke, wie man sie in Spitälern hat, bedeckt war, und verhöhnte sich selbst:

„Da hast du die Dame mit dem Spitz . . . Da hast du dein Abenteuer . . . So, sitz nun da!"

Morgens, bei seiner Ankunft hatte er auf dem Bahnhofe ein großes Theaterplakat gesehen: heute sollte zum erstenmal die „Geisha" gegeben werden. Jetzt fiel ihm das wieder ein, und er ging ins Theater.

„Es ist ja möglich, daß sie die Premieren besucht," dachte er sich.

Das Theater war überfüllt. Wie in jedem Provinztheater, so schwebte auch hier über dem Kronleuchter eine dichte Dunstwolke, und die Galeriebesucher machten großen Lärm; in der ersten Reihe standen vor Beginn der Vorstellung die Elegants der Stadt, die Hände im Rücken; in der Gouverneursloge saß ganz vorn die Gouverneurstochter mit einer Boa um den Hals, während der Gouverneur selbst bescheiden hinter der Portiere lehnte, so daß von ihm nur die Arme zu sehen waren. Der Vorhang schaukelte hin und her, und das Orchester stimmte furchtbar lange seine Instrumente. Während das Publikum hereinströmte und Platz nahm, suchte Gurow mit gierigen Blicken.

Nun kam auch Anna Ssergejewna. Sie setzte sich in die dritte Reihe, und als Gurow sie erblickte, krampfte sich sein Herz zusammen, und es wurde ihm vollkommen klar, daß es in der ganzen Welt keinen zweiten Menschen gäbe, der ihm so teuer, nah und notwendig wäre, wie sie; diese in der Provinz verlorene, durchaus gewöhnliche kleine Frau, mit dem ordinären Lorgnon in der Hand, erfüllte sein ganzes Leben, war seine Freude, sein Leid und sein einziges Glück, das er sich ersehnte; und zu den Klängen des schlechten Orchesters, der elenden Provinzgeigen dachte er, wie schön sie sei. Er dachte nur an sie und träumte von ihr.

Zugleich mit Anna Ssergejewna trat ein sehr schlanker, etwas gebeugter junger Mann mit kurzem Backenbart in den Saal und nahm an ihrer Seite Platz; bei jedem Schritt nickte er mit dem Kopf, als ob er ununterbrochen grüßte. Es war wohl der Gatte, den sie damals in Jalta in ihrer Erbitterung einen Lakai genannt hatte. Und in der Tat: in seiner langen Figur, seinem Backenbart und seiner kleinen Glatze war etwas Lakaienhaftes und Demütiges; er lächelte süßlich, und das blanke Akademikerabzeichen in seinem Knopfloch glänzte wie eine Kellnernummer.

In der ersten Pause ging der Gatte ins Rauchzimmer, und sie blieb allein im Parkett. Gurow, der gleichfalls im Parkett saß, ging auf sie zu und sagte mit bebender Stimme und erzwungenem Lächeln:

„Guten Abend!“

Sie sah ihn an und erblaßte, dann sah sie ihn noch einmal ganz entsetzt an, als traue sie ihren Augen nicht, und drückte krampfhaft Fächer und Lorgnon zusammen; sie kämpfte offenbar mit sich selbst, um nicht in Ohnmacht zu fallen. Beide schwiegen. Sie saß da, und er stand erschrocken vor ihr und konnte sich nicht entschließen, sich neben sie zu setzen. Im Orchester wurden wieder die Geigen und eine Flöte gestimmt; er bekam plötzlich Angst: es war ihm, als ob man aus allen Logen auf sie blickte. Nun stand sie auf und ging rasch dem Ausgang zu, und er folgte ihr. Sie gingen ziellos über die Korridore, treppauf und treppab, sie sahen viele Leute in Gerichts-, Lehrer- und Domänenverwaltungsuniformen, sämtliche mit Abzeichen; sie sahen Damen, Pelze in den Garderoben; der Zugwind hauchte sie mit Zigarettendunst an. Und Gurow, der heftiges Herzklopfen hatte, dachte:

„Mein Gott! Wozu diese Menschen, wozu dieses Orchester . . .“

In diesem Augenblick fiel ihm plötzlich ein, wie er sich damals auf dem Perron, nachdem der Schnellzug abgefahren war, gesagt hatte, daß alles zu Ende sei und daß er sie nie wiedersehen würde. Es war aber noch lange nicht das Ende!

Sie blieb plötzlich auf einer engen, finsteren Treppe mit der Aufschrift „Aufgang zum Amphitheater“ stehen.

„Mein Gott, wie Sie mich erschreckt haben!“ sagte sie, um Atem ringend, noch immer blaß und bestürzt. „Wie Sie mich erschreckt haben! Ich bin halbtot. Warum sind Sie hergekommen? Warum?“

„Begreifen Sie doch, Anna, begreifen Sie . . .“ begann er leise und hastig. „Ich beschwöre Sie, begreifen Sie doch . . .“

Sie sah ihn voller Angst, Flehen und Liebe an; sie starrte ihn an, als wollte sie sich seine Gesichtszüge für immer einprägen.

„Ich leide so furchtbar!“ fuhr sie fort, ohne auf seine Worte zu hören. „Ich habe die ganze Zeit nur an Sie gedacht und in diesem Gedanken gelebt. Ich wollte Sie vergessen, ganz vergessen . . . Doch warum, warum sind Sie hergekommen?“

Auf dem nächsten Treppenabsatz standen zwei Gymnasiasten; sie rauchten und sahen auf sie hinab; aber Gurow war jetzt alles gleich; er zog Anna Ssergejewna in seine Arme und bedeckte ihr Gesicht, ihre Wangen und Hände mit Küssen.

„Was tun Sie, was tun Sie!“ sagte sie, ihn entsetzt wegstoßend. „Wir sind ja beide wahnsinnig. Reisen Sie weg, noch heute, sofort . . . Ich beschwöre Sie bei allem, was heilig ist. Ich flehe Sie an . . . Man kommt her!“

Jemand ging wirklich die Treppe hinauf.

„Sie müssen abreisen . . .“ fuhr Anna Ssergejewna leise fort. „Hören Sie, Dmitrij Dmitrijewitsch? Ich will zu Ihnen nach Moskau kommen. Ich war nie glücklich, bin auch jetzt nicht glücklich und werde niemals glücklich sein, niemals! Quälen Sie mich nicht länger! Ich schwöre, daß ich nach Moskau kommen werde. Und jetzt müssen wir uns trennen! Mein Lieber, Guter, mein Geliebter, trennen wir uns!“

Sie drückte ihm die Hand und eilte die Treppe hinunter. Sie blickte einigemal nach ihm zurück, und er konnte in ihren Augen lesen, daß sie wirklich nicht glücklich war. Gurow stand noch eine Weile lauschend da, und als alles still wurde, nahm er seinen Mantel aus der Garderobe und verließ das Theater.

IV.

Anna Ssergejewna kam jetzt öfters zu ihm nach Moskau. Alle zwei, drei Monate verließ sie S. unter dem Vorwande, sie müsse nach Moskau, um einen Professor wegen ihres Frauenleidens zu konsultieren: der Mann glaubte ihr nur halb. In Moskau stieg sie jedesmal im „Slavischen Bazar" ab und schickte sofort nach ihrer Ankunft einen Mann mit roter Mütze zu Gurow. Gurow besuchte sie im Hotel, und kein Mensch erfuhr etwas davon.

So ging er an einem Wintermorgen zu ihr; der Dienstmann war schon gestern abend dagewesen, hatte ihn aber nicht zu Hause getroffen. Es begleitete seine Tochter ins Gymnasium, das unterwegs lag. Es, schneite große, nasse Flocken.

„Es sind jetzt drei Grad über Null, und doch schneit es," sagte Gurow zu seiner Tochter. „Aber nur an der Erdoberfläche ist es so warm, in den höheren Luftschichten herrscht eine ganz andere Temperatur."

„Papa, warum gibt es im Winter keinen Donner?"

Er erklärte ihr auch dies. Und während er zu ihr sprach, dachte er daran, daß er jetzt zu einer Frau ginge, daß es kein Mensch wisse und wohl auch niemals erfahren werde. Er lebte ein Doppelleben: das eine Leben war offenbar, allen sichtbar und bekannt, voller konventioneller Wahrheiten und konventioneller Lügen und glich vollkommen dem Leben seiner Freunde und Bekannten; und das andere Leben verlief im geheimen. Die Umstände hatten sich aber seltsamerweise so gefügt, daß gerade das, was ihm wichtig, interessant und notwendig erschien, worin er aufrichtig war und sich niemals betrog, was den Kern seines Daseins bildete, in jenem geheimen Leben enthalten war, während alles, was Lüge und eine Maske war, hinter der er die Wahrheit verbarg, – wie sein Bankdienst, die Debatten im Klub, seine Redensarten von der „niedern Rasse", die Festessen, die er mit seiner Frau besuchte, – zu seinem sichtbaren Leben gehörte. Er beurteilte auch alle anderen Menschen nach eigenem Maßstabe, mißtraute einem jeden und glaubte, daß auch jeder andere Mensch ein zweites, geheimes Leben habe, in dem sich alles Wichtige und Interessante abspiele. Alles persönliche Leben wird von uns als ein Geheimnis behandelt; das ist vielleicht der Grund, warum jeder Kulturmensch so nervös um die Wahrung der Diskretion in seinen Privatangelegenheiten besorgt ist.

Nachdem er seine Tochter ins Gymnasium gebracht hatte, ging er in den „Slavischen Bazar". Er legte seinen Pelz unten beim Portier ab, ging die Treppe hinauf und klopfte leise an die Türe. Anna Ssergejewna hatte das graue Kleid an, das er so liebte; sie war von der Reise und der Erwartung leicht ermüdet: sie erwartete ihn ja seit dem gestrigen Abend. Sie war blaß und sah ihn ohne zu lächeln an. Als er ins Zimmer trat, fiel sie ihm um den Hals und schmiegte sich an seine Brust. Ihr Kuß war so leidenschaftlich und lang, als ob sie sich seit zwei Jahren nicht gesehen hätten.

„Nun, wie ging es dir zu Hause?" fragte er. „Was gibt's Neues?"

„Warte, ich werde es dir gleich sagen, ich kann noch nicht sprechen."

Sie konnte nicht sprechen, denn sie weinte. Sie stand von ihm abgewendet, das Taschentuch an die Augen gepreßt.

„Soll sie sich nur ausweinen, ich werde warten . . ." sagte sich Gurow und setzte sich in einen Sessel.

Etwas später schellte er und ließ sich Tee geben; solange er den Tee trank, stand sie am Fenster und kehrte ihm den Rücken. Sie weinte vor Rührung und vor dem schmerzlichen Bewußtsein, daß ihr Leben sich so traurig gestaltet hatte; nur im geheimen konnten sie sich sehen, und mußten sich immer wie Diebe verstecken! War denn ihr Leben nicht verdorben?

„Höre doch auf!" sagte er.

Er war ihm klar, daß diese Liebe nicht so bald ein Ende nehmen werde. Anna Ssergejewna hing immer mehr an ihm, sie vergötterte ihn, und es wäre ganz undenkbar, ihr zu sagen, daß das Ganze einmal ein Ende nehmen müsse; sie würde es auch niemals glauben.

Er ging auf sie zu und nahm sie bei den Schultern. Er wollte sie trösten, mit ihr scherzen. Und er erblickte sich im Spiegel.

Sein Kopfhaar war ergraut. Und es fiel ihm auf, wie alt und häßlich ihn die beiden letzten Jahre gemacht hatten. Die Schultern, auf denen seine Hände ruhten, waren warm und bebten. Und er spürte tiefes Mitleid mit diesem noch so warmen und schönen Leben, das aber wohl bald ebenso verwelken würde wie das seinige. Warum liebte sie ihn so sehr? Er erschien allen Frauen anders, als er in Wirklichkeit war, und sie liebten in ihm nicht ihn selbst, sondern einen Menschen, den ihre Phantasie geschaffen hatte, den sie ihr Leben lang suchten: wenn sie auch später ihren Irrtum einsahen, so hörte ihre Liebe doch nicht auf.

Und keine von ihnen war mit ihm glücklich gewesen. Die Jahre gingen, er machte neue Bekanntschaften, trennte sich von den alten, liebte aber eigentlich nie; alles war dabei, nur keine Liebe.

Und erst jetzt, da sein Kopf schon grau war, liebte er heiß und wahr – zum erstenmal in seinem Leben.

Anna Ssergejewna und er liebten einander wie zwei verwandte Seelen, wie Eheleute, wie zärtliche Freunde; sie glaubten, daß das Schicksal selbst sie für einander bestimmt hatte, und sie wunderten sich, warum er und sie verheiratet waren; sie kamen sich vor wie zwei Zugvögel, Männchen und Weibchen, die man eingefangen und in getrennte Käfige gesperrt hat. Sie hatten einander alles vergeben, dessen sie sich in ihrer Vergangenheit schämten, sie vergaben sich auch heute alles und fühlten, wie sehr sie die Liebe verändert hatte.

Früher pflegte er sich in schweren Stunden mit allen möglichen Überlegungen zu trösten, die ihm gerade in den Kopf kamen; aber jetzt lagen ihm alle Überlegungen fern, er spürte nur tiefes Mitleid und hatte das Verlangen, aufrichtig und zärtlich zu sein . . .

„So hör' doch auf, meine Gute," sagte er. „Nun hast du genug geweint . . . Wollen wir nachdenken, vielleicht läßt sich noch ein Ausgang finden."

Sie sprachen lange hin und her und berieten, wie sie sich von der Notwendigkeit, zu lügen, sich zu verstecken und in verschiedenen Städten zu leben, befreien könnten. Wie wird man diese unerträglichen Fesseln los?

„Wie? Wie?" fragte er und griff sich an den Kopf. „Ja, wie?"

Und es schien ihnen, daß sie bald eine Lösung finden würden, und daß dann ein neues herrliches Leben beginnen könnte; und es war beiden klar, daß das Ende noch in weiter Ferne liege und daß das Schwierigste erst jetzt anfange.